浦睿文化　出品

最美不过童话

{1}

菲利普·普尔曼——著

文泽尔——译

Philip Pullman

Grimm
Tale

CNS
PUBLISHING & MEDIA
中南出版传媒

湖南人民出版社

目 录

格林童话 {I}

引言

受够了

我们时代如此纷繁复杂的

叙事方式

我渴望在传说、童话中寻找

那种纯粹的讲述——几个世纪以来

由长者温和地说出的干净语调，

如祖母为孩子讲故事般，安详、平实

……所以我追求的叙述

是清澈、完整的，

我所追求的人物，是摆脱了

个性和过往经验折磨的

传统、平凡角色——

譬如女巫、隐者、天真的年轻恋人们，

那类从格林兄弟、荣格、威尔第

以及即兴喜剧中召唤回来的人物

美国诗人詹姆斯·梅利尔，在"以法莲之书"——那首堪称出类拔萃的史诗《山多瓦变化的光》（1982）的第一部分——写下了如上文字。从内容上讲，这部分诗歌显然是在讨论他本人所希冀的讲述故事的方式。梅利尔以他诗人的视角，指出了童话故事所具有的两项最为重要的属性：讲述故事时安详、平实的语调和故事中传统、平凡的角色。

当梅利尔提到"格林兄弟"时，可就真不需要再多说些什么了：我们都知道他想要表达些什么。在过去的两百多年里，对于绝大多数西方读者和作家而言，格林兄弟的《儿童与家庭童话集》（Kinder-und Hausmärchen）这本书，简直就是一切西方童话故事的来源和开端，是最伟大的民间故事搜罗宝库。它被译为多得不得了的各种语言，是所有我们觉得独一无二的童话故事的老祖宗。

毫无疑问，即使格林兄弟没有搜集这些童话故事，也会有其他人自觉担负起这项重任。实际上，就算是在那个年代，也已经有不少人在做着与格林兄弟相似的事情了。19世纪初的德国拥有无与伦比、蓬勃向上的活力与爆发力，在那个时期，无论是法律、历史还是语言学方面的学者们，都在探究、争论着同一个根本问题：如果没有一个统一的德国，光有那些神圣罗马帝国遗留下来的碎石瓦砾——超过三百个各自独立的国家，不同的王国、封邑、大公国、公国、伯爵领、侯爵领、选区、主教辖区……如果是这样的境况，德语的存在还有什么意义？

格林兄弟的生平倒也称不上有多么起眼。雅各布·格林和威廉·格林，他们是菲利普·威廉·格林——这位在黑森公国的哈瑙市担任律师、生意兴旺的先生，和他的妻子多萝西娅最大的两个儿子（准确点说，是顺利成年的、最大的两个儿子。实际上的大儿子弗里德里希·赫尔曼·乔治·格林，仅出生三个月就夭折了。菲利普先后有过九个孩子，成年的只有六个）。在一所循新教加尔文主义的教会学校里，格林兄弟受到了良好的教育。他们在学习上显得勤勉、聪明又认真，希望能够跟父亲一样，从事法律方面的工作——如果没出什么意外的话，这条道路显然能让他们兄弟两人扬名立万、衣食无忧。然而，1796年，当律师的父亲猝死。突如其来的悲剧，对有六个孩子的大家庭而言，意味着今后将不得不依靠母亲家亲戚们的接济勉强度日。格林兄弟的舅妈海莉薇·齐默——这位卡塞尔王宫里的侍女帮雅各布和威廉兄弟在一所 Lyzeum[1] 里找了两个插班位置。几年后，兄弟两人均以优异的成绩毕业，进入马堡大学学习。因为缺钱，两人的大学生活过得十分拮据。

在马堡大学学习期间，两兄弟受到了弗里德里希·卡尔·冯·萨维尼教授不小的影响。这位教授认为，法理这种东西，并非先天即有，而是个人在对语言和历史的学习、了解之中自然而然得来的。因此，法理不应凌驾于后两者之上，恰恰相反，后两者才是法理存在的根本。这一理念使格林兄弟放弃了最初打算进修法律专业的计划，转而学习语言学。

通过导师冯·萨维尼教授及其妻子库尼贡德·布伦塔诺的关系，兄弟俩结识了师母的兄弟克莱门斯·布伦塔诺和阿希姆·冯·阿尼姆先生(他娶了师母库尼贡德·布伦塔诺的妹妹、作家贝蒂娜·布伦塔诺为妻)。这个五人小团体所关注的首要问题，就是德国民

1　德语，巴伐利亚王国里主修哲学和神学的高级中学专称。

间传说。他们对于民间传说这一主题的热爱，直接催生了由冯·阿尼姆和贝蒂娜·布伦塔诺所共同编撰的《少年魔号》（Des Knaben Wunderhorn）一书。这是一套立志于搜集全部民间童谣和童诗的书，第一卷于1805年出版，当即成了畅销书。

受小团体影响，格林兄弟自然也对民间传说产生了兴趣。但这一兴趣也绝非盲从，而是有所批判地接受布伦塔诺等人关于民间传说研究的方法论。1809年，雅各布·格林曾给威廉·格林写了一封长信，信中提到自己对布伦塔诺、冯·阿尼姆夫妇处理民间传说原始素材方法的不赞同：他们擅自修改原始素材，根据自己的想法，对原始文本进行增删、调整，以使其更符合现代人的阅读习惯。有趣的是，多年以后，格林兄弟（尤其是威廉·格林）也因为对《儿童与家庭童话集》一书中所载原始素材进行删改而受到类似的批评。

无论如何，在如上种种因素作用之下，格林兄弟开始搜集、整理并出版童话故事集——这并非一起孤立事件，而是由那一时代大势影响下所产生的历史必然。

他们所搜集的原始素材，主要来自口头记录和典籍查找。唯一没能做到的，是亲自走到乡间，采访田舍村落间的农夫野妇，并逐字记录下他们所讲的故事——格林兄弟书中的一些故事是直接从其他书或文献中摘抄过来的；书中两则最为优秀的故事，《渔夫和他的妻子》和《杜松树》，出自画家菲利普·奥托·龙格[1]主动寄给他们的一封亲笔信。因为龙格的信是用低地德语方言写的，格林兄弟唯一做的事情，就是将故事改写为标准德语，再编进书

1　菲利普·奥托·龙格（Philipp Otto Runge），德国画家，艺术理论家。

里。不过，大部分故事还是来自口头记录，采访对象主要是从事不同职业的中产阶级人士，其中包括家族朋友。多尔特欣·维尔特小姐——这些采访对象中的一位，最终成为了威廉·格林的妻子。时间毕竟已过去两百多年，如今已很难判断，当年那些口头记录转化为文字的准确度究竟有多少。还好，这点细节也没有那么要紧，毕竟在录音记录手段诞生之前，所有的民间故事和民谣搜集工作都是这么做下来的。最关键的，还是他们的童话故事集所独具的活力和韵味。

并不止那本童话故事集，在其他许多方面，格林兄弟也为语言学和文字学作出了卓绝且持久的贡献。由雅各布·格林所提出的"格林定律[1]"，准确概括了日耳曼语系[2]漫长演变过程中的发音变化规律；此外，两人还共同修编了首部《德语大词典》。1837年，格林兄弟遭遇了或许称得上是他们一生中最为戏剧化的事件：他们与其他五位著名的大学教授一道，联名拒绝向汉诺威国王——恩斯特·奥古斯特一世[3]效忠，因为这位新任国王让知识分子界万众期待的君主立宪计划胎死腹中了。结果，国王为了报复，强令取消了他们在大学里的职务，包括雅各布·格林在内的三位教授还被驱逐出境。在一番颠沛流离之后，格林兄弟受到普鲁士国王邀请，前往柏林大学任教。

尽管两人一生经历丰富、建树颇多，《儿童与家庭童话集》仍是他们最广为人知的成就。《儿童与家庭童话集》首版出版于

1　格林定律（Grimm's law），一项用以描述印欧语语音递变的定律，在语言学研究上具有重要意义。

2　日耳曼语系，印欧语系的主要语族之一。

3　恩斯特·奥古斯特一世（Ernst August I），汉诺威国王、联合王国坎伯兰和特维奥特戴尔公爵。

1812 年，随后又陆续推出了六个修订版（威廉负责了大部分的修订工作）。直到 1857 年，两人才推出了第七版，也是最终的一个修订版。此时《儿童与家庭童话集》已是家喻户晓、人手一本了，能跟它分庭抗礼的童话故事书，大概仅有流行多年的阿拉伯民间故事集《一千零一夜》——这两本书可算是人类有史以来最受重视、最具影响力的民间故事集。以出版顺序纵观这七个版本的格林童话，随着 19 世纪漫长时光缓缓前进的步伐，不止书中搜集的童话故事数量逐步增多，童话内容本身也在悄悄发生着变化：经威廉之手，这些童话普遍变得比初版中更为丰富、饱满。原本简陋的内容渐渐详尽，行文措辞偶尔显得有些过于书面化……无论如何，总体来说，第七版的内容到底还是比首版结集时更为可靠了。

旨在研究文学、民俗学、那一时代的文化氛围及政治环境的学者们，以及推崇弗洛伊德学说、荣格学说、马克思主义哲学、结构主义、后结构主义、女权主义、后现代主义……乃至各种其他主张的理论家们，都可以在这 210 则故事中为他们所着眼的课题掘出丰富的养料。这里，我将一些个人认为相当实用且有趣的相关参考书籍及文献搜集起来，列在了书后的"参考资料"一栏中——毫无疑问，这些资料对我的阅读和重述，起到了或许连我自己都没意识到的重要影响。

当然，我的主要关注点始终都放在这些故事的故事性上。在这本书中，我全力以赴，扫除了一切可能让故事不能流畅表述的障碍，力图使最终讲述出来的童话故事，读起来精到漂亮，听起来妙趣横生。我无意将它们整个搬到现代场景中去，也无意加入个人诠释，或者强行改变原文特有的行文韵律。我唯一想做的，不过是成功完成一次清澈如水的重述而已。在这一过程当中，我始终以如下问题来引领自己落笔的方向："如果我是在某人那里听到这个故事，受了打动，想要讲给另一个人听，我会如何去讲？"我对故事所作的任何修改，都是为了使故事在表述时显得更为流畅、自然。有时，我会觉得情节上也有必要进行改进，在这种情况下，我要么直接在文中改动一二，要么在每篇故事文末的附注中，加入较大的一段"改进主张"（一个典型的例子，便是《千匹皮》这篇：在我看来，该篇的原本其实尚未完成）。

传统、平凡的角色

童话故事里可没有太多的现代心理学要素。所描写的人物几乎没有内心活动，他们的一切行为动机都很清晰、明显。如果人物被设定为"好人"，那他们就是完完全全的好人；"坏人"的话，自然也一样。比如《三片蛇叶》这篇，当公主莫名其妙地开始要对丈夫使坏时，我们就已经能预知她最后的结局了。在童话中，什么都是一览无余的。人类潜意识的悸动与隐晦、回忆的呢喃、欲拒还迎的泣诉、猜疑或热望，所有这些在现代小说中习以为常的主旨、要素，统统缺席。甚至声称童话里的角色根本没有自我意识，也是说得过去的。

这些角色，鲜少有一个具体的名字。称呼他们的方式，要么是职业，要么是社会身份，甚或服装特点也可：磨坊主、公主、船长、熊皮人、小红帽……即使真要称名道姓，也无非汉斯这样常见的德文名字，就好比英国童话故事里的英雄都被取名为杰克一样。

对我而言，如果要将这些童话故事中的角色们具象化，最合适的不会是这许多年来陆续出版的、数不清的《格林童话》里那些华美精致的人物插画，反倒是儿童玩偶剧场里的那些小纸片人形象更为贴切。这些纸人都是平的，和"立体"挨不上一点关系。观众们只能看到它们被画上面孔、服装的那一面，另一面则完全是空白一片。纸片上所绘制的面容，表情强烈，喜怒分明；服装则用以区分善恶与贫富。只有这样，在表演纸片剧时，它们在整个剧目中所承担的角色任务，观众们才能够一目了然。

童话故事里的有些角色，从来都是一起出现的。比如《十二个兄弟》里的十二个兄弟，《跳碎了的舞鞋》中的十二位公主，《白雪公主》中的七个小矮人等——几乎没有任何办法分开这些小群体中的每一个个体，他们自始至终都是在一起的。詹姆斯·梅利尔对自己诗中"即兴喜剧"的评注可谓恰如其分：滑稽角色普尔钦奈拉是画家乔万尼·多梅尼科·提埃波罗一系列著名画作的共同要素。画家并不将这些角色描绘成个性鲜明的单独个体，而是将它们刻画为一大群穿着打扮完全一样的面具小丑。在其中一幅画作中，似乎可以看到有整整一打（或者更多）的普尔钦奈拉在抢着煲汤，或者惊讶地注视着画面中的一只鸵鸟。写实主义显然无法应付"无区别集群"这一概念，比如每晚都一起出门的十二位公主，每晚都一起把脚上的舞鞋跳碎；又比如七个小矮人，每晚都排成一排躺下，进入梦乡。这种现象，或许可以说——在写实主义无法触及的另外一个世界里是真实存在的，既不神秘，也不荒谬。

快速推进情节

情节推进快是童话最大的优点之一。一则优秀的童话故事，情节推进得就像我们在梦中常常体验到的一样快：每一幕场景，都只把要说的说完，能够进入下一幕，这样就够了。最优秀的童话，都是教会你在内容上应该如何取舍的经典案例。就像罗德亚德·吉卜林[1]所说的：把炉灰清干净之后，火只会烧得更旺。

比方说，一则童话故事的开头，只需要用上"从前"这个词就好，然后故事便顺理成章地推进下去：

> 从前有个穷人，他连自己唯一的儿子都养不活。儿子意识到了这点，便对他说："父亲，我待在这里一无是处，不过是您生活的负担而已。我打算离开家，看看有没有办法自谋生路。"（《三片蛇叶》）

不过几段之后，这个离家谋生的儿子就已经娶到国王的女儿了。另外一个例子：

> 从前有一个农民，拥有他想要的全部钱财和田地，但他的人生还是有缺憾。他和他的妻子没有孩子。他在镇里或市场上遇到别的农民时，常常被他们取笑，说他们家的母牛频繁生仔，难道他们就不能学学？难道他们不知道怎么做？最后，他终于无法忍受了。他回到家，赌咒说："我想要一个孩子，哪怕是个刺猬也好。"（《刺猬汉斯》）

1　罗德亚德·吉卜林（Rudyard Kipling），英国作家，诺贝尔文学奖获得主。

情节推进的速度快得令人心旷神怡。童话的速度就是这么快。不过，世上的事总是这样，有得必有失。童话故事无疑是轻装上路，现代小说作品中所能提供的信息——例如人名、外貌描写、家族背景、社会环境等等——在这里自然遍寻不着。这点倒也可以拿来解释为什么童话里的角色一个个都跟纸片人似的，没有自己的个性和特色了。相较现代小说，童话故事更关心在角色们身上所发生的事件。或者说，相比角色们各自的特点，童话更想搞清楚这么一帮子人聚在一起会整出些什么事儿来。

在撰写如上所述的故事时，决定哪些事件应该详写，哪些应该略去，其实并不是件容易的事情。对于任何希望学习如何讲故事的人来说，没有比研究《不来梅的乐师们》这篇童话更好的办法了。它既是一篇光怪陆离的小品，又是一部大师级的经典之作——在《不来梅的乐师们》中，叙事没有一丁点儿拖泥带水。每一段都在推进着情节，无一例外。

比喻和描写

除了最简单直接的那一类比喻手法外，童话故事里再没有任何其他类型的比喻。比如"白得像雪一样""红得像血一样"，这就是童话里唯一可能的比喻格式。对于自然世界或个体的细节描写，当然也没有。"森林很大""公主很美""她的头发颜色跟金子一样"……这就够了，不需要再多说什么了。如果读者只是希望赶紧知道接下来究竟发生了些什么，那么，就算再怎么煞费苦心地玩弄词藻，也不过让读者们觉得讨厌而已。

不过，倒真有这么一则童话，至少其中的某几段，在细致生动的描写与故事情节之间成功建起了一座桥梁，配合得完美无缺。方法也很简单：让事件和描写相互交融、不可分割。这则童话的名字是《杜松树》，我所说的"某几段"，紧跟在妻子祈愿自己能有个嘴唇像血一般红、皮肤像雪一般白的孩子后面。这段如诗一般的文字，将妻子的孕期经过和四季更替联系了起来：

> 一个月过去，积雪消融不见了。
>
> 两个月过去，绿意开始在各处升起。
>
> 三个月过去，花朵纷纷从大地里钻了出来。
>
> 四个月过去，林中所有的树木都长出新芽，继而枝繁叶茂。鸟儿的叫声清脆悦耳，响彻林间。而花朵从树上跌落。
>
> 五个月过去，女人站在了杜松树下。花香扑鼻，惹得她心跳加速。幸福感袭来，她跪倒在了树旁。
>
> 六个月过去，树上已结满沉甸甸的果实，女人开始变得沉默。
>
> 七个月过去，女人将落下的果实一一拾起，再一一吃掉。她觉得难受，并且忧伤莫名。
>
> 八个月过去，女人把丈夫叫到身边，抽泣着说："如果我死了，就把我埋在杜松树下。"

这部分文采极佳，但这种"文采"却是以神奇的方式（就像我在这篇故事附注中所写的那样）来表达的：任何这则童话的讲述者，都很难对这部分文字进行修改。月份和描写的内容就只能如此对应，不同的月份必须被予以不同的隐喻，从而小心谨慎地将杜松树的生长变化情况，与孩子在母亲子宫里的发育联结起来。将孩子和杜松树的生长联结起来还有一个好处：暗示文章稍后部分，孩子的死后重生——这与树木的四季轮回是对应的。

然而，《杜松树》的这几段，始终只是个伟大但罕见的例外。在书中大部分的童话故事中，人物仍旧苍白，描写一如既往地缺席。确实，在《儿童与家庭童话集》的后几个版本中，威廉的讲述开始变得更加饱满，描写也稍微丰富了些，不过，对童话故事的首要关注点，终究还是在"现在发生的是什么，接下来又会发生什么"上。讲述童话的方式鲜有变化，对故事角色、对象的"个性"缺乏兴趣的情况也很普遍，以至于在读到《约丽丹和约雷德尔》中的这一段时，我算是结结实实地吃了一惊：

> 这是个美丽的傍晚。太阳温暖地映照在树梢上，跟林间深邃的暗绿形成鲜明的对比。斑鸠们在老山毛榉树间凄厉地鸣叫。

读到这一段时，简直不像是在听一则童话故事，反而像是在读诺瓦利斯[1]或者让·保尔[2]这样的浪漫主义作家所写的纯文学作品了。平实、无特征的事件讲述，在此处选择为细腻、深情的描写让位：确实有某个"单独的个体"感觉到了大自然那细致丰富的变化，透过自己的双眼见到了这些细节，并且忠实地记录了下来。一位作家运用比喻手法的能力，以及对事物进行描写的天赋，是这位作家区分于其他人的特质所在。然而童话故事本身，却对

1　诺瓦利斯（Novalis），德国浪漫主义诗人。
2　让·保尔（Jean Paul），德国小说家，浪漫主义文学大师。

这些记录它的作家的特质全然不感兴趣。个性与创造性，对童话而言，无关紧要。

童话不是文本

威廉·华兹华斯[1]所作的长诗《序曲》、乔伊斯的名作《尤利西斯》，或者其他一些脍炙人口的文学作品，首先是作为文本存在的。我在这里提到的"文本"，是指那些印在书页上的文字段落——它们的内容本身，一字一句，可以说是不变的。至于这些内容具体是什么意思，以及研查、标注各种不同版本间的细微差别，帮助读者们理解著作中所包含文本的确切含义之类，则是编辑和文学评论家们该做的事情了。

童话故事却并非上述所说的"文本"，而是在一个或多个不同场合中，听人群中某人亲口所讲故事的记录和整理。显而易见，各种具体而微的现场要素，都会影响到故事的最终成型，以及被作为"现场记录"写下来的形态。讲故事的人可能会添油加醋，甚至画蛇添足，又或者惜字如金，忽略故事本应有的细节。口述故事的形貌，可能每天都不大一样，如果讲述者觉得疲劳，或者不在状态，讲出来的东西就不会太好。另一方面，记录者的状态好坏也一样重要：比如赴约听故事时，身患流感，头晕耳鸣，听力自然不会太好，书写时也会时不时受到喷嚏或咳嗽的滋扰。

除上述情况外，还有种常见的情况，也会影响到最终成书的

1　威廉·华兹华斯（William Wordsworth），英国著名诗人。

内容质量：一则原本十分好的童话故事，从一位能力不济的讲述者口中转述出来。

这种情况往往是最要命的，毕竟讲述者的能力，总有高下之分，他们各自掌握的讲故事技巧、处理情节进展的方式各不相同。当年，格林兄弟曾被他们所拜访的其中一位故事讲者的高超技巧所折服，她的名字是多萝西娅·菲曼。她能将故事一字不差地复述，令抄写誊录变得轻而易举；不仅如此，由她讲述的故事，特色相当明显：情节严谨、一丝不苟。即使是我本人，在致力于本书的编撰工作时，也对她的天才佩服不已。

类似多萝西娅·菲曼，了不起的讲者们，都是各有各的才能：有的可能擅长于幽默，有的长于铺设悬念，制造戏剧效果，有的在调动听众情绪、渲染悲情愁绪方面相当了得。毫无疑问，这些天才们都会选择那些最契合自己才能的童话故事来讲。打个比方，当某位擅长喜剧风格的人在讲故事时，他就会创造出滑稽的细节，和听起来会令人好笑的段落，如此一来，听众们便会觉得印象深刻，也就想要将故事继续讲给别人听了。但是，也正因如此，这则故事在传播过程中，相比原来便会有少许改变。又比如，另一位偏好制造悬念的女士，在讲恐怖故事时也如法炮制，添加进自己喜欢的内容。长此以往，改变越积越多，这些微小的变化逐渐沉淀，成为了故事本身的一部分——直到它们被人忘却，或者美化、改进为新的故事，然后再一次产生改变，无穷无尽。

童话故事就是这样一种文体，永远都在自我更替、变革。试图长久维持某个特定的版本，或者某位固定译者的译文，简直就等同于将一只知更鸟囚禁在笼子里一样[1]。我亲爱的读者朋友，如果您打算向别人讲述这本书中任何一则童话故事，那么，我希望您在做这件事的时候，能够自由、随性一点——您可以在我所提供的版本中，随意添加喜欢的细节，无论是我忠实翻译的部分，还是擅作主张、添油加醋的部分。实际上，也不止"随意"这么简单，甚至可以说，您负有将故事改造为您自己的所有物的责任[2]——无论如何，童话都是流动的文本。

干净的语调

究竟有没有哪个版本的童话，能够做到如詹姆斯·梅利尔在他诗中所说的"安详、平实"呢？当然，那些记录者们可能本身并不情愿。过去曾有过许多这样的童话集，将来还会有更多。或许可以这样说，所有现有的版本中，都充溢着它们背后撰写者们潜藏的欲望、迥异的性格，甚或政治倾向。虽然童话故事多少可以容忍这些"杂质"，但是，即便我们确实希望"安详、平实"，大概也不可能完全达到这一要求：在不知不觉间，创作者和讲述者的个人痕迹，就已经藏匿在书的每一页、每一段、每一行之间了。

在我看来，唯一可以做到的事情，就是尽量将这些流传已久的童话讲得清楚明白，至于其他，也就无需过多操心了。跟别人讲这些童话本身，已经是件轻松自在的活儿，思前想后、挂虑太多，

---

1 "知更鸟儿笼中囚，重重天堂怒不休"，引自威廉·布莱克的诗作《天真的预言》。

2 "如果在讲童话故事的时候，什么佐料都不加的话，可就一点儿意思都没有了。"引自伊塔诺·卡尔维诺在《意大利童话》的序言中所引的托斯卡纳谚语。

反而会减损讲述的乐趣。实话实说，作为童话的讲述者和记录者，在完成这本书的过程中，我发现"再创作"在很多时候都没有必要——这个发现让我感到如沐春风，仿佛自己是《溪边的牧鹅姑娘》中的那个年轻人，折腾得精疲力尽之后，终于可以在风景如画的溪边好好歇息了。怎么不是？毕竟故事的一切情节、要素早已完备，就好比爵士表演家已经有了某首爵士乐的曲谱，需要做的不过是一段又一段、一场又一场地演绎而已——尽管轻歌曼舞、随兴发挥就好。与爵士乐类似，讲述童话也是一门演绎的艺术。把童话记录下来？当然也一样。

最后，我还打算对希望跟别人讲书中故事的读者们说一句：迷信就迷信吧，没什么大不了的。如果你有一支幸运钢笔，就痛痛快快地用它。如果当你穿红蓝色混搭的袜子时，觉得自己似乎更加自信，更有气场，更聪明些的话，那就穿吧。无论如何，我自己在完成这本书的过程中就特别迷信。我的"迷信"，特指书中这些童话故事被讲述出来时的"声音"。我坚信，这本书里的每一则童话故事都拥有它们各自的灵魂，在讲述它们的时候，语调的顿挫、抑扬，声音的高低、断续、情绪，可以使"童话之魂"具象化——如果我们给予"童话之魂"适当的尊重和敬意，就能把故事讲得更加成功。仔细瞧瞧这些"童话之魂"的模样，它们或年轻或年老，有先生也有女士，有些敏感忧郁，有些愤世嫉俗，有些是天生的怀疑论者，有些则是天真单纯的乐天派……如此种种。不仅如此，这些魂灵还统统都是不受社会道德规条约束的：就跟帮助壮士汉斯从洞穴里逃脱的那个空气精灵一样——"童话之魂"们乐意侍奉拥有宝物的角色，以及开口讲故事的人们。对于那些认为我在鬼扯，声称"讲童话故事所需要做的全部事情，不过是巧用人类的想象力罢了"的人们，我的回答如下："是啊，你说的有道理——认为'童话之魂'们确实存在，恰恰就是我脑袋里'人类想象力'的运作方式。"

可惜，纵使我们在这些童话故事的重述上已经竭尽全力，也还是会发现——所做的一切仍不足够，不能尽善尽美。容我揣测，演绎最完美的童话这件事，就仿佛伟大钢琴家阿图尔·施纳贝尔[1]对少年莫扎特所创作的那些巧夺天工的奏鸣曲所作的评价一般："对孩子们来说轻而易举，但对大人们而言，实在是难于登天。"

在我看来，这本书里的五十则童话，正是《儿童与家庭童话集》的精华所在。可以说，对于每一个列位书中的"童话之魂"，我已经做到问心无愧了——就像多萝西娅·菲曼、菲利普·奥托·龙格、多尔特欣·维尔特，以及其他许多被格林兄弟收录在他们童话故事集中的故事讲者们曾做过的那样。

在序言的末尾，我衷心祝福我们所有人——无论讲故事的人，还是听众——生活美满幸福。

菲利普·普尔曼，2012 年

1　阿图尔·施纳贝尔（Artur Schnabel），世界著名钢琴家。

青蛙国王

注：又名"铁胸亨利"（Iron Heinrich）。

在祈愿还能应验的古老时代，有一位国王，他的女儿个个都很美丽。其中，他最年幼的女儿是如此美丽，就连那位洞悉世事的太阳先生，每次将日光洒在她脸上时，也会惊叹不已。

　　在离皇宫不远的地方，有一大片密林；林间深处，生长着一株菩提树；而在这菩提树下，修有一口古井。不知什么原因，这口古井里似乎常年飘散出一股寒气。天热的时候，小公主便常常走进森林，来到古井旁乘凉。

　　为了消磨时间，她取出一只金球，拿着它玩抛接游戏。这是她最喜欢的游戏。有一天，她抛球的时候，碰巧有点儿分神，金球落下来时，她没能伸手接住。球从她身旁滚落，滑进了古井里。

　　小公主赶紧追到井边，探头往井里看。井中是幽深的死水，从上面望去，仿佛深不见底，根本看不见金球。

　　她开始大声哭泣，哭声越来越大，那么伤心，估计谁来都没办法安慰她。就在她泣不成声的当儿，突然有个声音对她说："怎么了呀，亲爱的公主？看看，你哭得这么厉害，就连路边的石头听了，也会难过的。"

　　小公主抬起头，想知道这声音来自何处。映入眼帘的却是一只青蛙，从井水中伸出又大又丑的圆脑袋，仰头望着她。

"哦，是你呀，你这个在水里折腾的老小子。"小公主说，"告诉你我为什么哭吧，我的金球掉进井水里了，这水又深不见底，它落在哪儿，连看都看不到。"

"好了，你不用再哭了。"青蛙应道，"我倒是可以帮你把金球弄回来，不过你会给我什么作为回报呢？"

"什么都可以的，小青蛙！什么都行！我的礼服、我的珍珠、我的珠宝……就算是此刻头上戴着的金冠，也可以摘下来给你。"

"你的礼服、你的珍珠、你的珠宝，甚至你头上的金冠，这些对我而言都毫无意义。不过，如果你可以爱我，并把我作为你的朋友和玩伴，如果你允许我和你同坐在餐桌上，与你分享盘中的佳肴、杯中的美酒，如果你让我随便睡你的床——如果能那样，我马上就为你取金球上来。"

小公主不觉暗想："这蠢青蛙都在说些什么呢？不管它脑子里正在想些什么，还不是只能待在这井水里？不过，或许它倒真能把我的金球取回来。"当然，小公主没把心里的想法直说出来。相反，她是这样回复青蛙的："好呀，好呢，我答应你。只要你把我的金球找回来，你说的这些，我保证都可以做到。"

青蛙刚听到她回答"好呀"，便猛地把头扎进井水里，潜到了水底。过了没多久，他又浮了上来，嘴里衔着小公主的金球。青蛙用力一甩，把球抛到了井边的草地上。

小公主高兴坏了。她赶紧把金球攥在手里，一下子就跑没影儿了。

"等一下，等等啊！"青蛙大声喊道，"把我带上！我只能蹦着走，没你跑得那么快！”

小公主根本没在意青蛙喊了什么。她用最快的速度跑回了家，把可怜的青蛙忘了个一干二净。青蛙只好跳回了古井里。

第二天，小公主和她的父王，还有满朝文武大臣一起坐在餐厅里用黄金制成的碟子用餐。突然，大家听到有什么东西正从皇宫的大理石台阶上一下一下地跳上来，发出"噗叽噗叽"的声音。那家伙终于来到餐厅门口，用力敲响了门，喊道："公主，小公主啊！请给我开门吧！"

小公主跑到门口，打开门，发现门外正是昨天的那只青蛙。

她怕极了，赶紧用力把门关上，跑回了自己的座位上。

国王发现小女儿吓得连心脏都快蹦出来了，便问她："我的孩子，你在害怕什么呢？莫非门外面站了个巨人？"

"哦，不是的，"她回答，"不是巨人，是只特别吓人的青蛙。"

"青蛙？它为什么会找你呢？"

"哦，爸爸。就是昨天，我在森林里的古井旁玩的时候，金球掉到井里去了。我很伤心，就在那儿不停地哭。因为哭得实在太难过，青蛙就帮我把金球捞了回来。还有，由于他一再请求，我不得不答应他，在捞出金球之后跟他做好朋友。不过，我可完全没有想到，这家伙会离开井底的小窝，找到这儿来，我真没想到。现在，他就在门外，正想要进来呢！"

话声未落，青蛙又敲了一下房门，继续喊叫：

公主，公主，那位最小的王女啊，
开门放我进去吧！

否则的话，你在井边许下的诺言，

可就跟生锈了的铁钉似的，变得全无用处了啊！

遵守诺言吧，高贵的王女啊，

开门放我进去吧！

国王说："如果你许下了诺言，就必须遵守。去开门，让他进来。"

她只好过去开了门，看着青蛙蹦蹦跳跳地来到餐厅里。这家伙一路跳着，来到了她的座位前。

"快把我抱起来，"青蛙说，"我要坐你身边。"

小公主一点也不愿意让青蛙坐在自己身边。但国王发话了："听他的，按他说的做。"

她只好把青蛙抱起来，放在自己的椅子上。青蛙刚刚在椅子上坐稳，又说要坐到桌子上去。自然，她也只好再把他抱上餐桌了。

接着，青蛙又说："把你那黄金制的餐碟推过来点儿，我可要跟你一起进餐呢！"

小公主照做了，不过在场的每个人都看得出来，她可一点儿都不情愿。青蛙津津有味地吃着她碟子里的美味佳肴，一口接一口，每一口都像一根利刺，扎在公主的嗓子眼上。

酒足饭饱后，青蛙说："嗯，我现在已经吃得差不多了，感谢你的款待。哦，我想要回床睡觉了呢！过来抱我，把我带到你的卧室里吧，备好你那些丝绸锦缎织的被褥，我们可得一起睡呢！"

听到这番话，公主哭了起来，因为青蛙那又冷又湿的疙瘩皮，令她害怕。一想到这家伙将要睡在她那张舒适、干净的床上，就让她浑身发抖。但国王只是皱一皱眉，说："在你面临困境时，他义无反顾地帮助过你，你可不能瞧不起他。"

小公主用食指和拇指捏住青蛙背上的皮，把他给拽起来，去了卧室。她把他安置在卧室门外，重重地把门给摔上了。

哪知青蛙马上又开始用力敲门了，还说着："放我进去！放我进去！"

她只能开门，回应道："好吧！你可以进来，不过，只许你睡在地板上！"

小公主招呼青蛙在床边睡下，但他仍然叫嚷着："让我上床！让我上床！我可和你一样累呢！"

"唉，看在老天的份上！"小公主一边抱怨，一边无奈地把他拎上床，放在她枕头的那一边。

"近一点嘛！近一点！"青蛙说。

实在是忍无可忍！小公主被怒气冲昏了头脑，一下子冲上去，抓住青蛙往墙上使劲一摔。奇怪的是，青蛙从墙上被弹回到床上时，竟然不再是一只青蛙了！多么神奇！他变成了一个年轻人——一位王子——他美丽的双眼中带着笑意。

她对他一见钟情，也就同意让他做自己的好朋友了，这倒是应了国王刚才对她的期许。王子告诉她，之前有个邪恶的女巫，在他身上施了咒语，除了小公主外，任何人都没办法把他从井里拯救出来。另外，明天会有一辆马车过来，载他们去王子所在的国家。说完这些，王子和小公主就靠在一起睡着了。

第二天一早，清晨第一缕的阳光将他们唤醒，不一会儿，马车便停在了皇宫门前，一切都正如王子所说。这是辆由八匹马拉着的豪华马车，骏马们的额前装饰有威风气派、随着马身动作纾缓摇晃的鸵鸟羽毛。马身上装备的载具，全部用黄金来联结，在阳光下闪闪发光。后面马夫座上坐着的，是王子忠诚的仆人亨利。之前，在亨利得知主人被女巫变成了一只青蛙时，简直悲痛欲绝，马上找了个铁匠，让铁匠在自己胸口上打了三圈厚重的铁箍，以防里面狂跳着的心脏因为悲恸而爆裂开来。

忠诚的亨利服侍王子和公主上了马车，然后坐回到马夫座上。能够看到主人回来，他当然是欣喜若狂。

马车出发了一小会儿之后，王子突然听到身后传来一声巨响。他转过身，喊道："亨利，马车坏了！"

"不是的，不是的，我的主人，那仅仅是因为我的心。当您变成青蛙，在古井中苦闷挣扎时，我难受得要死，不得不用铁箍束缚住胸口，免得心脏爆裂开来。因为，铁比悲痛强大，而爱比铁更为强大，因此当你回复人形后，铁箍就脱落了。"

一路上，王子和公主又听到了两次这样的巨响，每一次他们都觉得是马车坏了，而每一次他们都错了。那只是铁箍从忠诚的亨利的心上脱落了，因为他的主人已经重获新生。

附注

故事类型：ATU440，"青蛙国王"

故事来源：维尔特家的人讲给格林兄弟听的故事

相似故事：Katharine M. Briggs: "The Frog", "The Frog Prince", "The Frog Sweetheart", "The Paddo" (Folk Tales of Britain)[1]

这是世界上最耳熟能详的童话之一。整篇童话的中心议题，在于一只丑陋恶心的青蛙，摇身一变，成为王子的情节。这一转变方式颇为有趣，充满了道德意蕴，甚至可作为人类在漫长岁月中所积累的社会真实经验的一则隐喻。因为是童话故事中的情节，人们通常会觉得，青蛙应该在接受公主的亲吻之后，才会变成王子，而格林兄弟所记载的故事则颠覆了这一想法。相似的还有布里格斯[2]所记录的版本，在那个故事里，青蛙必须先被少女斩首，然后才能变回王子。当然，以吻的方式来解除诅咒的版本，还是占绝大多数的。以上版本之间的区别，已经可以作为一个民俗学问题来讨论了。除此之外，青蛙坚持要跟公主共用一张床的隐喻是什么？

根据原文，青蛙最终变成了王子（德语：ein Königssohn），然而，在这则童话的标题中，却称他为"国王"（德语：Der Froschkönig）。或许，在这一类童话故事的设定当中，只要王子曾被诅咒变成过青蛙，在继承王国时，就必须在称呼前面加上"青蛙"的前缀。在民俗学研究当中，这个细节也是不能忽略的。

故事末尾出现铁胸亨利这个角色，简直就是莫名其妙。该人物与故事主体间完全没有任何联系，仿佛被讲述者完全忘掉了似的。然而，按照记录者的预想，这个

1　为方便读者查考，此处直接使用原文书名与篇名。下同。

2　凯瑟琳·布里格斯（Katharine Briggs），即《英格兰童话故事集》（Folk Tales of Britain）的编著者。英国学者，作家。

人物理应十分重要，重要到在标题中占有一席之地。无论如何，亨利的三圈铁箍在整个故事中相当抢眼，几乎可以独立成一个新的故事了。

第二个故事

猫与老鼠凑一家

从前，有一只猫和一只老鼠是朋友。猫不断跟老鼠讲，他跟她在一起时觉得多么温暖、踏实，她是多么体贴善良，多么勤俭持家，她转动自己尾巴时的动作是多么干净利落……如此种种，终于说服了老鼠，同意和他一道共建家庭。

　　"我们得为即将到来的冬天做好准备。"猫对老鼠说，"如果我们不做准备的话，到时候想吃东西又找不到，就会挨饿。唉，像你这样的一只小老鼠，天寒地冻时，显然是没办法外出觅食的。就算你有幸没被冻死，也肯定会被老鼠夹子给夹住，一命呜呼。"

　　老鼠觉得猫说得有理，他们便把各自的钱凑到一处，买了一罐猪油。接下来的问题是，把这么一大罐子存粮藏在哪里。猫和老鼠讨论了很长时间，最后猫对老鼠说："我觉得吧，再没有其他地方比教堂更安全了。你知道的，没有人敢去偷放在教堂里的东西。我们可以把这罐猪油藏在祭坛下面，在真正需要动用它之前，我们谁也不必去取。"

　　于是，他们把猪油罐子藏在了教堂里。可是，过不多久，猫开始惦记起那罐美味香甜的猪油来了，他对老鼠说："哦，突然想起件必须要告诉你的事儿。我的堂姐刚生了个儿子，毛是纯白色的，还长着些好看的褐色花斑呢！"

"哦，那可真是太可爱了！"老鼠回应道。

"是啊是啊，可爱极了。堂姐他们还请我去当孩子的教父呢。所以……今天你能独自一人看家吗？我今天得去堂姐家，抱那孩子去教堂受洗。"

"好呀，很乐意帮忙，"老鼠答道，"受洗仪式过后，肯定会提供些精致好吃的食物。如果你吃到什么好东西，想着我点儿。要知道，我一直都想要试试那种只在洗礼仪式时才提供的香甜美味的葡萄酒。"

当然，猫的请求不过是一派胡言。他根本就没有堂姐。也没有人会请他做自己孩子的教父。离开家后，猫就直接去了教堂，悄悄爬到祭坛下面，打开他们的猪油罐子，把最上面那层油皮舔了个干净。

然后，猫若无其事地溜出了教堂，晃悠到了屋顶上。那是他过去常常去发呆、偷闲的地方。猫舒舒服服地躺下，一边晒着太阳，一边梳理胡须，脑袋里还回味着刚刚那罐猪油的味道。回家的时候，已经是傍晚了。

"欢迎回家！"老鼠对猫说，"你今天过得怎么样？他们给那孩子取了什么名字？"

"哦，叫'上面没了'。"猫一边看着自己的爪子，一边轻描淡写地回应。

"'上面没了'？对于一只刚出生的小猫而言，这倒是个稀奇名字。"老鼠评价道，"你们那个大家族里，以前有取过这名字吗？"

"我觉得一点也不稀奇啊，"猫说，"总比你那些叫'面包屑小偷'的教子们要好点儿吧。"

没多久，猫又开始惦记起那罐子猪油来了，他对老鼠说："亲爱的朋友，我能请你帮个忙吗？我被邀请去给家族里另一个刚出生的孩子当教父。他的脖子周围有一道白圈，可爱得要死，实在没办法拒绝。所以……你今天能再独自看家一天吗？和上次一样，大概傍晚时候，我就会回来了。"

善良的老鼠也没多想，就答应了猫的请求，还衷心祝福新生的小猫一切都好。猫出门后，沿着城墙边匍匐前进，辗转来到了教堂。这一次，他把脑袋整个伸进了猪油罐里，一口气舔掉了半罐猪油。

"千好万好，吃到自己嘴里最好。"猫这样想着。

回家之后，老鼠问他："这次，他们又给孩子取什么名字了？"

"'去了一半'。"猫回答道。

"'去了一半'？这又算是个什么名字？从来没听说过有人会给孩子起这样的名字。而且，我敢肯定，从古至今，这名字也不曾存在过！"

那罐猪油的美味还一直萦绕在猫的舌尖和心头。过不了几天，猫又想吃猪油了。

"俗话说得好，好事成三。"猫对老鼠说，"你肯定料不到，竟然又有亲戚请我去当教父了。这次生的那孩子，全身都是黑的，遍体上下，除爪子外，一根白毛都没有。你该清楚，这事在我们家族里，可是相当稀罕，隔好几年才可能出现一次。所以……这次你也会让我去的，对吧？"

"'上面没了''去了一半'？你们家族里老是给孩子们取

些奇怪名字！每次都让我觉得奇怪，真搞不懂你们。"

"哦，你那纯粹是多虑！"猫立即打断了她，"看看你吧，每天从早到晚都不出门，只知道坐在那儿玩自己的尾巴，空想些稀奇古怪、子虚乌有的荒唐事儿。要我说，你真该出去走走，呼吸呼吸新鲜空气了！"

老鼠自己也弄不明白，猫刚说的话究竟有没有道理。不过，在猫外出的这段时间里，她用心给他们的小家做了清洁，把一切物什都打理得井然有序。

与此同时，猫却躺在教堂的祭坛下面，大口大口地舔着那罐猪油，然后用他的爪子铲去最后一滴猪油。做完这些后，猫看了眼被自己舔拭得光可鉴人、闪闪发亮的罐子底，心满意足地坐下休息。

"把装满好东西的罐子吃空，真是件既美好又可惜的事情。"猫在心里叹息一声。

猫回到家时，已经是深夜了。他才刚进门，老鼠就问他，这次给孩子取了个什么名字。

"我猜，这次的名字你肯定也不喜欢。"猫回答道，"他们管他叫'全部玩完'。"

"'全部玩完'！"老鼠忍不住喊了出来，"我的天哪！我还真有点担心那孩子，真的！取这么个匪夷所思的名字，究竟想表达什么呢？"

说完这句话，她把自己的长尾巴蜷在身上，沉沉睡了过去。

自此以后，再没有谁来请猫当教父了。寒冷的冬天来了，外面一点儿可以吃的东西都找不到了。这时候，老鼠突然想起，他们那罐美味猪油，现在应该还妥当安全地藏在教堂的祭坛下面呢。

她说："快来，猫，现在是去教堂取那罐子猪油的时候了！想想看，那猪油的味道，该有多美啊！"

"哈，没错呢！"猫回应道，"你待会儿尝尝就知道了……那味道，就像你把自己那玲珑小巧的舌头伸到窗户外面舔空气一样美。"

说完，两人就动身了。到教堂之后，罐子确实还在那儿，但里面的猪油，毫无疑问，已经不翼而飞了。

"噢！噢！噢！"老鼠尖叫道，"我总算搞清楚是怎么一回事儿了！此时此刻，我算是彻底认清你这家伙的真面目了！你才不是什么孩子的教父！你不过是溜到这儿来，把猪油给吃掉了。先是'上面没了'——"

"说话给我当心着点！"猫厉声喝道。

"然后就'去了一半'——"

"我警告你！"

"最后'全部玩'——"

"你再多说一个字，我马上就把你也给吞了！"

"——'完'！"老鼠的声音收不住了，一切已经无可挽回。猫纵身一跃，把老鼠压在身下，眨眼之间便把她吞了下去。

故事就这样结束了。不是这样结束，还会怎样呢？世事也大抵如此吧。

附注

故事类型：ATU15，"用'喜当教父'的谎言来偷吃食物的贼"

故事来源：格蕾琴·维尔特告诉格林兄弟的故事

相似故事：Italo Calvino: "Mrs Fox and Mr Wolf" (Italian Folktales); Joel Chandler Harris: "Mr Rabbit Nibbles Up the Butter" (The Complete Tales of Uncle Remus)

一则十分简单、常见的寓言。在该故事的几则变体当中，还额外呈现了另一类粗糙的作恶情节：真正的偷吃者在每次偷吃完后，还会将油膏状的食物残余涂抹在伙伴的尾巴上，以此为证据来诬陷伙伴。"猫看了眼被自己舔拭得光可鉴人、闪闪发亮的罐子底"这部分情节，是我从《雷穆斯叔叔故事全集》（The Complete Tales of Uncle Remus）里借用的。与格林兄弟所提供的版本类似，《雷穆斯叔叔故事全集》中收录的类似童话，也以对现实社会的不公正感到无可奈何的态度收尾：

Tribbalashun seem like she's a waitin' roun' de cornder fer ter ketch one en all un us.

离家寻找"害怕"的年轻人

从前有一位父亲，养育了两个儿子。大儿子机智灵敏，能够独自处理任何事情，小儿子却是个蠢钝的人，什么事情都弄不明白，什么事情也不去学。每个认识他们的人都说："这小子迟早会给他爸爸找麻烦的。"

　　一旦遇到什么事情要处理，一定是由大儿子出面。不过，世上的事千千万万，有件事是大儿子无论如何也不愿意去做的。如果父亲要他在刚刚入夜时，或者天完全黑下来时，出门去取什么东西，并且途中要经过墓地，或者其他什么类似的可能令人惊骇的地方时，他都会说："哦，不要啊，爸爸，我不去那儿。那地方让我感到害怕。"

　　自然，"让我感到害怕，我不敢……"这样的话，不止大儿子会说。晚上，当村里的人围坐在篝火周围，讲关于幽灵显灵、或者房屋闹鬼的故事时，听故事的人有时也会讲一样的话。

　　小儿子经常坐在角落里，听大家讲这类故事，但他完全弄不清楚"害怕"究竟是什么。"每个人都会说'这个那个，让我感到害怕，让我怕得要死！'这样的话，我却不知道他们说的究竟是什么意思。我从来就没害怕过什么！要知道，我听故事跟他们一样认真，一个字都没漏掉！"

有一天，他父亲把他叫到身边，对他说："听着，儿子，你已经长大了，身体也很强壮，算是个大人了。因此，是时候自己养活自己了。看看你哥哥，他已经知道要好好努力工作了，而你，却什么都没学会，至少在我看来，你一无是处。"

"唉，是的呢，爸爸。"小儿子说，"我很想自己养活自己，真的。我很想学会应该如何害怕。这是我至今都无法理解的东西。"

他哥哥正巧坐在旁边，听到自己弟弟这样说，忍不住笑出了声。"还真是个彻头彻尾的大傻瓜！"哥哥心想，"这家伙，一点有用的都不学，以后肯定也成不了什么大器。说的都是些什么话啊，狗嘴里吐不出象牙。"

父亲除了叹气，不好再说什么。"好吧，无论如何，了解什么是'害怕'对你来说，应该也没什么害处。"他这样说，"但是，你以后也不可能光靠'害怕'来养活自己啊。"

几天后，村中教堂里的执事碰巧经过他们家，顺道进来闲聊。父亲实在憋不住心中的愁绪，就把自己对小儿子的种种忧虑，一股脑儿都说给执事听了：又傻，又不学无术，什么都不懂，什么都不会。

"我给您举个例子吧，"父亲说，"当我问他，要以什么本事来谋生时，他说，想弄清楚应该怎样害怕。"

"如果他确实想知道什么是'害怕'的话，"执事回应道，"你可以让他跟我一起走。我会教他什么是'害怕'的。这孩子，也到了该成器的岁数了。"

"这主意倒不错。"父亲一边回应，一边想着，"相比家人，让别人来教育教育他，或许更好些。无论如何，对那孩子总归是会有点帮助的。"

两人就这样说定了。执事带小儿子离开了家，给了他一份在教堂里敲钟的工作。等到熟悉了应该怎样操作之后，某天深夜，执事突然过来叫醒了小儿子，让他现在马上到教堂的钟楼，把钟敲响。

"是时候让你学会什么是'害怕'了。"执事暗自思忖道。在年轻人穿衣服的当儿，执事赶在他前面去了钟楼。

小儿子爬到钟楼上，转身去取敲钟用的绳子时，突然看到一团白色的人影，站在正对着钟楼巨大音孔的楼梯顶端。

"你是谁呀？"小儿子问。

那人影一声不吭，也没有动。

"你最好老实回答我！"小儿子大声喊道，"深更半夜的，不管是谁，都不应该来这儿！"

执事仍旧不说话。他确信年轻人肯定会认为他是个幽灵。

年轻人又喊了一句："我警告你，赶紧回我的话。如果你再不说话，我就把你从楼梯上扔下去。好了，你是谁？你想干吗？"

执事心想："他肯定不会把我扔到楼梯下面去的，现在这样说，绝对是在虚张声势。"

他仍旧没有动，站得像个雕像一般，依然不发出任何声音。

年轻人又重复了一遍，还是没有得到回应。他只好大声咆哮道："很好！你自找的，那就别怪我了！"

他飞扑过去，用力把那团白色影子推下了楼梯。"幽灵"一路磕磕碰碰地滚了下去，最后浑身是伤地躺在角落的草垛里哀嚎。

终于没人打扰了，年轻人按照执事刚才所说的，认真敲了一遍钟，就回床睡觉去了。

执事的妻子在家里等他，许久也不见他回来，就开始担心起来。她走到这年轻人睡觉的地方，把他叫醒。

"我丈夫去哪儿了？"她问，"你之前有没有看到他？他在你之前就已经爬上钟楼了。"

"我不知道呢，"年轻人答道，"我从来没有见过他。不过，刚才倒是有个穿白袍子的人站在钟楼的发音孔那儿，既不愿意回答我的问话，也不肯走开，我觉得那家伙肯定居心不良，就把他从楼梯上给推了下去。你可以过去看一下，他大概还在那儿躺着吧。如果那人就是你丈夫，我只好说抱歉了，因为摔得实在很重。"

妻子飞奔出去，找到了那摔断了条腿，正像杀猪般呻吟着的丈夫。她好不容易才把他抬回家，就尖声怪叫着去找年轻人的父亲算账了。

"瞧瞧你那白痴儿子！"她怒骂道，"你知不知道，他刚刚做了什么好事？他把我丈夫从钟楼上推了下去！可怜我那男人，整条腿都摔断了。恐怕还不止如此，就算我丈夫身上剩余的骨头碎掉一大半，我也不会觉得奇怪的！好了，现在马上把你家那一无是处的活宝领走吧，否则他迟早会把我们这儿毁了。我永远不想再见到他了！"

父亲吓了一跳。他赶紧跑去执事的家里，把睡熟的儿子从床上拽了下来。

"你到底在搞什么鬼？"他问道，"捉弄教堂执事？你一定是魔鬼附身了！"

"可是，爸爸，"年轻人说，"我是无辜的啊！我根本就不知道那是执事。当时，他正站在钟楼发音孔那儿，穿了一身白袍。我没办法认出那是谁，此前我也已经警告了他三次。"

"我的老天爷！"父亲说，"除了给我添麻烦，你还能做什么？赶快滚吧，滚得越远越好！我再也不想看到你了。"

"遵从您的吩咐，"年轻人应道，"天一亮我就动身离开，去闯荡世界。我要去寻找'害怕'，这样，我就能有一技之长，能够养活自己了。"

"'害怕'？当然！你想做什么就去做好了，反正对我而言都无所谓。拿着——这里有五十泰勒[1]。拿好它们，去广阔天地里尽情闯吧，不过，无论你去哪儿，都不要告诉别人自己是从哪个村子来的，也不要告诉他们你的父亲是谁，免得你继续丢我的脸。"

"行啊，爸爸，如您所愿。如果这就是你想要我做的，我还是可以轻松记住的。"

天一亮，年轻人就把五十泰勒装在口袋里，打起背包出发了。一路上，他都在自言自语："多希望，我能够害怕一下下啊！多想要，'害怕'可以快些被我找到呀！"

有个男人正巧跟这年轻人同路，听到了他说的话。他们一起走了不多远，就看到了一个绞刑架。

"看那儿，"同行的男人说，"我来教你一个学会害怕的窍门。看到那些绞索圈了吗？统共有七个男人跟做绞索家的女儿结了婚，现在，他们大概正在学习如何飞行呢[2]。只要你肯坐在这尸体下面，等到天黑，就一定能学会害怕。"

---

1 泰勒，普鲁士帝国时代的货币单位。
2 含蓄的说法，意指吊死了七个人。

"真的吗？"年轻人说，"这么简单就能学会？干脆这样吧，要是我能在天亮前学会害怕，我这儿的五十个泰勒就归你了。记得到时候回这里来找我就好。"

他走向绞刑架那边，独自坐在挂着的尸体下面，等待黑夜降临。他感到有些冷，就想办法生起了一堆篝火。但是，午夜时的风刮得实在太大，即使那些木头烧得通红，坐在旁边也一点儿都不暖和。风把七具尸体吹得摇来晃去，互相碰撞。年轻人心想："唉，我现在坐在篝火边，都已经快要冻僵了，这帮可怜的家伙挂在上面，肯定比我还要冷。"他不知从哪儿找来一架梯子，爬到绞刑架上，一具接一具，把全部七具尸体都给弄了下来。

年轻人又往火堆里添了些柴，把尸体们围着篝火摆成一圈。可这些死人只是呆呆坐在那儿，一动不动，即使身上的衣服被烧着了。

"喂，你们小心点啊！"他说，"当心我再把你们一个一个挂回去！"

显然，死人是不会回话的。尸体照旧动也不动地凝望着虚无，身上的衣服都快烧光了。

年轻人彻底被激怒了。"话已经说到头了！"他吼道，"看看你们，脚放在火里都懒得收回来！我可不想跟你们一起被活活烧死。"

他重又把七具尸体挂回到绞刑架上，然后在篝火旁一躺，很快就进入了梦乡。

第二天一早，年轻人醒来后，那个打算找他要五十泰勒学费的人就站在他旁边。

"昨晚，你应该已经成功找到'害怕'了吧？"他问道。

"没有，"年轻人答道，"我怎么能从那些吊着的傻子那儿学到些什么呢？他们一句话也不会说，光知道傻坐在那儿，裤子烧着了也不吱一声。"

那人马上明白过来，自己无论如何都没机会从年轻人那里拿到五十泰勒了。他只得摇摇头，空手离开。"简直就是个傻子！"他自言自语，"我活了这么大岁数，还真没见过这种白痴。"

年轻人继续上路，一路上仍旧说着同样的话："多希望，我能够害怕一下下啊！多想要，'害怕'可以快些被我找到呀！"

碰巧身后有个车夫走过，听到了他所说的话，马上赶到他身边来，问他："你是谁？"

"不知道。"年轻人回答。

"从哪里来？"

"不知道。"

"好吧，你的父亲是谁？"

"这我可不能说！"

"你一路上都在自言自语些什么？这总可以告诉我吧？"

"噢，那个啊，"年轻人答道，"我想要弄清楚'害怕'是什么，但没人能帮我。"

"你可真是个可怜兮兮的糊涂蛋呀！"车夫这样说，"跟我来吧，我会帮你找个可以落脚的去处。"

年轻人就跟着车夫走了。当天晚上，他们经过一家小旅馆，决定在那里过夜。付钱投宿的时候，年轻人又一次念叨开了："多希望，我能够害怕一下下啊！多想要，'害怕'可以快些被我找到呀！"

旅馆主人听到年轻人这样说，笑了起来："如果这就是你想要的，那你就幸运了。现在就有一个机会。"

"嘘——"旅馆主人的妻子说，"不许说那件事！你也不想想看，有多少可怜的傻小子因此丧了命。如果让眼前这位可爱的年轻人，再也没机会看到明天的太阳，该是件多么遗憾的事情啊！"

"可我确实想要找到'害怕'啊，这就是我离家闯荡的唯一目的，"年轻人说，"你们说的'那件事'是什么呢？在哪里呢。"

年轻人一直纠缠着不放，直到旅馆主人告诉他，附近有一座闹鬼的城堡，想要学习如何害怕的人，只要过去守三晚，大概就能很轻易地学会害怕了。

"国王已经发了话，只要有人能够在那城堡里坚持守三晚，他就把自己的女儿许配给他。"旅馆主人说，"那公主——我可以发誓，她简直是世界上最美的女孩。对了，闹鬼城堡里还储藏有数之不尽的金银珠宝，任何人拿到都会成为富甲一方的财主。这些财宝，据说是由一群恶灵负责把守的。只要你能够完成守三晚的任务，财宝也都是你的了。有成百上千的小伙子过来挑战，可惜，个个都是有去无回。"

第二天一早，年轻人就跑去觐见国王，说："如果您允许的话，我很愿意去那闹鬼的城堡里守三天三夜。"

国王瞧了瞧他，感觉这年轻人看起来很顺眼，就对他说道："好的。我还允许你选三样东西带去闹鬼城堡。不过，你所选择的东西，可不能是活着的东西。"

年轻人回应道："既然您这么说了，我希望能带上生火的工具、一台车床，还有一套木雕师傅用的工作台。当然，必须附带雕刀。"

国王同意了，马上差人把年轻人要的这些东西，在天黑之前搬到了闹鬼城堡里。夜幕降临时，年轻人走进城堡，在其中一个房间中央生起了一堆明亮的篝火，然后把木雕工作台和雕刀放在篝火旁边，自己则坐在车床旁休息。

"多希望，我能够害怕一下下啊！"他自言自语道，"可这城堡，看起来也不像是能够学会害怕的地方。"

临近午夜时分，年轻人起身给篝火加柴。正当他在往火里鼓气时，身后某个角落里突然传来奇怪的声音。

"喵呜，喵呜！我们好冷啊！"那声音呢喃道。

"你们在鬼叫些什么？"年轻人头也不回地说，"如果冷的话，过来一起烤火好了。"

于是，两只硕大无比的黑猫从阴影处蹿了出来，一边一只，坐在了年轻人的身旁，用如烧得滚烫的煤块一般火红的眼睛，死死盯着他看。

两只猫问他："想打牌吗？"

"好啊，正无聊着呢。"年轻人回答，"不过，在玩牌之前，得让我先看看你们的爪子才行。"

两只猫就把自己的爪子伸过来，给年轻人看。

"我的天哪！"年轻人说，"你们的爪子可真长啊。开局前，我得先帮你们把爪子修剪修剪才行。"

年轻人掐住了它们的脖子，把它们摁在了木雕工作台上，用固定材料的铁夹夹住了它们的爪子。

"就你们这两双爪子，我是越看越不喜欢。"年轻人说，"它们让我打消了玩牌的念头。"

他把两只黑猫给活活打死，扔到城堡外的护城河里去了。

一番折腾之后，他才刚走回房间，就发现房间的每个角落都出现了巨大的黑猫和黑狗，每一只的脖子上都套着熊熊燃烧的项圈和铁链。它们四处乱蹿，数量越来越多，让年轻人连挪动身子的地方都找不到了。它们不停地咆哮、嗥叫，发出恐怖的嘶鸣。它们甚至直接跳进火里，把燃着的柴薪甩得到处都是。

年轻人好奇地看了一会儿，很快就失去了耐心。他攥紧那把雕刀，冲它们大声喊道："统统给我滚开，你们这群无赖！"

喊声刚落，他就开始挥刀劈砍。有些怪物直接被他给杀死了，没杀死的也赶紧逃开了。当所有幸存的黑猫和黑狗逃远之后，他将留下的尸体扔到了护城河。干完这些，他又回到篝火旁坐下，想要让身体重新暖和起来。

这时，困意突然袭来，年轻人连眼睛都睁不开了。他朝角落里一张大床的方向走去。

"这张床看起来可真舒服呀。"年轻人心想，"我正好需要它！"

可他才刚躺到床上，床就开始滚动起来。它直直地冲向房间的门，门突然打开了，这张床带着他，在城堡里横冲直闯，速度越来越快。

"哈，这样也不坏，"年轻人评价道，"不过还可以再快点。"

那张怪床以被六匹骏马拉着的速度开始飞奔，穿过了廊道，在台阶上磕磕碰碰地上下，直到"砰"的一声，整个翻了过来，像一座山一样，把年轻人死死压在了下面。

不过，他扯掉裹身的毯子，踢飞脚下的枕头，从床底下爬了出来。

"好了，我已经睡够这张床了，"他大声说道，"如果还有什么人想睡的话，请自便吧。"

说完这些，他就回到一开始的房间，在自己生的篝火边躺下，很快便进入了梦乡。

第二天一早，国王过来视察情况，发现年轻人直挺挺地躺在那里，便感慨道："噢，多么遗憾啊。那些幽灵鬼怪们，终于还是把这孩子给杀了。世上又少了一个英俊年轻的小伙子！"

年轻人听到国王的感叹，从地上蹦了起来。"尊敬的陛下，那些家伙可没本事杀死我！"

"哎呀！你竟然还活着！"国王说，"太好了，能够再次见到你，我很高兴呢。昨晚过得怎么样啊？"

"相当不错，谢谢您的关心，"年轻人答道，"已经过去一晚上了，还差两个。"

他回了一趟小旅馆，旅馆主人见到他，吓了一大跳。

"你还活着！我以为再也见不到你了！对了，你找到'害怕'了吗？"

"还没呢，连'害怕'是个什么样子都没见过。希望今晚有人可以教会我'害怕'吧。"

第二个晚上，年轻人再次进入城堡，点燃了篝火，再次坐在车床旁休息。

"哦！"他说，"多希望，有人可以让我'害怕'一下下啊！"

快到午夜时，年轻人听到烟囱那边传来一阵怪响。先是"咚咚咚"的声音，然后像是有人在高喊狂叫，接着是凌乱的脚步声、古怪的尖啸，最后是一声十分响亮的大喊，某个人的下半截身子一下掉到了火堆里。

"你在干吗呢？"年轻人问这下半截身子，"你的上半身跑哪儿去了？"

但是，这个只有下半身的伙计，既没有耳朵，也没有眼睛，没办法听见年轻人的问话，甚至都看不见他，只能在房间里跌跌撞撞地四处乱跑。

烟囱里又传来更多的噪音，上半截身体也掉了出来，把煤灰扬得到处都是。

"怎么，觉得火不够旺是吗？"年轻人说。

"腿啊！腿啊！这边儿走！"上半身兀自大声朝着下半身喊叫。下半身没办法听见他的呼喊，仍在不停地四处乱撞。年轻人过去一把抓住了下半身的双膝，令他没法动弹。上半身趁机爬过去，一下子跳上来，两半截身子合成了一个人。这个人的样子十分丑恶。他一屁股坐在年轻人一直坐着的位置上，不愿意让开。于是，年轻人随手一推，就把怪人远远推走，自己坐了回去。

接着，烟囱里传来了更多的怪声，整整半打死人，一个接一个地从烟囱里掉了出来。他们随身带了九根粗大的大腿骨，还有两个骷髅，开始玩起撞柱游戏[1]来。

"能带我一起玩吗？"年轻人问道。

"可以是可以，不过你身上有钱吗？"

"当然，大把的银币呢。"年轻人答道，"不过，你们用的滚球还不够圆。"

---

1 撞柱游戏，起源于公元3—4世纪德国的一种古老游戏，又称"九柱戏"，被认为是现代保龄球运动的前身。

说完，他就把两个骷髅拿过来，放在车床上，磨呀磨呀，把骷髅磨成了两个圆圆的骨头球。

"这就好多了，"他对尸体们说，"现在，它们应该可以滚得顺畅些。来吧，我们来找点乐子！"

年轻人跟尸体们玩了一会儿撞柱游戏，输了些钱。最终，午夜十二点时，所有的尸体、骨头，包括刚才那个半身人，统统消失了。年轻人静静躺下，很快便进入了梦乡。

隔天一早，国王又过来视察情况了。

"昨晚过得怎么样？"国王问他。

"玩了几局撞柱游戏，"年轻人答道，"还因此输了点钱呢。"

"你找到'害怕'了吗？"

"连个影子都没看到，"年轻人回答，"我倒是很享受这个守夜游戏，但也仅限于此了。唉，我多么期待有人可以让我害怕啊！"

第三个晚上，年轻人还是生起了火，坐在老位置上，唉声叹气。"这是最后一晚了，"他自言自语，"真希望今晚可以让我找到'害怕'啊。"

接近午夜时分，年轻人听到房间某处传来沉重的脚步声，不一会儿，六个巨人抬着一口棺材，来到了他的身边。

"哦，有人死了对吗？"年轻人说，"我猜，里面躺着的应该是我的堂兄吧？他不久前刚刚死掉。"

他一边吹着口哨，一边对着棺材打招呼："快出来吧，堂兄，过来跟我聊聊吧！"

六个巨人把棺材放到地上之后，就离开了房间。年轻人把棺材盖打开，打量里面躺着的尸体。他把手放在尸体的面颊上，显然，尸体全身就跟冰一样冷。

"没关系，"年轻人说，"我很快就让你暖起来。"

他用篝火烘热自己的双手，再把手放在尸体的面颊上，可那面颊却依然冰冷。

于是，他干脆把尸体从棺材里搬出来，放在篝火旁边，用膝盖给尸体当枕头，还不停用手搓按死人的手臂，以此来促进体液循环。很可惜，这一切仍旧全无用处。

"有了！"年轻人说，"只要两个人躺在一起抱好，就可以互相取暖了。我把你抬到床上，用身体给你暖暖，你放心吧！"

他把尸体搬到了床上，自己躺在它旁边，再用被褥把他和尸体层层盖住。就这样，过了几分钟，死人开始动了起来。

"成了！"年轻人鼓励他说，"加油啊，堂兄！你就要复活了！"

尸体猛地坐了起来，冲着年轻人大声咆哮："你是谁啊？嗯？我要把你这多事鬼给勒死，你这肮脏的魔鬼！"

尸体的双手凑到年轻人的脖子上，但年轻人动作十分灵活，一番缠斗后，年轻人成功地将尸体塞回到了棺材里。

"好家伙，我给你做了那么多事，看看你都回报了我些什么。"他一边说着，一边用钉子死死钉牢了棺材盖。

棺材刚刚封好，那六个巨人马上就再次出现，一言不发地扛起棺材，慢慢把它抬出了房间。

"哦，这可不妙，"年轻人绝望地说，"看起来，我在这城堡里是学不会害怕的了。"

话音未落，有个老人突然从房间角落的阴影处走了出来。这个人的块头很大，比之前那些扛棺材的巨人还要壮实得多。老人留着长长的白胡子，眼睛里闪烁着只有恶魔才有的凶光。

"你这条可怜虫！"老人对年轻人说，"马上就能学会害怕是什么了。因为你今晚就要死在这儿了！"

"你说是就是啊？想杀死我，你最起码得先抓到我才行。"年轻人说。

"你躲不掉的，就算你逃得再快，也不可能从我手上逃脱！"

"我可是跟你一样强壮，甚至比你更强壮啊！"

"我们来较量看看，如何？"老人说，"如果你比我强壮，我就放你走。但你不会的。过来，往这边走。"

老人领着年轻人穿过城堡阴暗的廊道，沿着漆黑的楼梯不断下行，最后来到位于地下深处一个地牢般的锻造窑里。

"好了，咱们比比看谁更强壮吧。"老人说完便取出一把巨斧，用力一挥，就把一方沉重的铁砧给砸进了地里。

"我可以玩得比你更厉害些！"年轻人也举起了斧头，一下子就把另一方铁砧劈开了一个大豁口。不仅如此，就在这一挥斧头的当儿，他还趁机把老人那一大把白胡子也卡到豁口里去了。豁口闭合，老人就被拴在铁砧上了。

"抓住你了！"年轻人叫道，"我这就让你见识见识，今晚死在这儿的，究竟是谁。"

他找来一根铁棍，毫不留情地抽打这个恶魔般的巨人。好半天后，老人终于痛哭流涕，呜咽求饶："够了！快停下来！我投降了！"

老人向年轻人发誓，只要放了他，他就会给年轻人取之不尽的财富。年轻人拧了拧斧头，豁口再次被撑开，老人的胡子也得以挣脱。老人把他带到城堡的另外一个地窖里，给他看里面放着的满满三大箱子黄金。

"这三箱子黄金，一箱需要留给穷苦的人们，"老人向他嘱咐，"一箱应该给国王。至于第三箱，那就是你的了。"

就在这时候，午夜的钟声突然敲响，老人瞬间消失无踪，只留下年轻人独自伫立在黑暗中。

"唔，今晚发生的事儿也真够多的，"年轻人说，"我自己应该能够找到回去的路。"

年轻人扶着墙，穿过黑漆漆的廊道，回到床上，进入了梦乡。

到了早上，国王又过来看他了。

"此时此刻，你肯定已经学会应该如何害怕吧？"国王问道。

"完全没有，"年轻人答道，"我真的很想知道'害怕'到底长什么样儿。昨天晚上，我跟死了的堂兄一起睡了一小会儿，然后又来了个胡子长长的老人，给我看了三箱子黄金。但最终还是没人过来教我，究竟应该如何去害怕。"

他们把三箱子黄金从地窖里搬了上来，并按照老人的嘱咐进行了分配。年轻人娶了公主为妻。按照约定，继承了王国。但是，尽管年轻的国王十分爱自己的妻子，两个人过得十分幸福，他还是每天不停地念叨着："多希望，我能够害怕一下下啊！多想要，'害怕'可以快些被我找到呀！"

久而久之，年轻的皇后觉得烦了。她把这件事说给自己的女仆听，女仆听完后，说："交给我来处理吧，尊敬的主人。我会让他知道，'害怕'究竟是怎么一回事儿的。"

女仆去了溪边，抓了满满一桶小河鱼回来。那天晚上，当年轻的国王睡着后，女仆嘱咐皇后，让她趁国王睡着时，掀开被单，把整整一桶河鱼倒在他的身上。

皇后照办了。年轻的国王先是感到身上一阵冰凉，接着又觉得有无数个滑溜溜的东西在四周蠕动弹跳。

"天哪，天哪，怎么回事啊！"国王大喊，"我的上帝！你耍了什么花招？我简直要吓死了！哈哈，我终于知道害怕是怎么一回事儿了！谢谢你，我亲爱的妻子！你做到了任何人都不曾做到的事。现在我总算是找到'害怕'啦！"

附注

故事类型：ATU326，"想要学会恐惧的年轻人"

故事来源：该故事的一个较短版本，曾经出现在1812年的第一版《儿童与家庭童话集》中，此处的版本来自1819年的第二版；这个版本是由住在卡塞尔市附近德莱沙镇的费迪南·瑟伯特[1]亲笔写下来后寄给格林兄弟的

相似故事：Alexander Afanasyev: "The Man Who Did Not Know Fear"(Russian Fairy Tales); Katharine M. Briggs: "The Boy Who Feared Nothing", "The Dauntless Girl", "A Wager Won" (Folk Tales of Britain); Italo Calvino: "Dauntless Little John", "The Dead Man's Arm", "Fearless Simpleton", "The Queen of the Three Mountains of Gold" (Italian Folktales)

一则流传甚广的童话。除了本文之外，还有一个类似的版本被收录在1856年《儿童与家庭童话集》的注释卷中。卡尔维诺在《意大利童话》中收录的《死人的臂膀》（The Dead Man's Arm），是《意大利童话》中四个类似故事之中最为生动、有趣的一个，但其中的主角却并未表现出很明确的、希望学会如何害怕的意愿。也因此，在《死人的臂膀》中，并没有用一桶小河鱼来完成"最后一课"。布里格斯的《无畏的女孩》（The Dauntless Girl）——这则来自英国诺福克郡的民间故事中，同样没有这部分情节，但很明确地包含了倒霉执事，以及"由鬼怪指出地窖中所藏的宝藏"这两段故事。在所有这些类似故事中，我认为格林兄弟的版本是最出类拔萃的。

在这则童话故事的各种变种当中，幽灵鬼怪的设定均为故事本身增色不少。故事中的幽灵和尸体其实并

---

1 费迪南·瑟伯特（Ferdinand Siebert），著名的德国民间故事搜集者。

不恐怖，反而十分滑稽。玛丽娜·沃纳（Marina Warner）在《从野兽到金发美女》（From the Beast to the Blonde）中曾经提到，"满满一桶小河鱼"这一要素，很可能带有性暗示。

第四个故事

忠诚的约翰内斯

很久以前，有位年老力衰的国王生了病。他躺在病榻上，饱受病痛折磨，心中不觉意识到："唉，我肯定会死在现在正躺着的这张床上了。"他吩咐道："快把忠诚的约翰内斯找来，我要跟他说话。"

忠诚的约翰内斯是老国王最喜欢的仆人。因为一生都效忠于国王，国王才这样叫他。当他来到国王的卧房里后，老国王将他唤到床边，对他说："忠诚又能干的约翰内斯啊，我将不久于人世。对于人间，唯一让我放不下心的便只有我的儿子了。他是个好小伙子，但现在还太年轻，分辨不清好坏。忠诚的约翰内斯，除非你答应我，当我儿子的养父，教会他所应该知道的事情，否则，我死也不会瞑目的。"

忠诚的约翰内斯说："我很乐意为您效劳。我绝对不会离弃他。我会对他效忠，即使献出自己的生命，也在所不惜。"

"你这样说，我就安心了，"国王说，"我现在终于可以了无牵挂地走了。我死之后，你必须首先帮我做好这件事：领着我儿子检视一遍整座王宫，给他看这里所有的房间、庭院和地窖，向他展示里面放着的全部奇珍异宝。但是，千万不能让他去长廊尽头的那个房间。那房间里存着一幅金顶公主的画像，一旦他看到那幅画像，就会爱上她。你会看出来的，因为他一看到画像就会晕倒，失去意识。为了得到她，他必会把自己陷入万劫不复的境地。请一定让我儿子远离那种险境，约翰内斯，这是我此生让你做的最后一件事了。"

忠诚的约翰内斯给出了他的许诺后，老国王躺倒在自己的枕头上，与世长辞了。

葬礼过后，忠诚的约翰内斯就对年轻的新国王说："现在，是时候带您看看您所拥有的一切了，我尊敬的国王。您的父亲曾嘱咐过我，要我带您检视这整座王宫。现在，王宫已经属于您了，您有必要知道这里都藏着些什么样的宝贝。"

约翰内斯带他浏览了王宫的每一个角落，他们上了楼又下楼，亲自步入深达地底的地窖里。所有奇异华美的房间都已向新国王开启，除了那一间——位于长廊尽头的神秘房间。在带年轻的国王巡览时，忠诚的约翰内斯刻意回避它，不让他有机会靠近。老仆人十分清楚，那房间里挂着金顶公主的画像，画像摆的位置很特别，只要有人一打开房门，走进去一步，就能看见那幅画。而那幅画——它完成得极其生动、精美、活灵活现，就好像金顶公主正生活在那个房间里，能够感受到她的呼吸一般。没有人能够想象得出，这世上还会有任何人或事物比她更美。

国王注意到，忠诚的约翰内斯总是直接跳过这扇门，或者在他意图走近这扇门时，突然领他看些别的东西，试图分散他的注意力。他开口问道："过来，约翰内斯。我发现你在试图阻止我进入那边那个房间。你为什么一直不愿意打开那扇门呢？"

"那个房间里藏着些非常恐怖的东西，我尊敬的国王。您绝对不会想要看到它的。"

"我肯定想看看啊！现在，我已参观完这整座王宫了，而这恰恰就是最后一个房间。我想知道里面究竟有些什么！"

年轻的国王想要打开那扇门，但忠诚的约翰内斯却拦住了他。"我曾向先王许诺绝不会让您看这房间里的东西，"他说，"那东西除了会带来厄运之外，再没有别的用处了。"

"我敢说，你的看法肯定是错的。"年轻的国王回应，"我太好奇，太想看看那里面究竟有些什么了。不能看到里面的东西，已经是我此刻最大的厄运。我内心将不得安宁，无论白天黑夜，除非让我知道里面到底藏着什么。约翰内斯，快把门打开吧！"

忠诚的约翰内斯眼看自己已经别无选择。伴着沉重的心情，和一声深深的叹息，他从一大串钥匙里找出那把对应的钥匙，打开了那扇门。他抢在国王前面，先走了进去，因为他想要用身体挡住那幅画像。但这一切都是徒劳的。国王踮起脚，越过约翰内斯的肩膀往里看去。

发生的事情就跟老国王的临终预言一样：年轻人看到画像后，便马上倒在地上，昏迷不醒了。

忠诚的约翰内斯搀扶起他，把他抱回自己的房间。"哦，我的上帝！"约翰内斯心想，"新国王刚刚登基就开了个坏头，谁知道后面还会有怎样的厄运在等着我们！"

国王很快就恢复了意识。他对约翰内斯说："多漂亮的一幅画像啊！多漂亮的一个女孩啊！她是谁？"

"那是金顶公主。"忠诚的约翰内斯答道。

"噢，我恋爱了，约翰内斯！我太爱她了，就算每一棵树上的每一片叶子都变成了舌头，也无法诉说我心中对她的爱意。为了赢得她的爱，我愿意赌上我的性命。约翰内斯，我忠诚的仆人，你必须帮我！告诉我，我们怎么样才能找到她？"

忠诚的约翰内斯着实感到为难。众所周知，金顶公主是个离尘隐居的人物。不过，他很快就想到了一个计划，并告诉了国王。

"金顶公主身边的一切都是金子做的。"他向国王解释说，"桌子、椅子、碗碟、刀叉、沙发，都是金子做的。此时您所拥有的全部黄金，足足有五吨之多。我建议您将其中一吨交给皇家金匠，让他们用这些黄金做出各种各样的精致工艺品：飞禽走兽、奇鱼异鸟，所有这样类型的新奇玩意儿。或许它们能够博得金顶公主的欢心。至于接下来的事儿，就得靠我们的运气了。"

国王召来了全部的皇家金匠，告诉了他们自己想造的东西。金匠们日以继夜地熔铸赶制，造出了一大批精美绝伦的艺术品。国王确信，金顶公主肯定没有看到过这样的好东西。

他们将全部造好的珍宝运到一艘大船上，为了避免被人认出身份，忠诚的约翰内斯和国王乔装打扮，伪装成远航商人的模样。然后，他们就抛锚起航，远渡重洋，来到了金顶公主所在的城市。

忠诚的约翰内斯对国王献计道："我尊敬的国王，照我看来，您应该暂时留在船上，容我先上岸，看看能不能引得公主对这些黄金珍宝的兴趣。还有，您最好能够在甲板上摆出些东西来，让公主能够远远瞧见——嘿，好好给咱们的大船装点装点！"

国王开始十分热情地装饰起甲板来。忠诚的约翰内斯在自己的商人围兜里藏了些精致小巧的金制物什，然后上了岸，径直往王宫走去。在王宫外的庭院里，他看到一位用两只黄金水桶从两口井里汲水的美丽女孩：一口井里汲出来的是淡水，另一口里汲出的是苏打水。她就要转身回官殿时，看到了忠诚的约翰内斯向自己走来，便停下问他，他是谁。

"我是一个远洋商人，"约翰内斯答道，"从一片遥远大陆一路航行到这里，想看看这儿有没有人对我们的金货感兴趣。"

他把自己的商人围兜打开，把里面藏着的金制物什给女孩看。

"哦，多么可爱的小玩意儿！"她把水桶放下，开始一个接一个地取出这些小小金货来把玩，"我必须得马上告诉公主。您知道的，我们的公主最钟爱黄金，我敢保证，她肯定会买下您船上带来的每一样东西。"

她牵起忠诚的约翰内斯的手，领着他踏上宫殿台阶，前往公主的厢房。这位汲水姑娘，正好是金顶公主的贴身女仆。公主看到这些黄金美物时，感到十分高兴。

"我还从来没有见过打制得如此精美的金货呢！"她说，"哦，我简直没办法抵抗它们的诱惑。出个价吧！我要把它们全部都买下来！"

忠诚的约翰内斯回应道："高贵的公主啊，我其实只是个仆人而已。我的主人，才是真正的远洋富商——通常都是由他来处理这样的大宗买卖的。就我这围兜里带来的几样小物什，根本没办法与主人大船上装载的绝妙美品相提并论。那些才是这世上最漂亮的黄金制品呢。"

"把它们都带到官殿来！"金顶公主说。

"啊，这个嘛……我倒很想按您的旨意来做，可惜它们实在太重、太多了点。如果要把它们全部搬到这里，恐怕得花上好几天时间。除此以外，要把这些金货全部安置妥当，需要相当大的地方，我不觉得您的宫殿有足够的空间，虽然这宫殿确实够大，也很漂亮。"忠诚的约翰内斯想着，如此的一番话，一定能够让金顶公主感到万分好奇。

他的设想是对的，金顶公主说道："那就带我到你们的商船上去。马上把我带去那儿，我现在就想见识一下你主人的全部珍宝。"

忠诚的约翰内斯领着金顶公主走向他们的大船，心里十分高兴。年轻的国王看到从码头走来的金顶公主时，他意识到，她甚至比画像上画的还要美丽百倍，他的心脏都快蹦出来了。他以绝佳的绅士风度，护送公主一路走上甲板。与此同时，留在甲板上的忠诚的约翰内斯，立即命令水手长："赶紧解开缆绳，把所有的帆都扬起来！我们要启航了，要让速度快得像高飞的巨鸟！"

此时此刻，国王正在向公主展示各种金制的花瓶，还有其他所有美丽绝伦的艺术品：金制的飞禽走兽、金制的大树和鲜花，不仅有现实中存在的动物和植物，甚至还包括各种幻想中的生物。好几个小时过去了，她都没有察觉到这艘船早已乘帆远航。金顶公主终于看完了船舱里的每一件艺术品，她发出了一小声由衷满意的叹息。

"谢谢您，先生。"她说，"您的收藏实在是太华丽了！我还从未见过像这样的东西。当真是旷世绝伦！可惜现在已经晚了，我该回家了。"

她透过舷窗往外看了一眼，看到的却是无边无际的大海。

"你究竟干了什么？"她哭喊道，"我们现在在哪儿？我的天哪，我被骗了！被拐到一个远洋商人的船上了。噢，你绝对不会是远洋商人！肯定是个海盗！你这算是把我给绑架了吗？噢，我宁愿死在你手上！"

年轻的国王握紧金顶公主的手，对她说："我确实不是远洋商人。我的真实身份是国王，跟你一样，系出名门。如果说我要了诡计，让您上了我的船，那都是因为我被爱情冲昏了头脑。您可知道，当我第一次在自己的王宫里看到您的画像时，竟当场倒地不起，完全丧失了意识。"

金顶公主折服于国王的绅士风度，不久就被他感动了。她答应嫁给他，做他的妻子。

当这艘船向前航行时，忠诚的约翰内斯正好坐在船边的护栏上，拉起提琴取乐。三只绕着大船飞的渡鸦停到船首的桅杆上歇脚。因为忠诚的约翰内斯懂得鸟语，便停止了拉琴，转而去听渡鸦们都在议论些什么。

第一只渡鸦说："呱！看呀！那是金顶公主！他终于抱得美人归了！"

第二只说："是呀，但他根本就不能算是已经得到她了。"

第三只说："怎么可能，他已经得到她了！呱！看嘛，她就在那儿，和他肩并肩坐在甲板上呢。"

"对他而言，简直就是灾难。"第一只说，"他们一靠岸，就会有一匹栗色的骏马奔过来迎接它们，那王子[1]必定想要试着去驾驭它。呱！一旦他那样做了，那匹马就会一跃三尺，和他一起不知所踪，这样一来，他就再也不可能见到她了。"

---

1 并非"国王"，原文如此。

"呱！"第二只说，"有办法避免这种情况发生吗？"

"有啊，当然有，但他们却并不知道。如果那时有另外一个人能够及时跳上马鞍，从枪套里取出手枪，一枪把那匹马给击毙的话，国王就安全了。呱！不过，做这件事的人，绝对不能告诉国王他为什么要这样做，否则的话，他的膝盖以下都会变成石头。"

"岂止如此。"第二只渡鸦说，"即使那匹马被杀死了，国王也不算是安全。当他们进入王宫时，会在一个金色托盘里找到一套美丽绝伦的婚礼礼服。尽管这件衣服看起来像是用金线和银丝编织而成，但实际却是由硫黄和沥青烧制，一旦国王把那件衣服穿上，马上就把他给烧得皮开肉绽，尸骨无存。呱！"

"显然没人能够保住他的性命了。"第三只渡鸦说。

"噢，是啊，虽然避免的方法也很简单，但他们却并不知道。如果那时有另外一个人能够戴上手套，拿起那套礼服，丢到火里付之一炬的话，国王就可以毫发无伤了。呱！不过，做这件事的人，绝对不能告诉国王他为什么要这样做，否则的话，他从膝盖到心脏那一截身体，就会变成石头。"

"造化弄人哪！"第三只渡鸦说，"况且，危险的事儿还没完呢。即使那套礼服已经付之一炬，我也不认为国王有本事真正得到他的新娘。在结婚仪式过后，舞会开始时，年轻的王后会突然变得面色如纸，倒下一动不动，就好像死了一样。"

"那她还有救吗？"第一只渡鸦说。

"如果提前知道的话，就再简单不过了。需要做的只是扶她起来，咬她的右边胸口，从里面吮出三滴血来，再赶紧把它们吐掉就好，然后她就又能活蹦乱跳了。不过，做这件事的人，绝对不能告诉国王为什么要这样做，否则的话，全身都要变成石头啦，从发梢到脚底，一丁点儿都逃不掉。呱！"

说完这些，渡鸦们就四散飞走了。忠诚的约翰内斯听懂了它们所说的每一句话，打那时起，他就开始变得沉默寡言，郁郁寡欢。如果他不照着渡鸦们所说的去做，他的主人就会死去。但是，一旦要向国王解释，他为什么会做那种稀奇古怪的事，自己就会变成石头。

不过最终，忠诚的约翰内斯还是说服了自己："想想看吧，他无论如何都是我的主人，即使我需要牺牲掉自己的性命，也必须救他才行。"

大船靠岸时，果真发生了和渡鸦们所预言的一模一样的事儿。一匹健壮彪悍的栗色骏马呼啸而来，马鞍和缰绳，都是用黄金打制而成的。

"这是个好兆头！"国王说，"正好可以让它把我驮回到王宫里。"

正当他将要骑到马鞍上时，忠诚的约翰内斯突然跑过来，一把将他推开，自己坐了上去。眨眼之间，这位仆人已经从马鞍旁的皮套中拔出手枪，将骏马给击毙了。

国王的其他仆人们并不关心约翰内斯为什么会这么做，他们纷纷议论道："杀死这样一匹威武的骏马，真是件令人羞愧的事儿！还有还有，竟然敢随随便便就把国王推到一边，还偏偏选择骏马马上就可以把他驮回王宫的好时辰，简直太不吉利了！"

"管好你们的舌头，"国王发话了，"你们正在谈论的，可是忠诚的约翰内斯。我相信他这样做一定有他的原因。"

一行人回到王宫之后，发现大厅正中摆着一个金色托盘，里面整整齐齐地放有一套婚礼礼服，就跟渡鸦们所预言的一模一样。忠诚的约翰内斯观察着国王的一举一动。当看到国王想要走上前去，拿起那套礼服时，约翰内斯立即戴上手套，抓起那套礼服跑开，投进火里付之一炬。火焰熊熊燃烧，蹿得老高。

其他的仆人开始窃窃私语："看到没？看到他做了什么没？他把国王的婚礼礼服给烧掉了！"

但年轻的国王却呵斥道："够了！约翰内斯这么做一定是出于好意。不允许你们再说他什么。"

很快，婚礼便开始了。当舞会开始时，忠诚的约翰内斯静静站在舞厅角落里，目光一刻不曾从王后的身上移开。突然之间，这位新晋王后的脸色变得苍白，然后躺倒在了地上。约翰内斯立刻奔向她，把她扶起来，抱到王宫的卧房里。忠诚的约翰内斯先将王后平放在床上，然后单膝跪下，用力吸吮她的右边乳房，将三滴毒血吸出来，用力吐在地上。几乎是在那一瞬间，王后猛地睁开眼睛，环顾四周。她坐起身来，吐气如兰，和刚才跳舞时几无二致。

国王把一切都看在眼里。他完全没办法理解，为什么约翰内斯会做那样的事情。国王勃然大怒，命令守卫马上把他投入大牢，等候发落。

第二天一早，忠诚的约翰内斯被宣判死刑，守卫们带他前往绞刑架。他站在刑台上，套索套在脖子上时，他说："按照法律，每个被判死刑的人，都有资格在死前说出自己想说的话。不知我是否也享有这一权利？"

"当然，"国王回答，"你同样享有这一权利。"

"对我的宣判是不公正的，"忠诚的约翰内斯说，"我尊敬的国王，我对您一直忠心耿耿，正如我多年来对先王所做的那样。"他讲述了自己听到船首桅杆上三只渡鸦对话的奇遇，以及为了拯救国王与王后的性命，他不得不做那些怪事的经过。

听完这段长长的申诉，国王大声喊道："噢，我忠诚的约翰内斯啊！立即赦免！我宣布，立即赦免你的死罪！守卫们，马上把他放下来！"

但这时，约翰内斯的身体已经发生了某种古怪的转变。他刚刚说完最后一个词，先是他的脚，然后双腿，紧接着是躯干和手臂，最后是整个头部，都慢慢变成了石头。

看到这一幕，国王和王后悲痛欲绝。

"噢，他对我们那样忠诚，而我们都对他了什么！"国王说。他命令守卫们把那尊石像抬到卧房，安置在他的床边。每天就寝和起床时，年轻的国王一看到这尊石像，眼泪就不知不觉地布满脸颊。每当这时候，他都会说："哦，如果我能让你活过来就好了，我亲爱的约翰内斯！"

时光荏苒，王后眨眼已生了两个王子，他们都很健康、活泼。王后一见到他们，就喜笑颜开。有一天，王后去教堂做礼拜时，两个男孩在他们父皇的卧室里嬉戏。国王看着约翰内斯的石像，说："哦，我亲爱的、忠诚的约翰内斯，如果我能让你活过来就好了！"

就在这时，石像突然开口说话了："你可以让我活过来的，只要你愿意牺牲掉自己最爱的东西，就能换回我的生命。"

国王说："只要是为你，我愿意牺牲掉我所拥有的一切！"

石像继续说："如果你能亲手砍断你那两个儿子的脑袋，将他们的鲜血洒在我身上的话，我就能马上复活。"

国王被吓坏了。杀死自己挚爱的孩子们！这是多么难以承受的代价啊！但是，当他再次想起忠诚的约翰内斯曾经为他此刻所拥有的一切而献出了自己的生命，便毅然拔出剑来，瞬间砍掉了两个孩子的脑袋。国王用孩子们的鲜血泼洒那尊石像，石头马上变成了血肉。先是脑袋，再逐渐往下，直到脚趾。忠诚的约翰内斯复活了，强壮又健康。

他对国王说："我尊敬的国王，您对我同样十分忠诚。请您相信，凡忠诚必有回报。"

约翰内斯把孩子们的脑袋捡起来，放回到它们原来该在的位置上，并用不停流淌出的鲜血摩挲他们脖子上的伤口。很快，两个孩子便坐起来，眨眨眼睛，再一次活了过来。他们互相追逐着，玩起游戏，仿佛什么都没有发生过。

国王高兴坏了。这时候，他听到做完礼拜的王后回来了，心里起了个主意，赶紧让约翰内斯和孩子们藏到衣橱里。王后刚一进卧室，他就问她："亲爱的，你在教堂里做过礼拜了吗？"

"是的，"她回答，"但我的心思却全在忠诚的约翰内斯身上。因为我们，让他遭了多大的罪啊。"

"唔，"国王说，"其实有办法让他复活，不过，却需要付出相当沉重的代价，那就是我们必须牺牲掉两个儿子的性命。"

王后的脸瞬间变得惨白，恐惧几乎令她停止心跳。但她还是很坚定地说："对于他伟大的忠诚而言，我们亏欠他太多了。"

知道妻子的心意和自己一样，国王高兴极了。他打开衣柜门，忠诚的约翰内斯和两个心爱儿子一起走了出来。

"感谢上帝的恩许！"国王说，"忠诚的约翰内斯得救了，我们的两个儿子也活得好好的！"

他告诉了王后整件事情的经过。那之后，这一家人就幸福快乐地生活在一起，直到生命的尽头。

故事类型：ATU516，"忠诚的约翰"

故事来源：多萝西娅·菲曼讲给格林兄弟听的
一个故事

相似故事：Alexander Afanasyev: "Koshchey the
Deathless"(Russian Fairy Tales)

附
注

　　这则故事中有不少值得玩味的地方：画像必须被藏
起来，最重要的信息借由偷听鸟类闲聊获得，约翰内斯
的悲惨宿命，以及国王最终面临的两难抉择。

　　亚历山大·阿法纳西耶夫所提供的版本，不像格林
兄弟的版本这般饱满、完整——事件与事件之间衔接得
直截了当却又相当自然，极富技巧性。多萝西娅·菲曼
组织故事情节的水平相当了得，在这本书中，我们还将
见识更多（请参阅《谜语》篇的附注部分）。

十二个兄弟

从前，有位国王和他的王后幸福地生活在一起，共同统治着他们的王国，一切井然有序。他们一共有十二个孩子，全部都是男孩。

　　有一天，国王对他的妻子说："你现在已经怀上我们的第十三个孩子了。如果这次是个女孩，我就会把我们的十二个儿子全都处死。我希望由唯一的女儿继承王国，还有我全部的财富。"

　　为了向妻子证明自己的决心，国王还特地造了十二口棺材。每一口棺材里都垫好了木刨花，并且在脑袋该在的位置安放了羽毛枕头和叠好的寿衣。他把这些全部放在一个上锁的房间里，然后把钥匙交给了王后。

　　"这件事，可不许告诉任何人。"国王警告道。

　　母亲成天以泪洗面。他最小的儿子本雅明（没错，这是根据《圣经》里的那个男孩所取的名字）问她："妈妈，你为什么这么难过啊？"

　　"我亲爱的孩子啊，"她回答，"我没办法告诉你呢。"

　　可本雅明对这个回答并不满意。他整天缠着她，吵得她不得安宁，直到她打开那个房间的铁锁，给他看里面排成一排的十二口棺材，向他展示棺内的木刨花、枕头和叠好的寿衣。

王后哭泣着说："我亲爱的本雅明啊，这些棺材是为你和你的哥哥们准备的。如果我肚子里的这个孩子，生下来是女儿的话，你们就都会被处死，放进这些棺材里，然后被埋进土里。"

本雅明拥抱了母亲，说："别哭了，妈妈。我们会离开这儿，照顾好自己的。"

"没错！"母亲回应道，"这是个好主意。现在就赶紧逃到森林里，尽你们所能，找到林中那棵最高的树。爬到树梢上监视王宫城堡的塔楼。如果诞下的是个小男孩，我就会在那里高高举起白旗；如果是女孩子，我就会举起红旗，那时你们就尽你们所能逃跑吧，逃得越快越好。愿上帝保佑你们！我会每晚偷偷起来，为你们祈祷的。冬天时，我会祈求上帝，让你们每天都能有一团炉火暖身；夏天时，我会祈求上帝，让你们不至于被热浪压迫得喘不过气来。"

在母亲开始为他们祈祷时，这十二个兄弟已经逃到森林里去了。他们轮流爬上一棵高入云霄的老橡树顶端站岗。逃走后的第十一天，轮到本雅明站岗了。他看到一面迎风飞舞的旗帜在塔楼上升起。真可惜，那并不是面白旗，而是红旗。

他马上从树上爬下来，把这个坏消息告诉了他的哥哥们。十二个兄弟都感到异常愤怒。

"我们凭什么要为一个女孩的降生，遭受这样不公的待遇？"他们控诉道，"我们必须反击！从现在开始，不管哪个女孩从我们身边经过，下场都会很惨。她一定会头破血流的！"

他们启程出发，前往森林深处，一直走到森林最黑暗深邃的中心。在那里，他们发现了一个小屋。小屋外面有个老妇人，呆呆坐在那儿，身边有个收拾好的行李箱。

"你们终于来了！"她对他们说，"我已经为你们把小屋打扫干净，炉火也点上了。我还在小屋窗外的花圃里，为你们种下了十二朵百合花。只要这些百合花还开着，你们就是安全的。现在，我必须离开了。"

她提起自己的行李箱，沿一条漆黑恐怖的小路走掉了。十二个兄弟连一句话都还没来得及跟她说。

"好吧，我们就住在这儿好了，"他们商量道，"这儿看起来相当舒服，而且那个女人也说过，这里本来就是为我们所准备的。本雅明，你是我们十二个人当中最小，也是最瘦弱的一个，所以就让你留在家里，照看房子。我们其余人出门去寻找食物。"

哥哥们每天都出门，前往森林里猎杀兔子、驯鹿、飞鸟，以及所有他们能够拿来果腹的东西。他们把猎物带回家给本雅明，由本雅明来负责烹煮，再把做好的菜肴端到桌子上，供大家分食。他们在小屋里度过了整整十年的时光，这里很安全，时间过得也很快。

与此同时，当年那个新出生的小女孩也在逐渐长大。她出落得亭亭玉立，心地善良，面容姣好。最为奇特的是，额前还长有一颗金色的星星。有一天，仆人把王宫里所有的衣服都拿出来洗了、晾干。公主意外发现，有十二件款式一模一样的亚麻布衬衫，挂在一条晾衣绳上，每一件都比旁边一件小一点点。于是，她就问自己的母亲："这些衬衫是谁的呀，妈妈？不可能是爸爸的，它们也太小了点。"

王后心情沉重地回答：“他们是你那十二个哥哥的衣服，亲爱的。”

“我还有十二个哥哥？我根本就不知道啊！”女孩说，“他们现在在哪儿？”

“只有上帝才知道了。他们当年去了森林里面，现在可能在任何地方。跟我来，亲爱的女儿，我来告诉你，那是怎么一回事儿。”

王后把女儿带到了之前那个上锁的房间，向她展示了那十二口棺材，还有里面的木刨花、枕头和寿衣。

“这些棺材是为你的哥哥们准备的，”母亲解释，“但他们在你出生之前就离开了。”她把所有发生过的事情都讲了一遍。

女孩说：“别哭，妈妈！我会去把我的哥哥们找回来的。我肯定能找到他们。”

她将十二件衬衫一件一件熨烫整齐，再把它们叠好，收在一个箱子里，出发前往森林。她赶了一天的路，终于在傍晚的时候，来到了那间小屋门前。

她走进屋子里，发现了一个年轻的男孩。这个男孩问：“你是谁啊？你是从哪里来的？”

他知道这女孩是个公主，因为她身上的衣服非常高贵华丽。他被她的美貌给震慑住了，还有她额前的那颗金星，实在是漂亮极了。

“我是一个公主，”她说，“正在找自己的十二个哥哥。我已经发过誓，只要头顶的天空还是蓝色的，我就会一直寻找他们，直到找到他们为止。”

她向他展示了那十二件衬衫，每一件都比后一件要小。男孩马上意识到，这个女孩就是自己的妹妹。他对她说："你终于找到我们了！我是你最小的哥哥，我的名字是本雅明。"

女孩喜极而泣，本雅明也一样。他们互相吻了吻脸颊，紧紧地拥抱了对方。

但是，本雅明马上就想起了他的哥哥们曾经发下的毒誓，便对妹妹说："亲爱的妹妹，我不得不警告你，我的哥哥们曾发下毒誓，会杀死任何一个他们碰见的女孩，我们正是因为一个女孩的诞生，才不得不离开王国的。"

妹妹回应说："我很乐意牺牲掉自己的生命，如果能把我的哥哥们从放逐状态中解救出来，就算让我死也很值得。"

"不行，"本雅明说，"你不应该死。我不会让这样的事儿发生的。在哥哥们回来之前，赶紧藏到这个木桶里面去，我会想办法让一切事情都好起来的。"

她照自己小哥哥的吩咐做了。夜幕降临，另外十一个兄弟打完猎，回到了小屋里。他们一边坐下来吃饭，一边问本雅明："有什么新的消息吗？"

"你们难道还不知道吗？"本雅明说。

"知道什么？"

"你们在森林里打了一天的猎，我一直守在家里，但我却比你们知道的东西要多。"

"到底知道了些什么？快点告诉我们！"

"我告诉你们，"本雅明说，"只要你们能够向我保证，不杀你们碰到的下一个女孩。"

他们的好奇心都被本雅明给勾起来了，也没多想就一齐对本雅明许诺说："好的！我们发誓！我们会给下一个女孩一条生路！现在赶紧告诉我们吧！"

于是，本雅明便开口说："你们看，这是我们的妹妹。"他说完便把遮住木桶的盖子打开了。

穿着华贵衣服的公主现身了，看起来是那么可爱，额前还有颗金星。所有与她相关的东西，都太过美好，精致，完美。

他们全都喜极而泣，紧紧拥抱了她，吻了她的脸颊。他们立刻喜欢上了她。

自那以后，她就跟本雅明一起待在小木屋里，帮他们打理家务活儿。十一个哥哥还是每天进森林里打猎，打下驯鹿、鸽子，还有野猪，小妹妹和本雅明则负责煮饭烧菜。他们一起拾柴生火，采摘野菜。哥哥们回家之前，他们总能把饭菜准备好。这两个孩子把家里整理得井井有条，把地板打扫得闪闪发亮，把床铺清扫得干干净净。小妹妹包揽了所有的洗衣活儿，还帮十二个男孩晒衬衫。每件衬衫都比后一件小上一点儿，晾在阳光底下，可爱极了。

有一天，本雅明和妹妹一起张罗了一顿非常丰盛的饭菜，全家人坐下来大快朵颐。正吃着，妹妹突然觉得，如果往汤里再加点西芹的话，味道应该会更好些。于是，她就独自走到小屋外面，从他们那块种满了各种香草调料的花圃里摘了一把西芹。就在这时，小妹妹看到窗边长着十二朵美丽的百合花，她马上想到，如果把这些花摘下来，拿来装点餐桌的话，哥哥们一定会很高兴的。

她一把掐断这些百合花的瞬间，小屋整个消失不见了，十二个哥哥全部变成了渡鸦，在树林上方四散而飞，凄凉地鸣叫了一阵之后，就飞远不见了。只剩下可怜的小妹妹，孤立无援地站在这森林深处。

她绝望地四处张望，发现附近站着一位老妇人。

"我的孩子，你都做了些什么啊！"老妇人说，"现在，你的哥哥们已经变成了十二只渡鸦，没有办法再让他们还原了。"

"真的完全没有办法吗？"小妹妹问。她全身颤抖着。

"还是有一个办法的，"老妇人说，"但那方法实在是太过困难，几乎没有人能够办得到。"

"告诉我吧！请您告诉我吧。"小妹妹赶紧请求她。

"你必须整整七年不说话，也不能笑。哪怕你说一个字，即使是在最后一年最后一天的最后一分钟，也会功败垂成。不仅如此，你的哥哥们都会因这个字而死。"

说完这话，老妇人就沿着一条漆黑恐怖的小路走掉了。小妹妹没来得及再跟她多说一句话。

不过，她却在心里对自己说："我能做到的！我知道我可以做得到！我一定可以救回我的哥哥们，走着瞧吧！"

她在森林里选了一棵很高的树，爬上树梢，在上面纺线，一边想着："不要说话！也不能笑！"

就在这时，碰巧有一位国王正在这片森林里打猎。他带着一条自己十分喜爱的灵缇犬。他们正沿着一条林间小径前行时，那条猎犬突然奔向一棵大树，开始狂吠，不停往树干上抓挠。国王跟了过去。他一抬头，正好看见额头上有颗金星的公主。这位国王被公主的美貌惊呆了，瞬间便爱上了她。他向她喊话，问她愿不愿意做他的妻子。

公主什么话都没说，只是点了点头，国王便知道她已经同意了。他亲自爬到树上，帮助她从树梢上下来，让她骑到自己的马上，一起回了家。

婚礼十分盛大，每个人都兴高采烈，欢欣鼓舞。可是，来宾们都注意到了新娘那古怪的沉默态度：不止不说话，连笑都不笑一下。

尽管如此，两个人的婚姻还是十分美满的。可是，当两个人就这样过了几年之后，国王的母亲开始说起年轻王后的坏话。她会这样对国王说："那个你从不知哪儿弄回家来的贱妇，她连个最普通的乞丐都比不上。谁知道她脑袋里面都在打着什么鬼主意？她或许是个哑巴，但任何心地纯良的人都应该时不时地笑一下才对。要知道，所有不会笑的人，都不是什么好东西，这简直就是个千真万确的真理！"

起先，国王还很不愿意去听这样的坏话，可随着时间的推移，那个老女人仍不消停，还是一直不停地讲着年轻王后的坏话。她变着花样给王后挑刺，数落她的各种毛病。久而久之，国王渐渐觉得她说的也不无道理了。年轻的王后被送上了法庭，而陪审团的成员，全都是老女人的心腹。就这样，他们毫不犹豫地判了她死刑。

王宫的庭院里，一堆巨大的篝火被点燃了。王后将被处以火刑。国王从塔楼的高窗中注视着这一切，眼泪不觉从他脸颊上滑落，因为他依然深深地爱着她。王后被绑在木柱上，红色的火焰已经烧得很旺，火舌都在舔舐着她的衣服了。而这一刻，正是七年等待的最后时分。

十二只渡鸦从天而降，它们振动翅膀的声音响彻云霄。渡鸦们的爪子才刚刚着地，就变回了她的十二个哥哥。他们马上冲向火柱，用力把着火的柴薪踢得远远的。然后，他们给自己的妹妹松绑，扑灭了她衣服上已经燃起的火苗。他们吻了吻她的脸颊，拥抱了她，带着她离开了火刑场。

　　现在，这位年轻的王后已经可以像正常人那样欢笑、交谈了。国王对此感到震惊。因为已经能够说话，她就把自己为什么需要保持如此长时间沉默的原因告诉了丈夫。国王高兴坏了。她母亲所说的一切，现在已经知道都是子虚乌有的。

　　而现在，轮到老女人上法庭了，陪审员们轻而易举地就找到了她的一堆罪状。这个恶毒的妇人被扔进了一只装满了毒蛇和滚烫的热油的大铁桶里，她没挨多久便一命呜呼了。

故事类型：ATU451，"寻找自己哥哥们的少女"

故事来源：朱莉亚·拉姆斯和夏洛特·拉姆斯讲给格林兄弟听的一个故事

相似故事：Alexander Afanasyev: "The Magic Swan Geese"(Russian Fairy Tales); Katharine M. Briggs: "The Seven Brothers" (Folk Tales of Britain); Italo Calvino: "The Calf with the Golden Horns", "The Twelve Oxen" (Italian Folktales);Jacob and Wilhelm Grimm: "The Seven Ravens" (Children's and Household Tales)

这则故事有很多相近版本，原因也很简单，因为这样讲会很有意思。足可组成一个合唱团的、几乎每个都长得一模一样的一群兄弟，被魔法变成了鸟。这种转变是妹妹无意之间所犯下的错误造成的，然后，她就被置身于一种几乎不可能完成的戒律当中。凭着忠诚和勇气坚持到最后，无情的命运几乎马上就要将她吞噬，就在这时，哥哥们及时回来……以上所有要素，还有鸟儿们扑腾翅膀的声音，共同讲述了一个十分精彩的故事。

格林兄弟的版本当中，关于魔法小屋和百合花的部分显得有些累赘。因此，为了让故事显得紧凑点，我让老女人比原始版本提早出现了。

故事里有个十分有意思的细节：国王的母亲先是被称为"Mutter（德语：母亲）"，过了几句话后，她又被转称为"Stiefmutter（德语：继母）"，这样做似乎是在修正之前讲述时的口误。这个女人究竟是谁？亲生母亲还是继母？在讲述童话的过程中，从来不乏这样的问题。除了故事讲述者外，没有人能够确定。

小哥哥与小妹妹

小哥哥握住妹妹的手，低声说：

"听好了，自从妈妈过世后，我们连一个时辰都没安生过。继母每天打我们，骂我们。她那个一只眼的女儿特别特别凶，每当我们试着走近她，她都会把我们踢开。如果只是这样倒也罢了，她还只允许我们吃馊掉了的面包皮。就连桌子下面的那条狗，吃得都比我们要好上许多。狗时不时还能够弄到一点美味的肉渣尝尝。老天有眼，要是妈妈看见我们现在过的是怎样的生活，她会怎么想！妹妹，我们一起走吧，到那广阔世界里去谋生活。无论如何，我们都不会比现在过得更差了。"

小妹妹点了点头，因为哥哥说的每一个字都是事实。

他们就在家里静悄悄地等着，一等到继母打瞌睡，就溜出了屋子。他们小心地带上门，开始远行。他们走了整整一天，横穿草地，越过农田，进入原野和丘陵。天开始下起雨来，小妹妹对哥哥说："看啊，老天正在哭泣，我们的心也跟他一起哭泣。"

到了傍晚，他们进入了森林。此时，他们已经精疲力尽，饥肠辘辘，情绪也很低落。天渐渐黑了下来，对即将包围他们的黑暗感到恐惧，他们唯一能做的，就是找到一棵空心树，爬到树洞里睡下。

早上，兄妹俩醒来时，阳光早已洒入他们躺着的树洞。

小哥哥说："妹妹啊，快起来！今天好暖和，阳光明媚，我觉得渴啦！我似乎听到有泉水的声音。快来，我们一起去喝个痛快！"

小妹妹其实也已经醒了，他们便手牵着手，一起循着声音去寻找泉水。

麻烦的事情在于，这兄妹俩的继母是个巫婆，她即使闭起眼睛，也能够看到东西。因此，两个孩子偷偷溜出屋子的时候，她也是看在眼里的。像所有女巫那样，她平贴着土地，匍匐前进，跟随着他们。在爬回自己屋子之前，她已给整个森林里所有的泉水下了咒。

小哥哥和小妹妹很快就找到了那口泉水。清澈、凉爽的山泉，正从岩间源源不断地向外涌出，实在太诱人了！兄妹俩不约而同地跪在泉边，准备张口喝了。

不过呢，小妹妹之前学过如何倾听泉水，她能听懂眼前这口泉水在说些什么。就在小哥哥刚要将手中的水捧到干裂的唇边时，小妹妹大声叫道："不要喝！泉水已经被下了咒。无论是谁，只要喝过这泉水，就会变成一只老虎。赶快放下，赶快放下！你会把我撕成碎片的！"

小哥哥照妹妹说的做了。他们继续往前走，很快又发现了一口泉水。这一次，小妹妹首先跪在泉边，仔细聆听水的声音。

"不，也不要喝这一口泉水！"她说，"水是这样说的：'谁喝了我的水，都会变成一只饿狼。'我想，继母应该也给这口泉水下了咒。"

"但我实在是太渴了！"小哥哥说。

"如果你变成了饿狼，就会马上把我吃掉的。"

"向你保证，我绝对不会吃你！"

"狼从来都是背信弃义的动物。肯定能找到她没有下过咒的泉水。我们再找找看吧。"

又过了一会儿，他们找到了第三口泉水。这一次，小妹妹弯下腰，听见泉水说："不管是谁，只要喝了我的水，就会变成一头鹿。不管是谁，只要喝了我的水，都会变成一头鹿。"

小妹妹正要转身告诉哥哥，但已经太晚了。因为实在太渴，小哥哥已经跳进了泉水里，整张脸都埋到了水下。他的脸立刻起了变化，先是变长，然后又覆满了厚厚的鹿毛。小哥哥的四肢变成了鹿腿，他站起身来，有些胆怯地四处张望。这就是了，一只还没长大的鹿，一只鹿崽。

小妹妹发现这头鹿很紧张，正准备逃开，她赶紧张开双臂，环住鹿的脖子。

"哥哥，是我呀！你的亲妹妹！不要离开我，否则我们就会永远失散！唉，你都做了些什么呀，我可怜的哥哥，你都做了些什么呀？"

她泣不成声，鹿崽也哭了。哭了一会儿后，小妹妹重新振作了起来，说："不要哭了，我可爱的小鹿哥哥。我不会抛弃你的，绝对不会。过来，我们最好先做个标记。"

她把自己金色的袜带取下，系在鹿崽的脖子上，又摘了些灯心草，把它们捻成绳子，拴在袜带上。就这样牵着自己变成鹿的哥哥，小妹妹向着密林深处前进。

他们又往前走了很远的路，一人一鹿来到了一块没有长树的空地上，空地中央建有一座小屋。

小妹妹停了下来，四下打量一番。小屋里很安静，似乎无人居住，但小花园里的植物却修剪得很整齐。还有，小屋的门竟然敞开着。

"请问，有没有人在家啊？"小妹妹喊道。

没人回应。小妹妹和鹿崽便走了进去，发现这是他们长这么大以来所见过的最整洁、最干净的屋子了。那个巫婆继母从来都不怎么打理家事，兄妹俩之前住的地方一直都是又冷又脏。而这间屋子却能令人感到愉悦。

"我们应该这样做，"小妹妹对鹿崽说，"不管屋子的主人是谁，在他们回来之前，我们就住在这儿，保持干净、舒适和整洁。这样，即使屋主回来，也不会责怪我们的。"

她一直在跟鹿崽说话，他也完全能够听懂，并遵守她的吩咐："不要吃小花园里种着的植物，如果你想要小解，或做其他什么事儿的时候，就赶紧到外面去。"

小妹妹在灶台旁用软软的苔藓和落叶为鹿崽搭了张小床。每天早上醒来后，她都会独自外出采集食物：有野生的莓果，还有坚果仁，或者多汁美味的根茎。小屋子的小花园里有一小片地专门用来种蔬菜，可以找到胡萝卜、豌豆荚和卷心菜。她每次还会为鹿崽采来大把大把的嫩草，捧在手心里，给他一点一点享用。他很喜欢在她身边玩耍。傍晚时分，当小妹妹洗漱完毕，做完祷告之后，她会靠在鹿崽的身上睡觉，用他的背脊作枕头。如果小哥哥还是人类的话，他们现在的生活可以说是完美无缺了。

兄妹俩就这样过了一段时间。可是有一天，国王在森林里举办了一次盛大的围猎聚会。林间响彻皇家猎手们号角的回音、猎犬们此起彼伏的叫声，还有猎人们兴奋的欢叫声。鹿崽竖起耳朵，密切关注着外面的动静，十分想亲自去看看这场猎人盛会。

"让我也去参加猎会吧，妹妹！"鹿崽恳求道，"只要可以跑去逗那些猎人们玩玩，要我做什么都行！"

他反复哀求，妹妹招架不住，只好答应了他。

"但是，"在开门的时候，小妹妹对哥哥说，"天黑之前，一定必须回来。为了让我知道是你回来了，你敲门时要这样对我说：'亲爱的妹妹，你哥哥回来了。'如果你不这样说，我是不会开门的。"

门才刚刚打开，鹿崽就冲了出去，一下子跳进树林深处不见了。他还从来没有觉得这样轻松、自在过。每一次猎人靠近鹿崽，觉得就要追上他时，他都能轻松逃脱，跳进灌木丛中，消失不见。

天渐渐黑了，它跑回小屋，敲着屋门。

"亲爱的妹妹，你哥哥回来了。"

小妹妹开了门，他马上欢欣雀跃地跳了进来，告诉她关于林间狩猎的各种见闻。这天晚上他睡得很香。

第二天一早，鹿崽再次听到远方传来号角的回响声，还有猎犬们的叫声，他又按捺不住了。

"妹妹，求你了！开一下门吧，求求你！我必须加入那场游戏。否则我会因为一直想去却去不成而死掉的！"

妹妹很不情愿地打开了屋门，对鹿崽说："回来的时候，千万不要忘记你该说的口令。"

他没有理会，再一次消失在林间，前往猎场去了。国王和他的猎人们看到那只脖子上绑有金色袜带的鹿时，开始全力追逐。这帮人穷追不舍，紧跟着鹿崽穿过岩地和荆棘丛，穿过灌木和草地。小鹿整整跑了一天，带着他们四处狂奔。猎人们有好几次都差点抓住他，在太阳快要落山之前，有个猎手一枪还射中了鹿崽的后腿。令他受了伤，不能再跑得像原来一样快了。他悄悄尾随鹿崽回小屋，亲眼看见这头鹿直起身，敲了屋门，还开口说："亲爱的妹妹，你哥哥回来了。"

猎手看到屋门开启，有个女孩放鹿崽进去之后，又把门给关上了。他立刻把自己所看到的一切都告诉了国王。

"竟然还有这样的事！"国王感慨道，"好吧，那我们明天一定要想方设法把那头鹿给逮住。"

看到鹿哥哥受伤了，小妹妹被吓坏了。她帮哥哥把腿上的污血洗掉，并在伤口处抹上草药，帮助他尽快复原。伤口不算太严重，第二天一早醒来时，鹿崽就把昨天的恐怖经历忘了个干净，又跑去哀求自己的妹妹，希望能够再出去玩上一次。

"妹妹，我简直太想去了，那愿望像火一般，在我的胸口燃烧！我必须再去一次，否则，我会发疯的！"

小妹妹忍不住哭了。"昨天他们都把你给射伤了，"她抽泣道，"今天，他们肯定会杀了你的。如果你死了，我就得一个人守在这荒郊野外了。想想看吧，我会连一个亲人都没有！这次我绝对不会让你去的，绝对！"

"那我就马上在你眼前自杀。当我听到那号角声时，感觉体内每一个细胞都兴奋得止不住颤抖。那欲望太过强烈，自己实在没办法控制住啊，妹妹！我求求你，让我去吧！"

她经不住他的哀求，只得心情沉重地开了门。鹿崽头也不回地跳了出去，跃进森林之中。

国王已经向他的猎手们下令，不得伤害那头脖子上缠有金色袜带的鹿崽。"如果看到他，就马上收起枪，束起猎犬。最先发现他的猎手，可以得到十个金泰勒的奖赏！"

猎手们花了一整天时间追捕鹿崽。天快黑的时候，国王把之前跟踪鹿崽回家的那个猎手召到了身边。

"带我去那个小屋。如果我们没法这样抓到他，那我们就换个办法。他唤门的那句小小口令是什么？"

猎手向国王重复了一遍口令。他们来到小屋前，国王敲了敲门，说："亲爱的妹妹，你哥哥回来了。"

屋门应声而开。国王走了进去，发现眼前站着的女孩，比他曾经见过的任何一个女孩都要漂亮。小妹妹感到惊恐，因为来的是个陌生人，而非鹿崽。陌生人头戴王冠，对她礼貌地微笑。他伸出手，握住了她的手。

"你愿意和我一起回王宫，"他问道，"做我的妻子吗？"

"我的天哪，我愿意！"小妹妹答道，"不过，我的鹿崽哥哥也要跟我一起。我不想丢下他。"

"他当然可以去啊！"国王回应道，"他可以过得和你一样安乐，想要什么，就可以得到什么。"

就在国王说这句话的当儿，鹿崽已经跳进屋来了。小妹妹抓住那根金色袜带，把之前捻的那根绳子拴到带子上，带着他一起出了门。国王把女孩抱到马上，和她一起回了皇宫，鹿崽跟在妹妹和国王身后，得意扬扬，一路尾随。

盛大的婚礼过后，小妹妹成为了王后。至于鹿崽小哥哥，他有了一个王宫花园可供玩耍，还有一整队的仆人负责服侍他：有专门喂草的，还有清洁角和蹄子的，甚至还有个拿金马栉的女佣，负责在鹿崽每晚回床就寝之前，给做全身清洁，鹿崽身上任何地方藏有虱子、跳蚤或者螨虫，她都能一眼看见，帮他捉出来。反正，这一家人过得是十分快乐。

一直以来，巫婆继母都以为这兄妹俩肯定早已被森林里的猛兽撕成了碎片，生吞活剥掉了。但她有次读报纸时，却发现小妹妹已经成为了王后，而她最好的伙伴则是一只鹿崽。她很快就弄清楚了究竟是怎么回事。

"那可怜的男孩，肯定是喝了我施有化鹿魔法的泉水了。"她对自己的女儿说。

"这不公平！"女儿抱怨道，"成为王后的应该是我，而不是她。"

"别废话了！"老女人喝止道，"等到时机成熟时，你就能够得到你想要的了。"

时间过得很快，王后诞下了一个婴儿——是个漂亮的小男孩。孩子出生的时候，国王正好在外狩猎。巫婆和她的女儿趁此机会，把自己打扮成女仆，溜进王宫，想方设法来到了王后的卧房里。

"来吧，我尊敬的王后，"巫婆对刚刚生完孩子，正躺在床上，虚弱又疲累的王后说，"您的洗澡水已经准备好了，来泡澡吧，那会让您感觉好上许多。跟我们过来吧！"

巫婆和女儿把王后抬到浴室里，把她放进浴缸。她们在浴缸下面点起了一团火。那团火烧得极旺，呛得王后因此窒息身亡。

为了掩饰罪行，她们用魔法把墙封死，又在原本是门的地方，挂上了一匹挂毯。

"现在，你赶紧到床上去。"巫婆对女儿说。在那丑陋女孩爬上床的时候，老巫婆对她施了一个咒语，把她的样子变得和王后一模一样。唯一没办法掩饰的缺陷，就是那只独眼。

"把你缺眼睛的那半边脑袋埋在枕头里，"巫婆说，"只要有人跟你说话，你就含糊其词，蒙混过去。"

这天傍晚，国王狩猎归来，听说自己新添了个儿子，简直高兴坏了。他来到心爱妻子的卧房，正准备撩起帘子，看看她现在怎么样。可这时，假女仆却大声喝止他："不要，尊敬的国王大人！无论如何，都不要打开帘子！她需要休息，绝对不能被打扰！"

国王踮着脚走开了，完全没有发现床上躺着的是假王后。

那天晚上，鹿崽坐卧不安，难以安眠。他一路来到婴儿房，看守着小妹妹刚诞下的孩子，无论谁来劝他，都不愿意离开。鹿崽只是默默做着这件事，却没有办法向过来劝阻他的人们解释，王后的死也令他失去了说话的能力。他只能团在摇篮边，警醒地睡下。

午夜时分，守在婴儿房里的护士突然惊醒，正巧看到王后推门进来。王后从头到脚都是湿漉漉的，就像刚刚从浴缸里出来似的。她俯身吻了吻摇篮里的婴儿，又轻抚那头鹿，说：

> 我的孩子怎么样了？我的鹿崽哥哥怎么样了？
> 我还会再过来两次，之后就此消失。

说完这些，她转身走出了婴儿房，一句话都没有多说。

护士吓得不敢告诉任何人。她觉得王后应该还躺在床上，试着从产后的虚弱中恢复。

第二天晚上，又发生了同样的怪事。和昨晚有些不一样的地方在于，这一次，王后的身上看起来像是有些零星的火苗，正在燃烧。她说：

我的孩子怎么样了？我的鹿崽哥哥怎么样了？
我还会再过来一次，之后就此消失。

这一次，护士觉得应该赶紧告诉国王。第三天晚上，国王跟护士去了婴儿房，在那里悄悄守候着。午夜时分，王后又来到了房间里。这一次，她的全身已经被厚重的黑烟包围住了。

国王惊叫道："上帝啊，这都是什么呀？"

王后没理会他，径直走到孩子和鹿的身边，做了和前两晚一样的事情，然后说：

我的孩子怎么样了？我的鹿崽哥哥怎么样了？
我已来过最后一次，此刻就该永远消失……

国王冲上前，试图抱住她，但她已经化作了一团烟气，转瞬之间从他的双臂间飘走了。

就在这时，鹿崽走了过来，他用嘴咬住国王的袖子，生拉硬拽，一直把他拖到了浴室外间挂着挂毯的那个地方。国王瞬间就明白了。他马上召来一大批仆人，让他们把那堵墙砸开。在这一片混乱之中，假王后悄悄从床上爬起来，踮起脚尖逃走了，没有任何人过来多问一句话。墙壁终于砸开后，人们发现，尽管屋里满是乌黑的煤烟，王后的尸体却一点没被沾染上，她的遗容苍白、干净，就这样躺在浴缸里。

国王泣不成声："我的妻子！我亲爱的妻子啊！"

他弯腰抱紧她的尸体，上帝恩泽，王后竟奇迹般地活了过来。她告诉了国王巫婆和她女儿对她犯下的恐怖罪行。国王立刻让他最能干的信使传达消息，让王国所有的出入口都加强警戒。守卫们及时抓住了正要逃逸的巫婆母女。

两人被带到了法庭，判决很快就下来了：巫婆的女儿立即被流放到森林深处，任由她自生自灭——林中的野兽们自然会料理她。至于巫婆，则被处以火刑。

在老女巫被烧成灰烬之后，她之前在鹿崽身上施下的魔咒便失去了力量。鹿崽还原成人形，变回了小哥哥。小哥哥和小妹妹从此幸福快乐地生活在一起，就这样度过了余生。

附注

故事类型：ATU450，"小哥哥与小妹妹"

故事来源：哈森普鲁格家讲给格林兄弟听的一个故事

相似故事：Alexander Afanasyev: "Sister Alionushka,Brother Ivanushka" (Russian Fairy Tales); Giambattista Basile: "Ninnillo and Nennella" (The Great Fairy Tale Tradition,ed. Jack Zipes); Jacob and Wilhelm Grimm: "The Little Lamb and the Little Fish", "The Three Little Men in the Woods" (Children's and Household Tales); Arthur Ransome:"Alenoushka and Her Brother" (Old Peter's Russian Tales)

少有的一则幽灵显灵的故事，与之相似的还有《林中的三个小矮人》。

按照大卫·卢克在他那本《格林兄弟：童话选》（Brothers Grimm: Selected Tales）序言里的说法，在1812年的首版中，被施了咒语的泉水只有一个，因此哥哥直接喝了泉水，马上就变成了一只鹿崽，但威廉·格林为了照顾童话故事中对数字"三"的偏爱，在之后的版本中额外加入了两口泉水，凑成了这则故事中的三口泉水。

格林原篇的开头十分精彩，收尾却有些敷衍了事。原篇的最后几段有很明显的割裂感和硬伤。如果巫婆和她女儿确实在王后的浴室里把小妹妹给谋杀掉了，尸体又是如何处理的？当鹿崽看到妹妹的幽灵时，为什么一言不发？为什么鹿崽最终什么事都没有做？为什么要在度过了王后显灵的"很多个夜晚"之后，护士才想起来要告诉国王？而且，在那么长的时间里，巫婆的女儿就一直躺在王后卧室的那张床上吗？这些问题，原篇都没有交代清楚，有些甚至根本无从解释。

不得不说，以上这些，讲故事的人们在讲述童话时常常不会在意，听众也不是很有所谓。他们不过是想听个故事而已，期待能够找到这些问题的答案，似乎是件"很笨"的事情。但是，对我而言却不是如此，不是吗？这些细处的缺憾，会令故事变得不够完美，显得稚嫩、笨拙。于是，我根据原文的风格，修订了这些问题。在这一篇中，改进过的细处很多，附注中就不一一标出了。

野莴苣

曾经有一对夫妇，十分渴望有一个孩子，但很长一段时间内，他们的愿望都没能实现。然而，有一天，妻子还是发现了确认无误的迹象——上帝终于满足了他们的愿望。

　　他们家屋子的墙上，有一扇小窗户，从窗口看出去，能够见到一座美丽缤纷的花园，里面种满了各种各样的水果和蔬菜。花园外竖着一圈高墙，没有人敢擅自走进去，因为这整个花园，都是一位法力强大的女巫的私有财产，每个人都怕她。有一天，妻子站在窗口，看到花园中有一片野莴苣。这片莴苣长得是那样碧绿，那样新鲜，让她忍不住想尝一尝。日子一天一天过去，这种渴望与日俱增，最终，她竟为此落下了心病。

　　丈夫为她的状况担心，问她："亲爱的妻子啊，你怎么了？"

　　"唉，"她说，"如果我没办法吃到屋后女巫花园里种着的野莴苣，我就会死的。"

　　丈夫深深爱着妻子，心想："为了不让她死去，我必须去弄些野莴苣。我才不管代价会是什么。"

　　夜幕降临后，丈夫便偷偷翻过那道高墙，潜入到女巫的花园里，摘了满满一把野莴苣，飞快地逃走了。他把野莴苣交给妻子。

妻子把莴苣做成了沙拉，大快朵颐。

味道实在是好极了。老实说，那味道好到令妻子的渴望越来越强，她乞求丈夫再去弄些野莴苣。因此，丈夫再一次趁着夜色翻墙过去。然而，当他从墙上下来，准备转身走向那片野莴苣地时，却着实吃了一惊。那个传说中的女巫，就站在他眼前。

"哈，你就是那个偷我莴苣的可怜虫啊！"女巫怒视着他，说，"我告诉你，你马上就将为此付出代价！"

"天经地义，"丈夫回应道，"我没办法和你争辩什么。不过，请您发发慈悲吧。我不得不这么做。我的妻子，她从我们所住小屋的窗子，看到了你花园里的野莴苣，立即想吃得不得了。您知道的，那感觉实在太过强烈，如果吃不到这些莴苣，她可能就会死掉。所以，我别无选择。"

女巫明白了他来偷莴苣的理由，怒气渐渐消散，她点了点头。

"我明白了，"女巫说，"好吧，如果情况是这样，你就随便摘吧。不过，我有个条件：你妻子怀的那个孩子必须给我。放心，我会保证她的安全，我会像一个母亲那样照顾她的。"

出于恐惧，丈夫答应了女巫的要求，然后急匆匆地带着莴苣逃回了家。妻子临产时，女巫如约出现在她窗前，抱走了妻子刚刚才抱进怀里的亲生女儿。

"我给这个孩子取名野莴苣。"她说完这句话，便带着孩子消失不见了。

野莴苣很快长大，出落成了一个十分美丽的姑娘，连太阳也为她的美丽所折服。野莴苣十二岁时，女巫把她带到森林的最深处，关进了一座没有门，没有楼梯，也没有窗子，只在顶部有一个很小的出口的高塔里。女巫想要进塔的时候，她就在塔下高喊：

野莴苣，野莴苣，
把你的头发放下来吧。

野莴苣的头发也很美，就像最耀眼的金丝，连光泽都跟黄金一样。每次听到女巫的喊声，她就把头发解开，在窗帘钩附近固定，然后一点一点从小出口里放下去，大概六十英尺的长度。而女巫，就顺着头发爬上她的小屋。

在高塔里住了一些年头后，有一天，这个王国的王子碰巧骑马从森林中穿过。他骑到高塔附近时，突然听到高处传来一首优美动听的歌。这首歌实在太好听了，王子不禁停下，听了起来。自然，这首歌正是野莴苣唱的，她用唱歌打发时间，她的声音是那样甜美。

王子想上高塔去找这位唱歌的姑娘，但找不到门。王子觉得很困惑。无奈之下，王子只好骑马回去。不过，他决定再来一次，看看有没有什么办法，能够进到塔里。

第二天，王子回到此处，但仍然没有找到进塔的办法。多么动听的声音啊，可是看不到唱歌的女孩！正当王子一筹莫展时，突然听到有人过来的声音，他赶紧躲到了一棵树的后面。来者正是女巫。她走到高塔底下，王子听见她高喊道：

野莴苣，野莴苣，
把你的头发放下来吧。

令他吃惊的是，一股长长的金发慢慢从高塔的顶端放了下来。女巫抓住那股金发，顺着它爬了上去，最后翻进了塔顶那个小小的出入口。

"好吧，"王子心想，"如果这就是进塔的方式，我也要来碰碰运气。"

接下来的那天，夜幕逐渐降临，王子来到塔楼前，学着女巫的声音，高声喊道：

> 野莴苣，野莴苣，
>
> 把你的头发放下来吧。

头发应声放了下来，王子把那股带着香气、厚实的头发抓在手里，爬到了塔顶，一下子跳进了入口。

起先，野莴苣被吓坏了。她从来没有见过任何男人。这个人跟女巫的样子完全不一样。对她而言，这是个全然陌生、毫不熟悉的存在。可是，这个陌生人长得实在很英俊，这让她感到迷惑，不知道应该说些什么好。不过，王子却从来没有不会讲话的时候。他恳求她，不要惊慌害怕。他向她解释，自己是如何听到她美妙的歌声从高塔顶端传来，如何被这声音迷住，不能自拔，下决心要找到唱歌的姑娘。现在，他终于见到了她，他发现她的容颜甚至比她的歌声还要美丽。

野莴苣被王子的魅力所吸引，很快便不再怕他了。相反，王子的陪伴让她感到前所未有地开心。她同意了王子下次再来看她的请求。许多天过去，他们俩的友谊逐渐转浓，变成了爱情，当王子向她求婚时，野莴苣立即同意了。

女巫起先一点儿也不知情。不过有天，野莴苣突然对她说："你知道吗，真是有意思，我的所有衣服竟然都不合身了。每一件都太窄了。"

她瞬间明白了这句话下潜藏着的秘密。

"你这个死丫头！"她怒喝道，"你一直都在骗我！你天天都在忙着跟你的小情人幽会。你马上就会受到教训了！等着瞧吧，让我来把这一切都画上句号。"

她用左手抓起野莴苣那美丽的长发，右手摸来一把锐利的剪刀，"咔嚓"一声，就把王子每次赖以攀爬的金色瀑布给剪断了。

然后，女巫又施了魔法，把野莴苣瞬间传送到远处的一处荒野里。野莴苣在那里备受折磨。

过了几个月，她诞下了一对孩子，是双胞胎，一个男孩，一个女孩。他们过着流浪的生活，没有钱，没有家，唯一的指望，就是偶然会有路过的旅人，在听过野莴苣唱歌之后能够打赏他们一点点饭钱。他们常常上顿不接下顿。冬天时，他们差点被冻死。而夏天时，则几乎要被烈日给烤焦。

我们再来看高塔那边发生了什么。

在野莴苣头发被剪断的那天晚上，王子还是跟往常一样，来到高塔底下，高声喊道：

　　　野莴苣，野莴苣，
　　　把你的头发放下来吧。

女巫早已在塔顶守候多时了。她已经提前把野莴苣的头发固定在窗帘钩上。听到王子呼喊后，女巫便把那头发甩下去，就跟野莴苣平日里做的一样。王子爬了上去，但在塔顶等候他的，已经不是他所挚爱的野莴苣，而是个丑陋难看的老女人——她的面容因愤怒而扭曲，眼睛里燃烧着怒火，对他狂吼道：

　　"你就是她的如意郎君，对吧？你就像条虫子似的，慢慢蠕动到这塔楼里，慢慢蠕动到她心里，最后终于慢慢蠕动到她的床上了！你这流氓、占惯女人便宜的东西，你这整天无所事事、爬来爬去的臭蜥蜴，你这自以为出身高贵的野杂种！你看看，鸟儿已经不在巢里了。猫儿把它给抓走了。你觉得如何啊？说啊！在鸟儿死之前，猫还会把你那迷死人的眼睛也给挖出来！野莴苣走了，你可明白？你再也见不到她了！"

　　女巫步步紧逼，王子步步后退，最终从那狭小出口里摔了出去。还好，高塔下方的一大片荆棘丛，牢牢托住了他的身体。但是，王子也因此付出了惨重的代价，荆棘刺穿了他的双眼。身体受创，精神受伤，王子跌跌撞撞地走远了。

　　瞎眼的王子当了一阵子乞丐，他不知道自己身处何处。直到有天，他突然听到一个熟悉的声音，那声音正是属于他所爱的人的！他循声而往。他又听到有两个另外的声音融入了进来，是两个孩子的声音。突然之间，三个声音都停止了歌唱。因为，已经当了母亲的野莴苣，认出了正往他们走来的王子。

　　两人紧紧相拥，泣不成声。就在这时，野莴苣的两滴眼泪滴进了王子的眼睛里，他瞬间就得以重见光明。王子看见了他心爱的野莴苣，也第一次看到了自己的两个孩子。

久别重逢，他们回到了王子所在的王国，受到了人们热烈的欢迎，一起幸福长久地度过了余生。

附注

故事类型：ATU310，"高塔中的女孩"

故事来源：弗雷德里希·舒尔茨讲给格林兄弟听的一个故事，这个故事基于《故事中的故事》（Les Contes des contes）中的《香芹姑娘》（Persinette）

相似故事：Giambattista Basile: "Petrosinella" (The Great Fairy Tale Tradition, ed. Jack Zipes); Italo Calvino: "Prezzemolina"(Italian Folktales)

在大众的普遍印象中，相比一则连续完整的故事，《野莴苣》更倾向于作为一个"呼之欲出的场景"而存在，这点和家喻户晓的名篇《青蛙国王》一样。那个将几十英尺长的金发，从高高的窗口里放下来的场景，实在是令人印象深刻，听一遍就无法忘怀。但是，在那场景之前发生了什么，以及放下头发之后又如何了？这些却常常被人遗忘。比如，她可怜的父母究竟出了什么事？噢，他们多年来一直渴望要个孩子，然后妻子怀孕了，接下来，女巫带走了孩子，那之后……就没有任何他们的消息了。当然，这也是一种叙述方式，毕竟童话故事与小说大不相同。

在后几个版本的书中，威廉·格林删改了野莴苣和女巫之间的对话，而这段对话在之前几个版本中都是存在的（最初的1812年初版中当然也有）。在修改后的版本中，野莴苣没有说自己的衣服不再合身这件事（显然，这是在暗示她已经怀孕了），取而代之的是，她问女巫：为什么你比王子难拉上来得多？照我看来，这根本不算是改进。这句话使野莴苣显得傻乎乎的，完全失去了之前天真、可爱的感觉。除此之外，这则故事处处暗藏"怀孕"的隐喻：根据玛丽娜·沃纳在《从野兽到金发美女》中的说法，故事开头时，妻子渴望吃的那种特别的蔬菜，最初其实是荷兰芹，这是当时在大众中广为流传的堕胎药。

森林里的三个小矮人

很久以前，有个死了妻子的男人，和一个死了丈夫的女人。男人有个女儿，女人也有一个。这两个女孩互相认识。有一天，她们一起出门散步，去了那个死了丈夫的女人家里。

寡妇把鳏夫的女儿拉到一旁，避开她自己的女儿，单独对她说："你知道吗，我很想嫁给你爸爸。请你帮我向他转告一下，看他怎样回应。如果他同意，我可以向你保证，你每天都可以用牛奶来洗脸，那将对你的皮肤大有裨益。而且，你每天还能有葡萄酒喝。而我的亲生女儿，我就只给她水。听了这些，你该知道我有多想嫁给他了吧。"

女孩回到家之后，就把寡妇对她说的话告诉了爸爸。

听完女儿的话后，鳏夫说："娶她吗？噢，我的天哪！我该怎么办呢？婚姻令人愉悦，但婚姻也会使人痛苦，你可明白？"

他没法决定。最终，他把自己的一只靴子脱了下来，对自己的女儿说："过来，把这只靴子拿去。这靴子底下有一个洞，你去把它挂在阁楼上，往里面装满水。如果它能滴水不漏，我就娶那个寡妇；如果水流掉了，我就不娶她。"

女孩照他说的做了。结果，倒进去的水使得皮革发涨，堵住了鞋底的小洞。因此当女孩倒满水后，水一滴也没漏下。女孩把结果告诉了父亲，他来到了阁楼。

"好吧，竟然会是这个结果。看来我不得不娶她为妻了。"他说，"既然起了誓，就不应该违背它。"

他穿上自己最好的衣服，向寡妇求婚。不久之后，他们就结婚了。

婚礼过后的那天，两个女孩一起醒来，鳏夫的女儿发现，给她用的洗脸水真的是牛奶，给她喝的真的全是葡萄酒。而寡妇的女儿却只有水。

婚礼过后的第二天，两个女孩用的喝的都是普通的水了。

婚礼过后的第三天，鳏夫的女儿用的喝的都是普通的水，而寡妇的女儿却开始用牛奶洗脸，用葡萄酒做饮料了。

之后每天，都跟第三天一样。

实际上，寡妇很讨厌自己的继女，每天都想尽办法折磨她。寡妇的厌恶，本质上是出自深深的嫉妒和自卑，因为这个继女十分漂亮，性格很好，而她自己的女儿又丑又自私，即使是每天用全脂的牛奶洗脸，也没有变漂亮哪怕一点点。

一个冬天的早晨，一切都结成了冰，寡妇做了件纸糊的衣服。她把继女叫来，对她说："过来，穿上这件衣服，去森林里采些草莓回来给我。我只想吃草莓，别的我都不要。"

"可是，冬天的时候没有草莓呀，"女孩说，"所有东西都盖上了厚厚的雪衣，地面冻得跟铸铁似的。还有，我为什么必须穿上这件纸衣服啊？它挡不了风，而且林间丛生的荆棘，会把它戳成碎片的。"

"你敢跟我顶嘴！"继母怒骂道，"快点出门吧，如果篮子里没有装满草莓，就别回来了。"她扔给女孩一片硬得跟木头一样的面包。"这是你今天的口粮，"她对女孩说，"你得靠这个支撑一整天了，我们家实在太穷了。"

寡妇心里偷偷想着："就算天冻不死她，饥饿也会折磨死她，这样，我就再也不用见到她了！"

女孩照她的吩咐做了。她穿上那件薄薄的纸衣服，挎着篮子出了门。外面完全是白茫茫一片，连一片绿叶都看不见，更别提草莓了。她不知道该去哪儿找草莓，只得沿着一条不认识的小路，走进了密林深处。走了不多久，她来到了一间小屋跟前。这间屋子特别小，屋顶也只到她的脑袋而已。在小屋外面的长椅上，并排坐着三个小矮人，正在吸着烟斗。小矮人大约只到她膝盖的样子，见到女孩过来，他们同时起立，向她鞠躬行礼。

"早上好啊！"她说。

"多好的女孩儿呀！"第一个小矮人说。

"她可真有礼貌！"第二个小矮人说。

"请她进屋子吧，"第三个小矮人说，"外面很冷呢！"

"她正穿着纸糊的衣服！"第一个小矮人又说。

"真够时髦的，我觉得。"第二个小矮人又说。

"但是也很冷啊。"第三个小矮人又说。

"您愿意进到屋子里来吗，亲爱的小姐？"三个小矮人一齐说道。

"你们真好！"女孩答道，"嗯，我愿意。"

进屋之前，三个小矮人把自己的烟斗敲灭了。

"在纸糊的衣服旁边，可抽不得。"第一个小矮人说。

"瞬间就会烧起来的。"第二个小矮人说。

"实在是太危险了。"第三个小矮人说。

他们给她搬来了一张小椅子，请她坐下。然后，三个小矮人全部坐到了炉火旁的一张长椅上。女孩觉得饿了，便把那块面包取了出来。

"你们介意我吃个早饭吗？"她问他们。

"那是什么呀？"

"一块面包而已。"

"能分我们一点儿吗？"

"当然！"她说完便要把面包掰成两半。但是，这块面包实在是太硬了，她不得不使劲在小桌子上敲打。女孩把较大的一块给了小矮人们，她自己则开始咬那块小的。

"您在外面那片荒野林地里做什么呢？"小矮人们问她。

"有人叫我来采草莓，"女孩答道，"我完全不知道哪儿才能找到。而且，在采满一篮子之前，我是回不了家的。"

第一个小矮人悄悄向第二个耳语了一番，然后第二个小矮人又向第三个耳语了一番，接下来又轮到第三个向第一个耳语。悄悄话传递完毕后，三个小矮人一齐看向女孩。

"您能帮我们扫扫雪吗？"他们说，"角落里放着一把扫帚。您只要帮我们打扫一下后门旁边的那条小路就好。"

"好的，我很乐意帮你们忙。"她一边说着，一边就拿起扫帚出去了。

女孩出去之后，小矮人们马上议论开了："我们应该拿什么来回报她才好？这样一个有礼貌的好女孩，还跟我们分食她的面包，她只有这么一块啊！还把最大的那块给了我们！又好心，又有礼貌。我们该拿什么来回报她？"

第一个小矮人说："我可以保证她长得一天比一天美丽。"

第二个小矮人说："我可以保证每次她说话时，嘴里都会蹦出一块金币来。"

第三个小矮人说："我可以保证，将会有一位国王过来找她，娶她为妻。"

与此同时，女孩正在小屋后面的小路上扫雪。扫掉路上的雪后，她发现了地上的草莓，许许多多的草莓，又红又熟，仿佛现在是夏天一般。女孩回头看了一眼小屋，三个小矮人正从小屋的后窗里友善地看着她，对着她默默点头，仿佛正在说：只管摘吧，想要多少就摘多少。

女孩把篮子装满后，便过去感谢小矮人们。他们在小屋门口站成一排，向她鞠躬，和她握手：

"再见！再见！再见！"

她回到家，把装满草莓的篮子递给了继母。

"你从哪儿弄来这些的？"那寡妇惊讶得合不拢嘴。

"我发现了一座小屋——"话声未落，已经有一块金币从她嘴里蹦了出来。女孩继续说话，越来越多的金币落到地板上，直到堆得跟她的脚踝一般高。

"瞧她那得意扬扬的炫耀劲儿！"继妹赌气地说，"只要我想，我也能轻易做到！"

显而易见，这个丑陋的妹妹嫉妒得要死。等到鳏夫的女儿不在时，她就对自己的妈妈说："也让我去那森林里采草莓吧！我要去！我真的想去！"

"不行，亲爱的，"寡妇说，"实在太冷了，你会被冻死的。"

"不嘛，你就让我去吧！求你了！我会把从我嘴里蹦出来的金币，分一半给你的！让我去吧！"

最终寡妇同意了。她把自己最好的毛皮大衣找了出来，用缝纫机改成合适女儿穿的大小；又给她准备了鸡肝酱三明治，和一块大大的巧克力蛋糕。

丑妹妹进了森林，找到了那间小屋。三个小矮人看到她过来，赶紧进屋，隔着窗子端详她。丑妹妹根本没看他们，直接开了门，旁若无人地走了进去。

"统统给我让开！"她说，"我要坐炉火边的那个位置。"

三个小矮人坐到长凳上，看着丑妹妹。这时，她取出了那块鸡肝酱三明治。

"这是什么？"他们问道。

"我的午餐啊。"她一边说着，一边张口大嚼。

"我们能尝点儿吗？"

"门儿都没有。"

"那么，那块巧克力蛋糕呢？那么大一块，你不会一个人吃完吧？"

"我自己还不够吃呢！你们自己想办法去弄蛋糕好了。"

丑妹妹吃饱喝足之后，他们对她说："你现在可以去扫屋后的小路了。"

"我才不去扫什么小路呢！"她说，"你们当我是你们的佣人啊？真是有病！"

矮人们默默抽着自己的烟，注视着她。丑妹妹发现他们显然不会给自己任何东西，就出了门，自己找草莓去了。

"好粗鲁的女孩！"第一个小矮人评价道。

"还很自私。"第二个小矮人评价道。

"跟上次那位完全不一样，差得太多了。"第三个小矮人评价，"我们应该给她什么呢？"

"我可以保证她长得一天比一天难看。"

"我可以保证每次她说话时，嘴里都会蹦出一只蛤蟆来。"

"我可以保证，她将不得好死。"

丑妹妹一颗草莓都找不到，只好回家发牢骚。她每张一次嘴，就会蹦出一只蛤蟆。很快，家里的地板上就覆满了一堆爬着、蹲着、跳着的玩意儿。这下子，就连她的亲妈妈都开始厌恶起她来了。

自这件事之后，寡妇整个人都变得神经兮兮的，仿佛脑袋里面有只蠕虫在咬噬。如何折磨继女，让她过得惨兮兮，已经成了她生命中唯一重要的事情了。然而，继女却一天比一天长得更美了。

最后，寡妇用大锅煮了一卷麻绳，晾干之后，把绳子搭到女孩的肩膀上。

"拿着，"她对女孩说，"再去找把斧子，去结冰的河上凿个洞，把绳子漂洗干净。必须今天做完，弄不好就别回来了。"

当然，她是希望女孩在洗绳子的时候掉进冰窟，活活淹死。

女孩按照寡妇的要求去做了。她拿着斧子和麻绳去了河边。她正打算踩到冰上时，一辆马车突然在她身边停了下来。那辆马车里坐着的，正巧是这个国家的国王。

"快住手！你在做什么啊！"国王大喊，"冰上很危险的！"

"我要到河里去洗绳子。"女孩解释道。

国王发现眼前的女孩是如此美丽，便打开马车的门。

"你愿意跟我一起走吗？"他问道。

"嗯，我愿意，"女孩答道，"十分乐意。"因为摆脱寡妇和她女儿的折磨令她开心。

她上了马车，马车渐行渐远。

"我目前正在为自己物色一位合适的王后，"国王说，"谋臣们都跟我说该结婚了。你还没结婚，对吗？"

"是的。"女孩答道。同时，她的嘴里瞬间蹦出一枚金币，掉进她的口袋里。

国王看得如痴如醉。

"多么精妙的本事啊！"他感叹道，"你愿意嫁给我吗？"

女孩同意了。他们很快就举行了婚礼。至此，小矮人们的诺言已全部兑现。

一年之后，年轻的王后诞下了一个男婴。举国欢庆，所有的报纸都报道了这一消息。寡妇听说了这个消息，就和她女儿一起去了皇宫，谎称探亲。国王这时碰巧外出了，寡妇和丑女儿趁着没有旁人的时机，把王后从窗户扔了出去。她尖叫着掉进窗下的河里，马上就被淹死了。她的尸体一直沉到河底，藏在了浮动的水草之间。

"现在，你躺到她的床上去。"寡妇对丑女儿说，"不管做什么，都不许说话。"

"为什么不能？"

"因为蛤蟆，"寡妇一边回答，一边把她刚吐出来的那只蛤蟆捡了起来，从之前扔王后的那扇窗子里扔了出去，"躺在那儿就好。照我的吩咐去做。"

寡妇用布把女儿的头盖住。且不管那些从她嘴里蹦出的蛤蟆，这女儿还在一天一天地变丑。国王回来后，寡妇就对国王说，王后得了风寒。"她现在必须静养，"寡妇说，"不能和她说话，绝对不能。你必须让她好好休息。"

国王隔着布，向那个丑女儿说了些温柔安慰的话，就离开了。第二天早上，国王又来看她。寡妇没来得及阻止她，她回应了国王。一只蛤蟆蹦了出来。

"上帝啊！"国王惊叫道，"这是什么啊？"

"我没办法控制，"丑女儿才开口，又一只蛤蟆蹦了出来，"这不是我的错。"话声未落，又是一只。

"究竟是怎么了？"国王问，"你身上发生了什么事？"

"她得了蛤蟆流感，"寡妇回答，"这是一种非常古怪的病，传染性很强。不过，她很快就能挺过去的，只要不被打扰的话。"

"希望如此吧。"国王说。

那天晚上，厨房里帮厨的男孩在擦拭最后一批汤罐和平底锅时，看到一只白色的鸭子，努力顺着排水道，从王宫外的小河向这边游过来。

白鸭子说："国王已经入睡了，我却止不住哭泣。"

帮厨的男孩不知该如何回答。白鸭子继续说道：

"我的客人们怎么样了？"

"他们也休息了。"帮厨的男孩答道。

"还有我那可爱的小家伙呢？"

"他也正在睡觉呢，"男孩答道，"应该是吧。"

听到这话，白鸭子周身突然亮起了白光。然后，她突然变成了王后的样子。王后走上楼，来到婴儿的摇篮边，把他抱了出来，给他喂奶。接着，她又温柔地把他放回到摇篮中，亲吻了他。最后，王后又回到了厨房，变回白鸭子，顺着排水道游回了河里。

帮厨的男孩一直紧跟着她，目睹了所发生的一切。

第二天晚上，王后又来了，同样的事情又发生了一次。到了第三天晚上，王后的幽灵对男孩说道："去告诉国王你都看到了些什么。告诉他，让他带上宝剑过来，在我的头上挥舞三下，然后直接把我的脑袋割下来。"

帮厨男孩马上跑到国王那里，把一切都告诉了他。国王被吓坏了。他悄悄进到王后的卧房里，掀起了盖在床上的女人头上的布。这个丑得让人恶心的女人，正打着呼，旁边待着一只蛤蟆。

"带我去见那个幽灵！"国王说完，便找来自己的宝剑。

二人来到厨房，王后的幽灵正站在他们面前。国王用宝剑在她的头顶挥舞了三下。她全身开始发光，很快便变回了白鸭子的形貌。与此同时，国王迅速举起宝剑，把白鸭子的头给割了下来。转瞬之间，白鸭子消失了，原地出现了真正的王后。她复活了。

夫妻两人幸福地拥抱在一起。国王告诉了王后一个计划，王后同意了。她先悄悄地藏在另外一间卧室里，一直等到这个礼拜天，即他们的孩子去接受洗礼的那天。举行洗礼仪式时，假王后头上戴着厚厚的面纱，寡妇也守在身旁，和她一起费力假装出"王后病得很严重，完全没办法说话"的样子。

这时，国王突然说："如果有人把一个无辜的人从床上拽起来，丢到河里淹死了，这犯人应该受到怎样的惩罚？"

寡妇立刻答道："简直是丧心病狂的谋杀。犯人应该被扔进一个里面插满了锋利铁钉的桶里，从山上推下去，一直滚到水里淹死。"

"好吧，我们就这么做好了。"国王说。

他立即吩咐手下准备好这样的一只桶。桶准备好后，寡妇和她的丑女儿就被扔了进去，并用钉子封死。这只装了两个罪人的木桶被守卫们从山上用力推下，滚进了河里。这就是她们最终的下场。

附注

故事类型：ATU403，"黑新娘和白新娘"

故事来源：多尔特欣·维尔特讲给格林兄弟听的一个故事

相似故事：Italo Calvino: "Belmiele and Belsole", "The King of the Peacocks" (Italian Folktales); Jacob and Wilhelm Grimm: "Little Brother and Little Sister", "The White Bride and the Black Bride" (Children's and Household Tales)

这个故事的后半段与《小哥哥和小妹妹》有些相似，但那由三个有趣的小矮人唱主角的前半段，相比《小哥哥和小妹妹》，却有种完全不一样的风韵。因此，相比格林兄弟的版本，我让故事里的小矮人多说了些话。

汉塞尔与格莱特

在一座大森林的边缘位置，住着一个贫穷的樵夫，他有一个妻子和两个孩子，儿子名叫汉塞尔，女儿叫格莱特。这家人即使是在最好的年景里，也穷得揭不开锅，而此时全国都在闹饥荒，当父亲的甚至连一点点面包都买不起。

有天晚上，樵夫躺在床上，为自家的贫穷发愁，他叹了口气，对自己的妻子说："我们家会变成什么样啊？连我们自己都没办法吃饱，又怎么能供给那两个可怜孩子呢？"

"我告诉你该怎么办，"妻子说，"这也是我们将要做的。明天一早，我们就把孩子们带到森林里林木最茂盛的地方，把他们弄得舒舒服服的。点一团篝火，供他们取暖。给他们一点儿面包，然后就把他们留在那儿。他们是没法找到回家的路的。如此一来，我们就可以卸下包袱了。"

"不，不，不！"丈夫说，"我绝不会那样做的。把我的亲生孩子遗弃在大森林里？绝不！野兽们会把他们撕成碎片的！"

"你真蠢，"妻子叹了口气，"如果我们不甩掉他们的话，最终四个人都会饿死。不如你明天就开始准备棺木吧。"

她就这样一直缠着他，直到他乖乖就范。

"可是我一点都不想这样做。"他说，"我没法控制自己对他们的愧疚……"

在隔壁的房间里，两个孩子还没入睡。因为太饿，他们根本就没办法睡着。继母的每一句话，他们都听在了耳朵里。

格莱特伤心地哭了。她小声地对哥哥说："噢，汉塞尔啊，我们就快死了！"

"嘘——"汉塞尔说，"别担心！我知道我们应该怎么办。"

大人们睡着之后，汉塞尔就从床上爬了起来，穿上自己那件旧夹克衫，打开半边门，偷偷溜了出去。那天晚上的月光很明亮，屋前的鹅卵石小路就像一条铺满了银币的辉煌大道。汉塞尔蹲了下去，在自己的两只口袋里都塞满了鹅卵石。

他回了屋子，跳到床上，小声对妹妹说："别担心了，格莱特。现在安心睡吧。上帝会保佑我们的。不管未来会发生什么，我已经有了一个计划。"

破晓时分，太阳还没从东方升起，继母已经走了进来，把他们身上盖着的毯子一下子掀起。

"起床了，你们这两个大懒虫！今天，我们要一起去森林里拾柴禾了。"

她给了他们一人一片干面包。

"这是你们的午餐，"继母说，"不要一下子就吃光，因为再也没有多余的了。"

因为汉塞尔的口袋里放满了鹅卵石，格莱特把这两块干面包都收进自己的围裙里。全家人一起出发，往森林里去了。一路上，汉塞尔时不时地停下脚步，回头望一眼自己的家，直到樵夫对他说："你在做什么呢，儿子？赶快跟上，好好走路。"

"我在看我养的那只小白猫呢，"汉塞尔答道，"它正坐在屋顶上，想要跟我说再见呢。"

"傻孩子，"继母说，"那才不是你的小白猫，是刚爬到烟囱边上的太阳。"

实际上，汉塞尔一路上都在往身后扔鹅卵石。之所以时不时地往后看看，是为了确保这些石头可以被看见。

他们走到森林中央时，樵夫开口说："快去捡些柴禾来吧。我给你们生一堆火。这样，你们就不会觉得冷了。"

两个孩子收集了一些小细树枝，捡了很大一堆，父亲帮他们把那堆树枝点燃。见到篝火烧得很旺之后，继母说："我亲爱的孩子们，你们就在这儿舒舒服服待着吧。在篝火旁边躺下，抱在一起，这样就能更暖和一点。现在，我要跟你们的爸爸一起去砍些柴了。等到做完事后，我们会回来接你们的。"

汉塞尔和格莱特在篝火边坐下。他们觉得差不多已到中午时，便开始吃他们的面包。他们能够听到不远处传来斧头砍树的声音，因此认为父亲就在附近。可事实上，那并不是斧头的声音，而是系在一棵死树上的枯枝所发出的响动。风把枯枝吹得来回摆动，撞在死树上，发出声响。

两个孩子在那儿坐了很久，慢慢地，他们的眼皮开始变得越来越沉。午后过去，天渐渐暗了下来，他们互相偎依，很快便进入了梦乡。

醒来的时候，他们已经身陷黑暗。格莱特开始哭了起来。"我们怎么才能找到回家的路啊？"她抽泣道。

"等月亮升起来就好了，"汉塞尔说，"到时候，你就会见识到我的计划了。"

月亮如期升起，又圆又亮。汉塞尔之前扔下的白色鹅卵石，在月光的照耀下就像刚刚铸成的银币一般。整个夜晚，两个孩子都手牵着手，沿着地上的痕迹走着，直到破晓时分，他们回到了樵夫的屋前。

大门紧闭，他们只好用力敲门。继母打开门，看到这两个孩子时，惊讶得睁大了双眼。"你们这两个可怜的家伙！我们担心死你们了！"她用力把他们抱在怀里，抱得那样紧，几乎令他们无法呼吸。"你们怎么会睡那么长时间？我们还以为你们不愿意回家呢！"

她捏了捏他们的脸蛋，装得好像真的很高兴看见他们似的。过了一会儿，孩子们的父亲回来了。他脸上的放松和快乐是真实的，因为他根本就不想丢下那两个孩子。

就这样，这一次汉塞尔和格莱特算是安全了。然而，没过多久，食物又开始紧缺，许多人又开始过上挨饿的日子。一天晚上，两个孩子听见继母对他们的父亲说："大事不妙，我们只剩下最后半条面包了，我们就要饿死了。我们必须把孩子们送走，这次得万无一失才行。上次他们肯定耍了什么小花招，不过，如果我们把他们带到森林里足够深的位置，他们肯定就再也没办法找到回来的路了。"

"哦，我真不想这么做。"樵夫说，"森林里可不只是有猛兽而已，你知道的。那里还有地精，巫婆以及其他的鬼怪。不如就把面包分给孩子们吃吧，难道这样真的不行吗？"

"别犯蠢了，"继母反驳道，"这有什么意义呢？你这个人，就是太心软了，这正是你最大的毛病。既心软，又愚蠢。"

她的刻薄狠狠地击碎了他，让他毫无退路。一旦第一次你屈从了，往后便再无反驳之力。

孩子们依旧醒着，他们听到了大人们的对话。继母和父亲睡着之后，汉塞尔又爬了起来，想要出去。可这一次，继母把门锁了起来，并藏起了钥匙。不过，他还是安慰了妹妹，告诉她说："别担心，格莱特。快点睡吧，上帝会保佑我们的。"

第二天一早，继母和往常一样地叫醒了孩子们，给了他们一人一片干面包。这次比上次的还要小。进入森林之后，汉塞尔把自己的那片面包掰碎，撒在走过的路上。每撒一点，他都要回头看看，确保在回来的路上能够看见它们。

"汉塞尔，快走啊，"樵夫催促道，"不要总是回头看了。"

"我在看我养的那只鸽子，"汉塞尔说，"它正停在屋顶上，想要和我说再见呢。"

"那才不是你的鸽子，傻孩子，"继母说，"是刚爬到烟囱边上的太阳。别跟我偷懒了。"

汉塞尔没再继续回头看，但还是继续把口袋里的面包掰碎，撒在走过的路上。继母故意走得很快，一直走到密林深处——他们这辈子从未涉足的地方。

最后，她说："这里就差不多了。"和上次一样，他们又生了一堆篝火，让孩子们坐下。

"现在，不许到处乱走，"继母命令他们道，"在我们回来接你们之前，不许挪动一下。我们已经够忙的了，没时间来看着你们。

天黑之前，我们就会回来。"

孩子们乖乖坐在那里。他们觉得差不多已到中午时，两人就把格莱特那一小块分来吃掉了，因为汉塞尔已经把自己那块干面包全部用掉了。然后他们就进入了梦乡。一整天很快过去了，没有人回来接他们。

天黑之后，他们醒了过来。"嘘——不要哭，"汉塞尔安慰妹妹道，"月亮升起来后，我们会看到那些面包碎屑，就能认清回家的路了。"

月亮已渐渐升起，他们开始寻找面包碎屑，但是，他们一点儿也没找到。在森林和田野里飞来飞去的数千只鸟儿，早就把它们啄食得一干二净了。

"我们会找到路的。"汉塞尔说。

但是，不管兄妹俩往哪个方向走，都没办法找到回家的路。他们走了整整一夜，又走了整整一天，还是没办法找到归路。他们开始觉得饿，饿得要命，因为他们用以果腹的食物仅限于他们找到的一些莓果。这时候，他们已经很累了，只得躺倒在一棵大树下，没多久就睡着了。醒来之后，已经是第三天的早上，就算拼了命地四处乱走，他们也还是没能找到出森林的路。而且，似乎每走一步，森林都变得更加繁盛茂密。如果不能尽快得到帮助，他们就会死去。

这天中午，他们看见附近树梢上有一只雪白的小鸟。它的叫声是那么动听，令汉塞尔和格莱特不觉驻足聆听。小鸟突然展开翅膀，向前飞了一小段距离，兄妹俩跟了上去。它又停下，唱几句，再往前飞一点儿，速度不快不慢，刚好够他们俩跟上。看起来，小鸟正在引领他们，向着某个地点前进。

不知不觉间，他们发现自己来到了一个小屋子前。鸟儿停在屋顶上。哦，那屋顶看起来似乎有点奇怪，就像是——

"是用蛋糕做的！"汉塞尔叫道。

还有四面的墙壁——

"是用面包做的！"格莱特叫道。

还有窗户，全部都是用糖做成的。

这两个可怜的孩子当真是饿坏了，甚至都没想到要先敲门问问，征求一下房屋主人的许可。汉塞尔把屋顶拆下来一块，格莱特直接把一扇窗户给卸了下来。他们随地一坐，就开始吃起来。

不久，他们听到糖果屋里传来了一个温柔的声音：

> 轻点咬呀，轻点咬，我的小老鼠们，
> 咬我屋子的人啊，究竟是谁？

孩子们随口答道：

> 是那四处乱吹的风啊，
> 是打天国来的孩子。

他们又开始吃了起来，实在是太饿了。汉塞尔特别喜欢屋顶的味道，他又掰下了跟自己胳膊一样长的一条来。格莱特则是十分小心地取下一块糖做的窗玻璃，按照她自己中意的方式把它消灭干净。

突然，糖果屋的门开了，一个很老很老的老太婆从屋子里蹒跚地走了出来。汉塞尔和格莱特被她吓了一跳，停下来看着她——嘴里装满了吃的。

还好，老太婆冲他们摇了摇头，说："别怕，我的小甜心们！什么风把你们给吹来的？赶快进来，我的小心肝儿，到我的糖果屋里面来休息休息。它可跟真正的屋子一样结实！"

老太婆十分温柔地捏了捏他们的小脸，一手挽着一个，带他们进了糖果屋。就像知道他们会来一样，餐桌上已经备好了两个碟子。老太婆给他们端上了美味大餐：用糖、香料、苹果和坚果烹制的蛋糕，还有鲜美好喝的牛奶。

吃饱喝足之后，老太婆带他们来到一间小小的卧房，房里已经预备好了两张床，上面是雪白的床单。汉塞尔和格莱特上了床，感觉就像在天堂上一样，不一会儿便睡着了。

但那老太婆不过是装得十分友好而已。实际上，她是个邪恶的老女巫。之所以建起这座糖果屋，不过是想要诱拐小孩而已。一旦捉到孩子，不管男孩女孩，她都会杀掉、烹煮，最后吃掉他们。因此，对她而言，逮住孩子的那天，都是一个难得的节日。跟其他所有女巫一样，这个老女巫也害有红眼病，没法看到很远的地方。不过，她的嗅觉却十分敏锐，如果有人类经过，她马上就能知道。汉塞尔和格莱特一到床上，她就喜笑颜开，双手反复摩挲着。

"我终于逮住他们了，"她咯咯怪笑着，"哈哈，他们逃不出我的手心的。"

第二天一早，起床后，老女巫走到汉塞尔和格莱特的房间观察他们熟睡的样子。她忍不住伸出手，抚摸他们粉嫩的小脸蛋。

"味道肯定好极了。"老女巫心里想着。

她一把抓起汉塞尔。他还没来得及哭喊一声，就被拖到了糖果屋外面的一个小棚屋里。她把汉塞尔关进了一只笼子。尽管汉塞尔不停地呼救，但没有人能够听到。

接着，老女巫摇醒了格莱特，说："快起来，你这懒家伙！给我到水井那边去打些水回来，再给你哥哥弄点好吃的。他现在正被我关在棚屋里，嘿嘿，我希望能够再把他养肥点。等到养得足够肥了，我就把他吃掉！"

格莱特开始哭起来，但这也于事无补，她不得不按照女巫的吩咐去做。每天，汉塞尔都能吃到美味可口的食物，而格莱特则以龙虾壳为食。

每天早上，老女巫都会走到棚屋里，挂着拐杖，对汉塞尔说："孩子！把你的手指伸出来，我想看看你是不是够肥了。"

但汉塞尔很聪明，有办法应付这个。他将一小块骨头从栅栏中往外伸。因为红眼病，女巫以为那就是汉塞尔的手指。她搞不明白，为什么这孩子就是养不肥。

眨眼四个礼拜过去了，她感觉汉塞尔还是很瘦。可她又想起了汉塞尔那粉嫩的小脸蛋，于是，她对格莱特喊道："嘿！姑娘！多打点水来！把大锅装满，煮上。管他肥还是瘦，圆圆滚滚还是皮包骨头，我明天都要把你哥哥剖心开肚，炖一锅浓汤。"

可怜的格莱特！她不停地哭呀，哭呀，可她不得不按照老女巫的指示去打水。"我恳求您，上帝，帮帮我们！"她啜泣着，"哪怕是被森林里的狼群吃掉都好，起码我们还能死在一起！"

"别在那儿哭鼻子了，"老女巫说，"一点儿用都不会有的。"

第二天早上，格莱特不得不在大锅下面生了火。

"我们需要先烤点面包，"女巫说，"我已经揉好面了。你的火还没生好吗？"

她把格莱特拽到大大的烤箱门前。火焰在烤箱中飞溅、闪耀。

"爬进去，看看里面够不够热，"女巫说，"快点，快进去吧！"

不出所料，女巫正是打算在格莱特爬进去后，马上关上烤箱的门，把她也给做成大餐，但格莱特看穿了她的诡计。于是，她说："我搞不明白。你想要我进去，对吗？怎样才能爬进去呀？"

"你可真是比鹅还蠢！"女巫骂道，"给我让开，我来教你。明明很简单的事儿。"

她躬下腰，把脑袋放进了烤箱里。格莱特见状，马上从后面撞了她一下。女巫瞬间失去了平衡，摔进了烤箱里。格莱特立即关上烤箱门，用一块铁板把门死死封住。恐怖的尖叫和哀号声迅速从烤箱里传来，格莱特捂住耳朵，远远逃开了。老女巫就这么被活活烧死了。

格莱特飞奔到棚屋里，大声喊道："汉塞尔，我们安全了！那个老女巫已经死了！"

汉塞尔从笼子里爬出来，就像一只刚从囚笼里飞出的鸟。他们俩开心极了！他们紧搂住对方的脖子，亲吻对方的脸颊，深情拥抱，大喊大闹，蹦蹦跳跳。再也没有什么需要害怕的东西了，他们跑进糖果屋里，四处巡视。所有藏在角落里的瓶瓶罐罐里，都装满了珍贵的宝石。

"这些可比鹅卵石贵重多了！"汉塞尔一边说着，一边往口袋里装了些。

"我也要。"格莱特也把宝石抓进自己的围裙里。

"那么，我们走吧。"汉塞尔说，"让我们赶紧把这片诡异的森林抛在脑后吧！"

走了几个小时之后，他们来到了一个湖边。

"看起来，要想穿过这个湖，可不是件容易的事情，"汉塞尔对妹妹说，"连座浮桥都看不到。"

"也不像是有船的样子。不过，看那边，"格莱特说，"那儿有一只白鸭子。我来问问她，看她有没有办法带我们到湖的那一边去。"

格莱特向着白鸭子喊道：

> 小白鸭啊，小白鸭，
> 发点善心，借我们点运气吧！
> 湖水又深，又冷，湖面很宽很长，
> 尽管这样，我们也必须要到湖对岸去。

小白鸭游到他们身边，汉塞尔爬到了她的背上。

"快过来啊，格莱特，"汉塞尔喊道，"跟我一起上来！"

"不行的，"格莱特答道，"这样会太重的。我们应该分两次过去。"

白鸭子一个一个地把他们带到了湖的对岸。两人安全上岸后，又开始往前走。不一会儿，眼前的森林逐渐变得熟悉起来。终于，他们看到了自己家的屋子。兄妹俩立即飞奔过去，冲到屋子里，扑进了父亲的怀抱。

在把汉塞尔和格莱特送进密林后，樵夫没有一刻真正开心过。孩子们走后不久，他的妻子就死了，樵夫孤身一人，比以往任何时候都更贫穷。不过现在，格莱特展开自己的小围裙，抖出了里面的宝石。宝石在地上弹来弹去，落满房间的每一个角落。汉塞尔也把自己口袋里装满的宝石用力抛出，一把接着一把。

就这样，他们的贫穷问题彻底解决了。从那时起，他们一家开始了幸福的生活。

> 小老鼠跑远了，
> 我的故事也讲完了——
> 如果你们捉到那只老鼠，
> 记得剥下它的皮来，
> 给自己做一顶大大的鼠皮帽子。

故事类型：ATU327，"汉塞尔和格莱特"

故事来源：维尔特家的人讲给格林兄弟听的一个故事

相似故事：Alexander Afanasyev: "Baba Yaga and the Brave Youth" (Russian Fairy Tales); Giambattista Basile:"Ninnillo and Nennella" (The Great Fairy Tale Tradition, ed.Jack Zipes); Italo Calvino: "Chick", "The Garden Witch"(Italian Folktales); Charles Perrault: "Little Thumbling"(Perrault's Complete Fairy Tales)

如果要列举全球最广为人知的童话故事，本文必定是其中一篇。糖果屋的故事活跃在数不胜数的童话选集、绘本和剧场改编之中（比如歌剧）。或许，因为这故事太过熟悉，会让人不觉忽视掉它作为一则童话故事的优秀之处。在这里，我必须重申：它是一则当之无愧的伟大又残忍的经典童话。"可以吃的房子"这样的绝妙设定、食人女巫的残忍，以及格莱特在对抗她时所爆发出来的机智果敢，对待女巫时的干净利落，这些要素一起塑造了这个伟大的童话故事。

亲生母亲，还是继母？在格林兄弟1812年出版的初版当中，有关那个女人的表述，就是简简单单的"母亲"而已。而到了1857年的第七版，她就成了"继母"。之后所有的版本中，这个女人都以"继母"的身份存在。玛丽娜·沃纳在《从野兽到金发美女》一书中曾经提过，她对格林兄弟这样改写的原因很感兴趣，她说："格林兄弟保全完美母亲形象的唯一办法，就是放逐她，然后用另外一个角色加以替代。"布鲁诺·贝特尔海姆（Bruno Bettelheim）也曾给出过弗洛伊德式的解释：将"继母"这一角色从"母亲"当中提炼出来，可以给听故事们的孩子一个发泄"自己母亲对他们很坏的那一面"的机会。

而我，单纯作为这本书里的故事讲述者，决定不去理会这个问题。

杰克·齐普斯[1]在《为什么童话故事有用》（Why Fairy Tales Stick）一书中指出，这个大多数读者们看来纯粹是由异想天开的想象力所支撑起来的故事，实际上是在揭露农民阶层贫苦不堪、许多家庭忍饥挨饿的社会现实。绝望的时代，无奈的生存方法，毫无疑问。然而，值得思考的是，难道那位樵夫父亲就没有一点责任吗？故事末尾，继母莫名其妙地死了，这样的处理方式倒是十分方便。继母和女巫的结局往往相同，这难免不会给包括我在内的许多身在现代的小说写作者们以一种潜移默化的暗示。试想，如果汉塞尔和格莱特最后回到家时，发现继母还是在家里作威作福，结局就不再是喜剧，而是悲剧了。因此，或许她是被樵夫给杀掉的，只是没有明说而已。如果让我来把这则童话改写为小说，我就会这样去写。

白鸭子的那一部分，是格林兄弟在最后一个版本中额外添加的。在那之前，并没有这样的内容，或者说，至少没有把这部分内容给印刷出来。不过，我觉得这部分就算加上去，倒也无伤大雅，所以就原样保留了。湖是森林和家之间的一个屏障，屏障通常也是令人渴望的事物——前提是你能穿过这道屏障。在大自然的仁慈博爱和人类的机智勇敢的共同作用之下，屏障一定能够穿越。

1　杰克·齐普斯（Jack Zipes），作家、学者、教授和翻译家，在童话的语言学根源和社会化功能方面有卓越贡献。

第十个故事

三片蛇叶

从前有个穷人，他连自己唯一的儿子都养不活。儿子意识到了这点，便对他说："父亲，我待在这里一无是处，不过是您生活的负担而已。我打算离开家，看看有没有办法自谋生路。"

　　父亲祝福了儿子，然后，两人便悲伤地告别了。

　　附近某个国家的国王，是位强有力的统治者，此时，他正在与其他国家交战。年轻人加入了这位国王的军队。很快，他便被派上前线，参与一场很大的战役。子弹如冰雹一般落下，四面八方，危机重重。他的身边躺满了战友的尸体。他们的指挥官死后，剩下的士兵们都想要逃跑。这时年轻人勇敢地站到了指挥官的位置上，大声喊道："我们不能被打败！跟我来吧，天佑吾王！"

　　年轻人身先士卒，剩下的士兵们也纷纷跟随他。他们很快就打退了敌人。国王听说了这位年轻人在战役胜利中所起到的重要作用，便直接把他提升为陆军元帅，赏给了他黄金和珠宝，授予了他整个王国最高的荣誉奖章。

　　国王有个女儿，长得非常漂亮，但她却有一个古怪的念头。她曾经起誓，说自己谁也不嫁，除非那男人能够答应她，如果她先于他死去，还活着的丈夫必须和她一起活埋殉葬。"毕竟，如果他真心爱我的话，又怎么可能会想要独自面对余生呢？"公主这样说。自然，公主也同样许诺，如果是丈夫先死了，她也愿意随着他一起被活埋进坟墓里。

这个苛刻的结婚条件吓退了很多向公主求婚的年轻人。然而，年轻人却深深被公主的美貌打动，不能自拔，也让他无所畏惧。他向国王提请这个要求。

"你知道自己必须答应她什么条件吗？"国王问。

"如果她先我而死，我必须和她一起殉葬。"士兵回答，"可我实在是太爱她了，我愿意赌上自己的性命。"

国王同意了他的请求。一场盛大的婚礼如期举办。

这对新人一起快乐地生活了一段时间。但是有天，这位公主突然生了病。问诊的医生从王国各处涌来，为她诊治，但没有一个能够治好她的病。公主很快就去世了。这时，年轻人想起了结婚时所立下的誓约，不觉心惊胆战。但这已经是无可回避的了，即使自己想要违背誓约，也是不可能的事情，因为国王派了无数的守卫驻扎于墓穴和墓地，以防他逃跑。公主下葬那天，人们把公主的遗体运进皇家墓穴里，把年轻人也带到里面，由国王亲自上了锁，并用螺栓把墓门封死。

人们在墓室里放了一些供品：在一张长桌上，有四根蜡烛、四条长面包和四瓶葡萄酒。年轻人日复一日地坐在公主的尸体旁，每天只吃一小点面包，喝一小口酒，想让时间能够维持得尽量长一点。当他喝得只剩下一小口酒和一点点面包时，最后一根蜡烛也快要烧完了，年轻人便知道，自己的死期近在眼前了。

不过，正当他绝望地坐在那儿时，突然见到墓穴一角爬出了一条蛇来，向着公主的尸体匍匐前进。年轻人想到，这条蛇应该是想过来吞吃公主的尸体。他马上拔出自己的佩剑，大声喊道："只要我还活着，你就别想碰她！"说完，他便挥刀三下，将蛇砍成了一段一段的。

没过过久，又有一条蛇从墓穴一角爬了过来。它来到前一条蛇碎掉的尸体旁，仔细观察了它，又爬了回去。不久之后，那条蛇回来了。这一次，它的嘴里衔着三片翠绿的叶子。它小心翼翼地把死去的蛇按照身体原来的样子摆好，又在每道被切开的断口位置放上了一片绿叶。不一会儿，那条死掉的蛇竟然又活了过来，所有的伤口全部复原，又变回了一条完整的蛇。两条蛇迅速地逃走了。

不过，那三片蛇叶还留在那儿。年轻人想到：如果这些蛇叶拥有能够令死蛇复生的神奇力量，那么是不是应该也能让人复活呢？"年轻人捡起三片蛇叶，把它们放在公主苍白的脸上。一片放在嘴唇上，另外两片放在眼睛上。

他才刚把蛇叶放好，公主的血液便重新流动起来。死人的苍白脸颊上泛起红晕。她深吸一口气，睁开了双眼。

"我的上帝啊！"她说，"我现在在哪儿？"

"你跟我在一起呢，我亲爱的妻子！"年轻人回答她，并告诉她这里所发生的一切。他把最后一丁点儿面包和酒给她。然后，他们来到墓穴口，开始拼命敲打墓门，大声呼救。外面的守卫们听到后，急忙跑去禀报国王。

国王马上来到皇家墓地，亲自除了螺栓，开了墓门。公主扑到国王的怀抱里。国王紧紧握住了年轻人的手，所有人都为公主起死回生这一奇迹大加庆祝。

年轻人是个十分谨慎的人，关于那三片蛇叶的秘密，以及公主是怎么复活的，他没有告诉任何人。不过，这位年轻人有一个十分忠诚、值得信赖的仆人，他把蛇叶交给这位仆人看管。"好好保管这三片蛇叶，"他对仆人说，"无论我们去哪儿，你都要把这三片蛇叶随身带好。你永远不知道我们什么时候还会用得上它们。"

自从公主复活以后，整个人都变了。仿佛她过去所有对自己丈夫的爱意，都已在她心中消退。不过，她仍旧装成很爱他的样子。当年轻人提议，希望能够出海远行，去看望他那年老的父亲时，公主马上就同意了。她感叹道："能够见到我最亲爱的丈夫的可敬的父亲，是一件多么值得高兴的事情啊！"

然而，在出帆远航之后，公主完全忘记了年轻人为他所做的一切，竟与所乘海船的船长之间萌生了不伦之恋。除了跟船长云雨之欢外，再没有什么能够令她满足的了，这两人很快便凑成了一对。某天夜里，公主躺在船长的怀里，低声呢喃："哦，要是我丈夫死了，那该多好啊！我俩能成全一次多好的婚姻呀！"

"这也太简单了。"船长说。

他取来长长的一捆绳索，和公主一道悄悄进到年轻人所住的船舱里。年轻人睡得正香，公主攥住绳索的一端，船长攥住另一端，他们一起把绳索绕在了年轻人的脖子上。两人同时使劲，把脖子上的绳圈收紧。年轻人拼命挣扎，但最终也没办法胜过那两个人的力气。很快，他们就把年轻人勒死了。

公主揪住死去的丈夫的脑袋，船长抱着他的两只脚，两人一道把他扔出了护栏。"我们一起回家吧，"公主说，"我会跟父亲说，他在海上不慎死了。我也会对你大加夸赞，到时候他就会让我们结婚，然后，你就能继承王国了。"

然而，年轻人的忠实仆人把他们所做的都看在了眼里。一等他们调转船头，仆人就从海船上放下一只小艇，顺着原来的航道，开始搜寻主人的尸体。他很快就发现了那具浮尸，并把他捞上了小艇。仆人解开勒死了主人的那根绳索，把随身带着的三片蛇叶依序放在他的双眼和嘴唇上，年轻人立刻死而复生了。

主仆二人拼尽全力，不分白天昼夜，死命地沿着来路往回划船，片刻不停。他们所坐的小艇乘风破浪，漂行如飞，竟然比海船还要提早一天靠岸。他们俩立即前往王宫。国王对他们俩的到来感到十分惊讶。

"发生了什么？"国王问，"我的女儿在哪里？"

主仆二人把发生的事情悉数告诉了国王。他对女儿的所作所为感到十分震惊。

"我不相信她会做那样的坏事！"国王说，"不过，真相很快就会水落石出！"

确实如此。第二天，公主和船长所乘的海船也靠港了。听说他们已经回来了，国王将年轻人和他的仆人安排在一间密室，在那里，他们可以听到外面的一切动静。

公主身穿一身黑色丧服，一边哭着，一边过去见她的父亲。

"你怎么一个人回来了？"国王问她，"你的丈夫去哪儿了？还有，你怎么穿着丧服啊？"

"哦，我亲爱的爸爸啊！"她哭诉道，"我现在真是伤心欲绝！

航行途中，我丈夫病死于黄热病。我和船长不得不将尸体葬于海中。如果船长没有帮我的话，我真不知该怎么办才好了。这船长可真是个好人，在黄热病最严重的时候，他仍旧义无反顾地照顾我那可怜的丈夫，完全不顾自己的安危。他可以将事情经过讲给您听。"

"哦，你说你丈夫死了，对吗？"国王说，"那就让我们来看看，我能否令他起死回生。"

国王打开密室的门，请年轻人和他的仆人走了出来。

公主一看到年轻人，便吓得瘫坐在地，就像遭了雷击一般。她开始狡辩，说自己的丈夫肯定是在发烧时产生了幻觉，然后又陷入昏迷，就像死了一样，所以他们误以为他已经死了。忠诚的仆人拿出了那根绳子。在确凿无误的证据面前，公主只得承认了自己的罪行。

"没错，是我们做的，"她啜泣道，"可是，亲爱的父亲啊，请宽恕我吧！"

"还是别跟我谈宽恕了，"国王说，"你的丈夫愿意跟你一起进坟墓，还让你死而复生。可你却在他熟睡时谋害他。你将得到应有的惩罚！"

公主和船长一起被装进一艘船身上凿满了孔的海船里，在一个波涛汹涌的日子，被放逐到了大海上。很快，两人便随船一起沉到了大海里。那之后，再也没有人看见过他们。

故事类型：ATU612，"三片蛇叶"

故事来源：约翰·弗雷德里希·克劳泽和冯·哈克斯特豪森一家讲给格林兄弟听的故事

相似故事：Italo Calvino: "The Captain and the General","The Lion's Grass" (Italian Folktales)

一则生动有趣、典型"二段式"的童话，前半部分比较魔幻，后半部分相对来说比较像是浪漫主义和现实主义的杂糅。格林兄弟书中的故事将貌似不可能调和的两段叙事，通过"三片蛇叶"这一道具，十分有技巧地结合在了一起。除了"谋杀年轻丈夫"这部分外，我没有对原文作出过多修改。在原始版本中，年轻人是活活被公主和船长扔出了海船的栏杆外的，不过，在卡尔维诺《意大利童话》的两个相似故事中，他都是先被处死的：一篇死于枪杀，另一篇则死于绞刑——以这种能够当场确认死亡的情况，来验证魔法叶子的魔力。我认为，即使是在格林兄弟的故事中，年轻人还是应该被某种确凿无疑且充满戏剧性的手段给杀害才恰当。考虑再三，我选择了用绳子勒死这一传统方法，不仅方便实用，还有机会让仆人出示妻子杀害丈夫的证据，以此来锁定她的罪行。

另外，关于"蛇究竟被切成了几段"这个十分有趣的数学问题，从书中版本看来，好像也欺骗到了所有听故事的人、译者，甚至包括格林兄弟自己。德文原版的书中明确无误地写着"und hieb sie in drei Stücke"——"砍成三截"。大卫·卢克，拉尔夫·曼海姆和杰克·齐普斯也全部按照这种说法原样翻译了。实际上，要把蛇砍成三截，只需要两刀就能做到，但这样一来，也就只需要两处伤口来放置蛇叶了，事实情况显然不是那样。我们需要透过现象看本质，而那本质，正是随处可见的数字"三"（三片蛇叶，公主的两只眼睛和一张嘴——童话故事中最经典的"逢数必三"）。所以，第二条蛇需要有三处伤口来放置蛇叶，以应对年轻人所挥的三刀，这样，蛇被切成的就不是三截，而是四截。然而，再额外引入一个数字"四"，无论对于读者还是听故事的人而言，都似乎有种画蛇添足的感觉，因为这具体的数字，多少减损了原文的韵味。我认为，最好的解决方法，正是我在本书中所做的：笼统地写成"蛇被劈成了一段一段的"就好。

渔夫和他的妻子

从前，有位渔夫和他的妻子住在海边的一座小棚屋里。那座棚屋很脏，说它像个尿壶也不为过。渔夫每天都去海边钓鱼。他钓啊，钓啊，有一天，他坐在那儿，两眼望着清澈的海水，开始放鱼线。他放呀，放呀，鱼钩一口气沉到了海底。当他拉回鱼线时，发现上钩的是一条巨大的比目鱼。

　　比目鱼说："听着，渔夫，不如放我一条生路，怎么样？我并不是条普通的比目鱼。我是位被施了诅咒的王子。你杀了我，对你有什么好处呢？我的肉一点都不好吃。把我放回海里去吧，您一看就是位好心人哪。"

　　"你说的倒也在理，"渔夫回答，"不用多说了，能碰到一条会说话的比目鱼，已经让我很满足了。"

　　他把比目鱼放回到海里。他向着海底游去，很快就消失不见，只在身后留下一道长长的血痕。

　　渔夫回到了待在小窝棚里的妻子身边。

　　"你今天难道什么都没捕到吗？"妻子问。

　　"哦，其实，"他说，"我钓到了一条比目鱼，一条巨大的比目鱼。不过，他说自己是一位被施了诅咒的王子，所以我就放他走了。"

"还真是你的一贯作风啊!"妻子说,"难道你就没想到问他要点儿什么吗?"

"我不知道,"老实的渔夫回答,"我应该要些什么呢?"

"那些被诅咒的王子无所不能。"妻子教育他道,"你好好瞧瞧我们这间小破屋吧。臭气逼人,雨天漏水,钉在墙上的橱架,每天不停地往地上掉。多么糟糕的住处啊。你现在就回去,告诉那条比目鱼,我们想要一座漂亮的屋子,又干净又整洁的那种——快去!"

渔夫打心眼里不想去求比目鱼,可另一方面,他又十分清楚,违背自己妻子的意愿会有什么样的下场。他只好又向着海边走去。当他回到海边时,海水已经不再清澈,而是夹杂着暗绿色和暗黄色的污流。

渔夫站在海岸上,大声说道:

> 比目鱼啊,海里的比目鱼,
> 听听我现在说的话,浮上来见我吧。
> 我的妻子,我可爱的伊莎贝尔,
> 她派我过来见你,让你实现她的愿望。

比目鱼马上游了过来,问道:"好吧,她想要什么呀?"

"哦,你来了啊。我跟你说,这不是我自己的主意,你知道的。不过,我妻子说,我应该向你许一个愿才对。不仅如此,她还告诉了我,应该许怎样的一个愿望。她说,住在一个尿壶一样的小棚屋里,已经让她觉得受不了啦!因此,她希望能够住在一座漂亮的小屋里。"

"回家去吧，"比目鱼说，"她的愿望已经实现了。"

回到家时，渔夫发现妻子正站在一座整洁、漂亮的小屋前等他。

"你回来啦！"她说，"是不是比过去要好多啦？"

屋前有一个小花园。屋内有一间精致小巧的客厅，然后是卧室，里面放着张填满了鹅绒的大床，还有厨房、储藏室。所有的房间里都布置得漂漂亮亮的，锡制的碗碟，铜铸的炖锅，全部擦得一尘不染，闪闪发亮。屋外还有个小小的后院，一个小池塘，圈养着一些鸡鸭。甚至还有一方果园，里面种着蔬菜和果树。

"看吧，我说什么来着？"妻子说。

"哦，是呀，"渔夫说，"确实很漂亮。我们往后就可以一直住在这儿了。"

"过着看吧。"妻子说。

他们吃了晚饭，回床休息。

一切相安无事，就这么持续了一两个星期。某天，妻子突然说："听我说。这屋子太小了。我在厨房里甚至都没有办法转身。还有，花园也小得可怜，从一头走到另一头，也就五六步而已。一切都还不够好。那条比目鱼肯定能给我们一个更宽敞的地儿，对他来说，实现什么都是一回事。我想要住在一座由大理石建造的宫殿里。快回去找比目鱼，向他要一座宫殿。"

"唔，亲爱的，"渔夫说，"对我们而言，这就已经很好了。我们住在宫殿里干吗呢？"

"可以做很多事，"妻子说，"你这家伙，活脱脱一个安于现状的失败者！快去吧，找比目鱼把宫殿要来。"

"唔，亲爱的，我有点儿不确定这样是否合适……比目鱼刚刚才送了我们一座漂亮屋子。我不想再去麻烦他，他或许会生我气的。"

"别那么懦弱了！比目鱼做得到的，他也不会有一丝介意。快去吧！"

渔夫的心情很沉重。他完全不想去。"这样做是不对的。"他在心里默念道。不过，他还是去了。

这一次，他来到海边时，海水的颜色又变了。污流越来越浑浊，夹杂着深蓝色、紫色和灰色。渔夫挨着波浪，大声说：

比目鱼啊，海里的比目鱼，

听听我现在说的话，浮上来见我吧。

我的妻子，我亲切的伊莎贝尔，

她派我过来见你，让你实现她的愿望。

"她这次想要什么？"比目鱼问。

"唔，你也知道，她说之前的小屋有一点点小。她希望能住在一座宫殿里。"

"回家去吧，她现在已经站在宫殿前了。"

他回到家后，发现原来的漂亮小屋已经不见了，取而代之的是一座用大理石建造的宫殿。他的妻子正站在最高的台阶上，准备打开宫殿大门。

"快过来！"她说，"别拖拖拉拉的！跟我一起进去看看吧！"

他跟她一起走了进去。一进门就是一个恢宏壮观的大厅，地板上铺着黑白相间的大理石。每面墙上都有无数的门，每扇门旁都侍立着一个仆人，每当这夫妻两人走过时，便向他们鞠躬，为他们将门打开。在这个宫殿里，到处都是房间，所有的墙壁都刷得雪白，饰以美丽的挂毯。每个房间里摆放的桌椅，都是用真金打造，屋顶上挂着富丽堂皇的水晶吊灯，上面点缀上千颗钻石，闪闪发亮。房间里铺着的地毯厚得惊人，渔夫和他的妻子发现，踩上去后竟然连脚踝都没进了地毯里。餐厅里正在举办隆重的宴会，巨大的餐桌上摆满了珍馐美味，菜肴琳琅满目，数不胜数，多到连餐桌都得用橡木制的厚木桩来撑住。

宫殿外面是一个很大的庭院，地上铺满了纯白色的鹅卵石，每块石头都被单独打磨过。庭院一角整齐停靠着一长排猩红色车厢的马车，各种型号，应有尽有，拉车的全是白色骏马。当渔夫和妻子出来时，所有的马匹不约而同地低头行礼。庭院前的小山上，是一座美得无法用言语形容的大花园，繁花盛开，芳香馥郁，隔着几里远都能闻到。水果树上则挂满了苹果、梨子、柑橘和柠檬。沿着花园再往后走，是一座至少有半英里宽的公园，里面有数不清的麋鹿、山羊、野兔，以及任何一种人类想得出来的漂亮野生动物。

"是不是很漂亮？"妻子对渔夫说。

"是的，"渔夫说，"对我而言，这已经足够好啦。我们往后就住在这儿，别无他求了。"

"过着看吧，"妻子说，"我们先进去睡睡觉，看看明早醒来的感觉会是怎样。"

第二天早晨，妻子早早地醒来了。这时候，太阳刚刚升起，她起身，坐在床头，隔着窗一眼望去，看得见花园、开阔的林地，还有远处的高山。渔夫在她身边欢快地打着呼噜。但妻子突然用胳膊肘捅了捅他的肋部，说道："我说你啊！快点起来吧。过来，我想让你看看窗外。"

渔夫一边打着呵欠，伸着懒腰，一边拖拖拉拉地走到窗边。"窗外有什么啊？"他问。

"这么说吧，我们拥有一个大花园，算是特别漂亮的了。还有，我们还拥有一片林地，这也不错，而且很大。但是，看看那后面啊！那些大山！我要当国王，那样一来，连山也都是我们的了。"

"哦，亲爱的，"渔夫说，"我可不想当国王！我们为什么要去当国王啊？我们甚至连这个宫殿里的房间都还没走遍呢！"

"那是你的问题，"妻子对他说，"没点志气。你要是不想当国王也无所谓，反正我想当。"

"唉，亲爱的，我不能向比目鱼要求这个，它已经很大方了。我没法跟它开口说你要当国王的事儿。"

"你行的，你当然行！快去吧。"

"唉——"渔夫长叹一声，又动身去了海边，心情沉重无比。他心里清楚，比目鱼肯定很讨厌这样他这样做，但他别无选择。

他到达海边时，海水成了灰黑色，从海底深处涌上来的一波波巨浪，散发出极其难闻的气味。

渔夫大喊：

> 比目鱼啊，海里的比目鱼，
> 听听我现在说的话，浮上来见我吧。
> 我的妻子，我温柔的伊莎贝尔，

她派我过来见你，让你实现她的愿望。

"嗯？"比目鱼问。

"我真的很抱歉，但她这次想要当国王了。"

"回家去吧。她已经是国王了。"

渔夫回了家，再次来到宫殿前时，宫殿比原来大了一倍，门前立着一座塔楼，塔楼顶上有面猩红色的旗帜，正迎风飘扬。哨兵们守护着宫殿的大门，当渔夫谨小慎微地沿着楼梯向上走时，他们突然向他鸣枪致敬，把他吓得差点弄丢了脚上的鞋子。鼓手们开始击鼓，号手们鸣号，宫殿大门突然敞开。

渔夫踮起脚，心有余悸地走了进去，发现宫殿里的每一样东西都是鎏金的，一切都比前一个宫殿大上一倍。连全部的椅垫都用上了深红色的天鹅绒来做套子，上面布满了金线镶边的刺绣。所有能挂东西的地方都挂满了金色流苏，每一面墙上都挂了用巨大金色画框装裱的渔夫和他妻子的画像。画中的他们，穿得就像罗马帝国的皇帝，又或者王国的国王和王后，甚至像神和女神一样。渔夫走过时，所有的布谷鸟钟都自动开始鸣唱，欢迎他的到来。突然之间，一扇巨大的门开启了，里面是满朝的文武大臣，正等着迎接他。

一位宫廷总管大声喊道："尊贵的渔夫殿下驾到！"

他走了进去，上百名贵族先生小姐们向他鞠躬行礼，主动让开一条道来，方便他走向王座。王座上坐着他的妻子，穿着一件丝织的长袍，上面密密麻麻镶满了珍珠、蓝宝石和绿宝石。她的头上戴着一顶金冠，手中拿着黄金权杖，权杖上镶着的红宝石，连最小的那颗，都比渔夫的大拇指头还要大。王座的左右两边，分开站立着两队侍女，她们排列得很整齐，每一位都比前一位稍矮一点。渔夫走过来后，她们一齐向他行了屈膝礼。

"唔，亲爱的，"渔夫问，"你现在是国王了，对吗？"

"是的，我现在已经是国王了。"妻子说。

"听到这个我很高兴。"渔夫说，"现在这样挺好的，我们终于不用再去许愿了。"

"唔，可不能这样说，"妻子一边嘀咕着，一边用手指敲了敲头上的金冠，"你那样说，我可不同意……其实，当了这么一会儿国王，我就已经有些厌倦了。你快去找比目鱼，告诉他，就说我想要当皇帝。"

"哦，亲爱的，你也不仔细想想看。"渔夫说，"比目鱼不可能让你当皇帝的。因为已经有一个皇帝了，一个时期可不会有两个皇帝。"

"你怎么敢那样对我说话！我现在可是国王，你千万别忘了，你必须听我的差遣，去跟比目鱼谈谈。他既然能让我当上国王，就一定能让我当皇帝。对他而言，肯定都一样。快点，快去！"

渔夫动身去了，可一路上都感到心神不宁。他默默想着："这样下去可不会有好结果，比目鱼终究会对这些忍无可忍的。"

到达海边之后，他看到海水已经全变黑了，浓浓稠稠的。海的深处，正不断往海面冒着气泡，仿佛海底已经沸腾。阵阵强风吹过，将涌起的海浪撕扯成泡沫。渔夫站在那里大喊：

比目鱼啊，海里的比目鱼，

听听我现在说的话，浮上来见我吧。

我的妻子，我讲究的伊莎贝尔，

她派我过来见你，让你实现她的愿望。

"说吧。"比目鱼应声而来。

"她想当皇帝。"

"回去。她已经是皇帝了。"

渔夫再次回到了家。这一次，他发现宫殿比之前还要高，每一个可能的角落都修建了炮楼，大门前摆有一排加农礼炮，一整个军团的士兵，穿着猩红色的制服，在那里列队演练。士兵们看到他时，立即立正、敬礼，加农礼炮也同时发射，震得他耳膜生疼。大门突然开启，他走了进去，发现里面金碧辉煌，他和妻子的汉白玉雕像分列在墙壁两侧。无论他走到哪里，都有公爵或王子急匆匆地跑过来，为他把门，深深鞠躬。在皇座室里，他看到自己的妻子正坐在一个足有两英里高、由一整块黄金打造而成的宝座上。她坐得太高了，渔夫之所以能够一眼看见她，是因为她头上戴了一个三码高、两码宽的纯金皇冠，皇冠上镶满了硕大无比的红宝石和绿宝石。她的一只手中握着权杖，另一只手里抓着象征至高无上皇权的帝国金球。她的私人卫队由两队精锐士兵组成，分列在宝座两侧，每个都比前一个矮一点点，站得离宝座最近的巨人，几乎就跟宝座一样高，而离得最远的士兵，似乎都没他的小拇指长。但不管高矮，个个全副武装。别国派来做人质的王子、公侯伯子男爵等等，悉数在场，毕恭毕敬。

渔夫走到宝座底下，大声喊道：

"我亲爱的，你现在真的当皇帝了？"

"不是皇帝，还是什么？"

"真令人钦佩啊。我希望你的愿望也到头了。"

"你这人就是这样，没点儿抱负。这还不够好，让我告诉你更好的。"

"噢，亲爱的，可别再呀！"

"回去找比目鱼，告诉他，我想要当教皇。"

"你怎么可能当教皇呢？整个基督教世界里，教皇都只有一个啊！"

"我现在可是皇帝，"她尖叫道，"是以皇帝的身份在命令你，马上去找比目鱼，对他下令，必须要让我成为教皇！"

"不，不要，这实在太过分了！别这样了，我做不到！"

"胡说八道！我命令你现在就去！马上！"

渔夫已经感到了阵阵恐惧，觉得恶心难受，膝盖发抖。一路上，狂风乱舞，沙砾横飞，甚至把树上全部的树叶都刮了下来。天色逐渐暗了下来。他来到海边，巨大的浪峰拍打在礁石上，发出如同大炮轰鸣一般的声音。眺望远方，他发现不少出海航行的船只受困于怒涛之中，颠簸跳荡。海边的天空只剩下一线蓝色，其余都是血红色的云跟闪烁着的雷电。

绝望的渔夫大声喊道：

> 比目鱼啊，海里的比目鱼，
> 听听我现在说的话，浮上来见我吧。
> 我的妻子，我体贴的伊莎贝尔，

她派我过来见你，让你实现她的愿望。

"说，她想要什么？"

"她想当教皇。"

"回去，她已经是教皇了。"

渔夫回到家时，发现一座硕大无比的教堂，取代了之前皇帝的城堡，庄严矗立在那里。在大教堂的周围，建满了各种尺寸、建筑风格各异的巨型宫殿，但大教堂的尖顶，却比无论哪座宫殿都更高些。朝拜的人群，正如潮水一般涌向教堂门口，希望能够进去，可是，教堂里面的人群，却明显比外面还要更加拥挤。他只得死命往前挤呀推呀，好不容易才进到了教堂里面。礼拜堂里燃着成千上万根蜡烛，墙壁每一处陷入的壁龛中，都安置有一间封闭的告解室，每一间告解室里都坐着一名神父，负责倾听无数人的忏悔。教堂的正中央，有一个大到无法形容的黄金圣座，上面端坐着他的妻子。她头上戴着三重冠冕，层层叠叠。她的脚上穿着猩红色的教廷鞋。长长一队主教在她面前匍匐等待，只为有机会去亲吻她的右脚。与此同时，另外一边则跪了同样长一队的修道院院长，只为有机会去亲吻她的左脚。她的右手上戴着一枚跟小公鸡一般大的戒指，左手上的戒指甚至比鹅还大。一长队红衣主教们正等着亲吻她右手的戒指，另一对大主教则在等着亲她左手那只。

渔夫冲着她大喊："我亲爱的妻子啊，你现在当上教皇了吧？"

"不是教皇，还是什么？"

"我从来没有见过教皇，我不确定。你现在满意了吧？"

妻子只是静静地坐在那里，一声不吭。如雨点一般倾注在她双手和双脚上的亲吻，听起来就仿佛一大群麻雀在泥土中啄食。渔夫以为她没有听见他说话，就用更大的声音重复了一遍："亲爱的妻子啊，你现在满意了吧？"

"我不知道，还不确定。我还必须好好琢磨琢磨才行。"

说完，他们就回床就寝了，渔夫很快就睡着了，因为这天他实在是太忙太累了。妻子却辗转反侧，折腾了整整一夜。她不能够确定，自己究竟是否满足，但除了教皇上面还有什么，又没办法想到。她彻底失眠了。

最后太阳升起来了，妻子刚一看到第一缕阳光，立刻就从床上蹦了起来。

"我就要这个！"她大喊，"我亲爱的，快起来吧。快点！醒醒！"

她回床上胳肢渔夫，他痒得不行，睁开眼睛。

"又怎么了？你想要什么啊？"

"马上回去找比目鱼。我要成为上帝！"

渔夫听到这话，立刻坐起了身："什么？"

"我想要成为上帝，想要亲自控制太阳和月亮的起落。我无法忍受它们就那样随意在我眼前起起落落，而我却无能为力。不过，如果我是上帝的话，我就能做到了。我可以让它们退后，只要我想。所以，你赶快去告诉比目鱼，我要成为上帝。"

渔夫揉了揉眼睛，看着她。她的模样看起来像发了疯，他很害怕，立刻逃离了那张大床。

"现在就要！"她大声尖叫，"快去！"

"哦，求你了，亲爱的……"这可怜的男人向妻子哀求，甚至跪了下来。"再考虑考虑吧，我的宝贝，再想想吧。比目鱼让你当了皇帝，又让你当了教皇，但不可能让你当上帝啊。这是完全不可能的事情。"

妻子马上从床上下来，像疯子一样揍他。她的头发像是荆棘，从头上根根竖起，眼睛睁得浑圆。她把自己的睡袍扯下，一丝不挂地站在那里，垂手顿足，尖声号叫："我等不下去了！你简直要把我给逼疯了！快去，快照我说的去做——马上！"

渔夫穿上裤子，落荒而逃，一路飞奔跑到海边。海上处处狂风暴雨，他甚至没办法在这风雨之中站立。雨水如瀑布一般冲刷着他的脸庞，树木从地面上被连根拔起，房子朝各个方向坍塌，巨石被暴虐的风刮在空中，在海岸上砸出峭壁悬崖。雷声隆隆不断，闪电闪烁不停，海里翻起的巨浪，比大教堂、城堡、高山都还要高，浪峰席卷无数细碎泡沫。

> 比目鱼啊，海里的比目鱼，
> 听听我现在说的话，浮上来见我吧。
> 我的妻子，我谦逊的伊莎贝尔，
> 她派我过来见你，让你实现她的愿望。

"她要什么？"

"唔，你知道的，她想成为上帝。"

"回家去吧，渔夫，她现在已经回到那个尿壶里了。"

确实，她现在正待在他们原先的小棚屋里，直到今天还在呢。

故事类型：ATU555，"渔夫和他的妻子"

故事来源：菲利普·奥托·龙格所写的故事

相似故事：Alexander Afanasyev: "The Goldfish" (Russian Fairy Tales); Italo Calvino: "The Dragon with Seven Heads"(Italian Folktales); Jacob and Wilhelm Grimm: "The Golden Children" (Children's and Household Tales)

一则流传甚广的童话。如果读过卡尔维诺所搜集的相似故事《七头龙》，就可以知道，一个十分相似的开头，究竟能够延展出一篇怎样内容迥异的故事。

本书中的这个版本充满了激情，还有独出心裁的细节。和《杜松树》一样，这两篇故事都是出自菲利普·奥托·龙格之手，原文是用 Plattdeutsch 写的，即所谓的"低地德语"，与官方德语不太一样，算是他的故乡波美拉尼亚的当地方言：

Dar wöör maal eens en Fischer un syne Fru, de waanden tosamen in'n Pißputt, dicht an der See…

在克莱门斯·布伦塔诺和阿希姆·冯·阿尼姆这两位对民间故事兴趣越来越浓的作家的帮助下，格林兄弟得以在自己的书中收录这篇故事。从这两篇故事看来，龙格写故事的天赋并不比绘画弱。他的作品往往高潮迭起、技巧高超，比如本篇之中，天气和海洋的变化，就暗示了神明对妻子那无限膨胀欲望的态度。

大部分译本中都把"Pißputt"翻译成"猪圈"，或者类似的词语。我却觉得，除了"尿壶"之外，再找不到更贴切的词了。

勇敢的小裁缝

一个阳光明媚的清晨，小裁缝翘着二郎腿，正坐在自家顶楼靠窗的桌子旁。从那个位置往外看，整条街的街景都一览无余。他正专注地做着手上的缝纫活儿。就在这时，街上走来一位卖果酱的老妇人。

　　"新鲜果酱便宜卖了！来买我的香甜果酱吧！"

　　小裁缝挺喜欢她的叫卖声，便朝着楼下喊道："把您的果酱带上来吧，亲爱的女士！拿上来给我看看吧！"

　　老妇人费力提着篮子，一步步地爬到了三楼，来到小裁缝面前，又按照他的吩咐，把每个果酱罐都打开，让小裁缝挨个凑近了仔细察看：他把所有罐子都用手掂量一遍，对着灯光细辨成色，闻闻果酱的味道。最后，他对老妇人说："这罐看起来不错，这罐草莓味的。给我来三盎司吧，我的好小姐。哦，就算多称点也没关系，到四分之一磅[1]都行——稍稍多一点就好。"

　　"你不想买下整瓶吗？"

　　"天哪，当然不要啦！我只买得起一点点呢。"

　　她只好把小裁缝要的那一点点给称了出来，气鼓鼓地离开了。

1　即四盎司。

"哈，愿上帝赐福于这一小点果酱，让吃掉它的人能够健康、强壮。"小裁缝祈祷完，便取来一条面包和一把小刀，给自己切了厚厚一片，开始在上面涂起果酱来。

"味道肯定会好，"小裁缝说，"不过，我还是得先做完这件夹克衣再开始吃。"

他又蹦回到工作台前，拿起针线缝了起来，速度越来越快。就在这时，果酱的香气飘散开去，充满了整个房间，又顺着窗子飘到了外面。附近大街上，一大群正聚集在某条死狗身上的苍蝇闻到了香气，立即扇动翅膀，四处横飞，搜寻这美味的下落。它们从窗外飞了进来，聚集到面包上。

"嘿！谁请你们来的？"小裁缝说着，挥起手来，想要把苍蝇们赶走。但苍蝇才不理会他说了些什么，它们正忙于享用果酱，根本就没把小裁缝放在眼里。

最终，小裁缝失去了耐心。"行啊，这可是你们自找的。"话音未落，他便抓起一块布料，朝着蝇群狠狠打了下去。然后，小裁缝喘了口气，把布料挥开，至少有七只苍蝇被打断了腿，死在了桌子上。

"哈哈，我可真是个英雄啊！"他说道，"我应该马上让全城的人都知道我的壮举。"

小裁缝举起剪刀，用深红色的丝绸，很快地为自己裁剪出了一条腰带，并在上面用金色的丝线绣了几个醒目的大字："一下子打死七个！"

他把腰带系上，在镜子前面细细端详。

"不止全城，"他心想，"全世界的人都应该知道这项伟绩！"

一想到这里，他的心马上激动得怦怦乱跳，就像一只小羊羔的尾巴。出发前，他在屋子里四处搜寻了一番，看看有没有值得带上的东西。找来找去，却只发现了一碗奶油干酪，就用勺子把干酪舀出来，放进了自己的口袋里。然后直接跑下楼，沿着大街飞奔。出了城门，他偶然发现了一只被灌木丛绊住的小鸟，便把它捉来，也放进自己的口袋里。就这样，小裁缝开始了自己看世界的旅程。

小裁缝的身体轻巧、动作敏捷，他不会轻易觉得累。他顺着路走呀走，一直走到一座高山的顶上，发现有个巨人坐在石头上，悠闲自在地环顾左右，欣赏风景。

小裁缝走到巨人跟前，向他打招呼："早上好啊，朋友！你是出来看世界的吗？对了，要不与我同行呢？"

巨人低头看了一眼这个小伙计，态度十分轻蔑。"你个小不点儿！你个小侏儒！和你这样的一只虫子同行？"

"哦，原来你是那样想我的？"小裁缝说着，解开外套，露出自己的腰带，"上面写清楚了我是个什么样的人物。"

巨人低头，一个字一个字地读了一遍："一下子打死七个！"然后，他的眼睛都瞪大了。

"佩服！"巨人口上这样说，心里却想着，还是应该试试这小伙计。于是，他接着说："你或许真的一下子打死了七个人，但其实这也不算是特别了不起的能耐，如果他们都是跟你一样的小不点儿的话。我们不妨来试试看，你到底有多强壮吧。你能做到这样吗？"

巨人捡起一块石头，用力捏它，直到他握住石头的手开始颤抖，脸部通红，脑袋上的血管都鼓了起来。因为捏得实在太用力，他甚至从那块石头里挤出了几滴水来。

"我们来看看，你有没有这么强壮！"巨人对他说。

"就这个呀？"小裁缝说，"没问题。仔细瞧着！"

说完，他就把那块表面已经结块的奶油干酪从口袋里取了出来，开始捏它。显然，奶酪里面满满的都是乳浆，轻轻一捏，乳浆就出来了一大堆，流了小裁缝满身满手，还滴到了地上。

"这应该比你做的厉害多了吧？"小裁缝说。

巨人挠了挠头，"好吧，"他承认道，"唔，好吧。再来试试这个。"

他又捡起另一块石头，用力往空中猛地一抛。石头飞得那样高，用肉眼几乎都看不见。

"还不赖，"小裁缝说，"不过你看，那快石头还是会掉到地上，我可以扔得比你更厉害！"

他把那只小鸟从口袋里掏出来，把它往空中一扔。小鸟发现自己重获自由了，便往远方飞去，不一会儿便无影无踪了。

"我往天上扔东西，从来都是有去无回的。"小裁缝说，"你觉得如何啊，我的超大号伙伴？"

"唔，"巨人回应，"好吧，我承认，你既会捏也会扔。不过真正的测试，现在才刚刚开始——我们来看看，你究竟能不能扛。"

他把小裁缝带到森林的边缘，那里倒着一棵刚刚被砍倒在地的大橡树。

"跟我一起扛这棵树吧。"巨人说。

"十分乐意。这样，你来扛树干，我来负责树叶和树枝吧——

显然，树叶和树枝加起来，肯定比树干要重，每个人都知道。"

巨人弯下腰，屏住气，用力把树干整个扛在了肩膀上。发现巨人扛起树后，没有办法回头看，小裁缝便直接跳到树叶中间，舒舒服服地坐下来休息了，嘴里还哼唱着："三个裁缝骑马勇敢出了城呀——"与此同时，巨人则用自己的肩膀承担了全部的重量，沿着小路，摇摇晃晃地走着。

巨人没法走太远，因为这棵树实在太重了。不多一会儿，巨人就停了下来。

"嘿，听着！我没办法再往前走了。"巨人喊道。小裁缝赶在巨人转身前，迅速跳了下来，用双手抱住一大把树叶和树枝树身，装出副一直都抬着大树的样子。

"像你这么一个大块头，"他说，"竟然连半棵树都扛不了！天哪，我的天哪，你真该锻炼身体了。"

他们一起沿着条小路前行，来到了一棵樱桃树前。巨人一把将最上面的树梢拉下来，向小裁缝展示上面的果子。

"帮我把这树梢抓一会儿，我要把鞋子里的石头弄出来，腾不出手。"巨人说着，就把树梢递给了小裁缝。巨人一松手，樱桃树的树干马上就弹了回去。根本没力气拉住那棵树的小裁缝，也随之被弹到了空中。

还好，小裁缝动作敏捷，运气也足够好，最后不过是摔在一片草地上，没有受伤。他还设法同时翻了个跟斗，稳稳地站住了。

"你可真弱，连把樱桃树抓住都办不到，"巨人说，"哈！"

"真不是那样，"小裁缝说，"一个能够一下子打死七个的男人，可以同时抓住一大把不同的树。事实是，那边有一群猎人，正准备一齐开枪，射向灌木丛中的猎物，我觉得自己还是闪开为妙。我敢打赌，你肯定不能跳得跟我一样高。你跳个我看看，来啊！"

巨人助跑了一段，奋力一跳。可惜，巨人的身体实在是太重，没法蹦得离地太远。他一下子栽进了樱桃树茂密的叶子里，挂在了枝丫间。于是，在跟巨人的较量中，小裁缝又占了上风。

"好吧，"巨人从樱桃树上爬下来，说，"如果你当真觉得自己是个了不起的英雄，就跟我一起回山洞过夜吧。我跟另外两个巨人住在一起，还有，我告诉你——我们可不是能够被轻易说服的。"

小裁缝欣然同意，他们一起前往山洞。两人来到山洞时，天已经黑了，另外两个巨人正坐在一团烧得很旺的篝火旁，每人手里攥着一整只烤羊，大口大口地啃着，同时发出恐怖的磨牙声。

小裁缝环顾四周。"这儿可比我那作坊大太多了，"他说，"我应该睡在哪里呢？"

巨人指给他一张巨大无比的床。小裁缝爬上床，躺下来休息，但怎么也睡不舒服。因此，当巨人们一起凑在篝火旁说话时，他偷偷爬了下来，躲到山洞的一处小角落里，蜷成一团。

午夜时分，那个巨人以为小裁缝已经睡熟了，便抡起一根大狼牙棒，一下把床锤成了两截。

"总算是把这只小蚱蜢给解决了。"巨人心想。

第二天一早，巨人们醒来之后，便吵吵嚷嚷地要去森林。他们已经把小裁缝的事给忘了个一干二净。哪里知道，安安稳稳醒过来的小裁缝神采飞扬，一蹦一蹦地跟在他们后面，吹着口哨，唱着小曲。巨人们一看到他，马上被吓得魂不守舍。

"他还活着！"

"救命啊！"

"赶快逃命吧！"

他们吼完便四散逃命去了。

"唔，差不多也跟巨人们玩够了，"小裁缝自言自语，"该去别的地方，展开新的冒险了。"

小裁缝凭着感觉四处游荡，接连走了好几天，终于他来到了一座宏伟的宫殿前。旗帜迎风飘扬，士兵们正在执勤换岗。小裁缝坐在一片草地上，远远看着，憧憬宫殿中的生活。看着看着，他渐渐有了困意，便就地躺下，合上双眼，呼呼大睡起来。

他睡着的时候，几个路人偶然间走过，看见了他猩红色腰带上绣着的金色大字："一下子打死七个！"不由得纷纷议论：

"他肯定是位了不起的英雄！"

"不过，他到这里来做什么呢？"

"毕竟，现在可算是和平时期啊。"

"我敢肯定，他是个公爵，或者别的什么。看看他那张贵族气质的脸。"

"不，我估计他不是什么贵族，但肯定参与过大战。看他全身上下都散发着军人的气质，即使在睡着时，也让人感觉刚毅。"

"'一下子打死七个！'——想想看吧！"

"我们最好马上禀报国王。"

"是个好主意。马上过去吧，快点！"

这帮路人选了个代表，派他立即去宫殿禀报，国王很仔细地听着：要是情况到了最糟糕的程度，战争爆发了，这位英雄估计会大有用处。无论付出多少代价，也一定要让他效忠国家。

"你说的当真不错。"国王说完，马上叫来了自己的国防参谋长。"快去那位绅士那儿，等他醒来时，"国王嘱咐他，"授予他陆军元帅的职位。我们绝对不能让其他国家把这个人才抢走！"

国防参谋长立即动身，在小裁缝旁边静静等他，直到他醒来。

"我国的国王，希望能授予您陆军元帅的职务，"参谋长说，"只要您愿意，马上就可以统率三军。"

"这正是我到此来的原因！"小裁缝说，"很乐意为国王效劳，在下所有的威勇，都愿为陛下所用。"

仪仗队很快便集合了，小裁缝受到了隆重的欢迎，甚至在宫殿里拥有了自己的居所。国王还允许他设计自己的制服。

然而，本来应该受小裁缝指挥的士兵们，却对这整件事十分怀疑。

"如果他不喜欢我们，我们怎么办？"

"或者，如果他下了我们不喜欢的指令，我们跟他吵起来了，又该怎么办？"

"是啊！他能一下子打死七个！而我们不过是普普通通的士兵。我们可不能跟这样的人争吵。"

军营里的士兵们议论纷纷，最后派了个代表去觐见国王。

"尊敬的陛下，我代表您所有的战士们，向您提出退伍的请求！我们无法忍受这样的一个能够一下子打死七个的男人。简直就是一件毁灭性兵器！"

"让我先仔细考虑一下吧。"国王说。

目前的情况，令国王感到十分沮丧：不过是为了一个素未谋面的人，竟然要失去自己全部忠诚的战士们。但是，一旦打算反悔，摆脱掉可以"一下子打死七个"的小裁缝的话，天知道会发生什么？小裁缝或许会杀了他，再解决掉全体士兵，自己坐上这个国家的宝座。

国王冥思苦想，终于想出一个主意。他派人去找小裁缝，对他说："我亲爱的陆军元帅，我有一项只有您才能完成的任务。我敢肯定，一位像您这样的大英雄，是肯定不会拒绝的。在我王国所辖众多的森林当中，有一处住着两个巨人，他们在乡间四处作乱，抢劫、谋杀、偷盗、纵火，以及许多我不知道的事情，无恶不作。没有谁敢冒着失去生命的危险去靠近他们。现在，如果您可以除掉这两个巨人，我会以半个王国作为嫁妆，将自己唯一的女儿许配给您。我会派给您一百名骑士，作为您的后援。"

"这正是我一直在等待着的机会！"小裁缝心想。"请转告尊敬的陛下，我很乐意接受这一任务，"他说，"我很清楚怎样对付巨人。但我并不需要骑士，任何一个能够一下子打死七个的人，根本不必惧怕区区两个巨人。"

就这样，小裁缝出发了。不过，他还是让一百名骑士也一起去了，单纯只是作个证明。当他们来到那片森林的边缘，小裁缝对骑士们说："你们都等在这儿。我现在去处理那两个巨人，等可以安全进入森林的时候，我会喊你们的。"

小裁缝大大咧咧地走进了森林，四处打探、搜寻。没多久，他就发现了那两个巨人。他们正睡在一棵老橡树下，鼾声如雷，把头顶的橡树枝吹得时上时下的。小裁缝没有浪费一分一秒，把自己全身上下的所有口袋里都装满石头，然后爬到树上，找到一根合适的树枝，一点一点地爬上去，直到身下正对着那两个巨人的脑袋。

接着，他把石头一个接一个地朝着其中某位巨人的胸口使劲砸下去。起初，被砸的巨人还没什么感觉，但最终他还是被砸醒了，他敲打身边的同伴。

"你知道你在干什么吗？用石头砸我？"

"我才没用石头砸你呢！"另一个巨人说，"是你在做梦吧。"

后来他们又各自睡着了。于是，小裁缝又开始用石头砸另一个巨人，把他也砸醒了。他开始捶打前一个巨人。

"噢！你给我停下！"

"我干吗了！你在说什么呢？"

他们又吵了一会儿。不过，这两个巨人之前四处干了不少坏事，已经很累了，没过多久便又各自睡下。这时，小裁缝从口袋里挑出最大的一块石头，好好瞄准之后，一下子砸中了前面那个巨人的鼻子。

巨人咆哮着醒来："这太过分了！"他大叫，"我再也没办法忍受了！一刻都不行！"

他冲向那个一头雾水的同伴，把他往树上死命一撞，大橡树剧烈摇晃。小裁缝不得不紧紧抓住树枝，以防自己掉下去。与此同时，他也一刻不停地留意巨人们的动向——看他们彼此是怎样拳脚相加、赤膊相见的。他们彼此痛击狠踹，互相横冲猛撞。后来，两个巨人完全发了狂，拔起树来当作武器，殴打对方。就这样，他们两败俱伤，双双倒在地上，同时死掉了。

小裁缝从树上跳下来。"还好他们没把我这棵树给拔出来，"

他心想，"否则的话，我就得像只松鼠一样蹦蹦跳跳地逃走了。不过，反正我们家族一向都是脚底抹油的。"

小裁缝拔出佩剑，在每个死去巨人的胸口上都刺了几剑。然后，他就折回去找森林外那些等着的骑士们去了。

"全搞定了，"他对骑士们说，"我把两个巨人都干掉了。惊心动魄啊，那一两分钟。他们甚至把周围的大树也连根拔起，负隅顽抗。很可惜，这也于事无补。我可是能一下子打死七个的男人。"

"你一点都没受伤吗？"

"没有，连点擦伤都没。唔，我的外套倒是被撕扯开了一点点——看这儿。走吧，如果你们不相信我，就跟我一起去看看巨人们的尸体吧。"

骑士们进了森林，发现那两个巨人就跟小裁缝说的一样，倒在血泊之中，四周都是被连根拔起的大树。

就这样，小裁回去觐见国王，请求奖赏。然而，国王却犹豫了起来。他对许诺会将女儿许配给她一事十分后悔，毕竟这个人实在太危险了。

"在我将女儿和半个王国给你之前，"国王说，"你还必须再完成一个配得上你'英雄'称号的任务。在王国的另外一座森林里，有一头十分可怕的犀牛，它造成了数不胜数的破坏，我要你给我擒住它。"

"小事一桩，我尊敬的国王，"小裁缝说，"相比两个巨人，一头犀牛简直易如反掌。"

他带着一把斧头和一捆绳子，动身去了森林。和上次一样，小裁缝让随行的军队在森林外等着。没花多少时间，他便找到了那头犀牛。犀牛正向着他猛冲过来，看那架势，仿佛是想用头上的角把小裁缝整个刺穿了一样。而小裁缝却只是定定地站在那儿，直到那头野兽离他只有差不多一码远了，才一下子闪到一边。小裁缝的身后有一棵大树，犀牛直冲过来，把自己的角深深戳进了树干里。

"哈，我可爱的小野兽，"小裁缝说，"你可被我给逮住了，不是吗？"

他用那捆绳索牢牢系住了犀牛的脖子，再用斧头劈开树干，松开兽角，把它给放了出来。此时的犀牛，变得格外温顺，任由小裁缝用绳子牵着它走出森林。

小裁缝一路把它带回王宫，交给了国王。

"你真的把犀牛给带回来了，"国王说，"唔——不过，我还有一件事情需要你做。在娶我的女儿之前，我希望你能够去捉住一头野猪。它破坏了王国里数不尽的果园、农田，还有其他各种各样的财物。同样，我会派一群猎手和你一同前往。"

"哦，我不需要什么猎手。"小裁缝说。听到这话，原本已经准备好同行的猎手们可高兴坏了，因为他们之前已经在这头野猪身上失败过太多次了，他们实在不想再去一次。但猎手们还是和小裁缝一起去了，不过并不是为了帮忙，而是为了作证。他们在森林边缘玩骰子游戏，等小裁缝从森林里回来。

森林里有一座小教堂。小裁缝站在教堂门外，在那里静待野猪到来。他很清楚，那野兽可以轻而易举地闻到他的气味，然后直冲过去。没多久，那头身形庞大的野猪便在灌木丛间横冲直撞，正对着小裁缝直冲过来。它口吐白沫，咬牙切齿。小裁缝才一看见它，便立刻躲进了小教堂，野猪也没多想，跟着冲了进去。

但小裁缝才刚跑进去，又立即从窗户跳了出来，在野猪还没来得及弄清楚自己的猎物去了哪儿之前，便关掉了大门。就这样，野猪被生擒了。猎人们掌声雷动，在随他回宫的途中，吹了一路的号角，以示庆祝。

这一次，得胜的英雄直截了当地去见了国王，告诉他之前的许诺必须兑现，不管他同不同意。婚礼如约举行，排场很大，气派隆重，国王一家却怎么也高兴不起来。而小裁缝现在也成了一位国王。

过了一段时间，年轻的王后偶然听到自己丈夫晚上说的梦话："徒弟！快点儿把这件外套弄好，再补补裤子，不然的话，当心我拿码尺就打你的脑袋！"

第二天一早，她就去找自己的父王，对他说："爸爸，照我看来，我的丈夫谁也不是，只是个普普通通的小裁缝而已。"然后，她就把小裁缝晚上喊出来的梦话告诉了父王。

"你知道吗，我早就想到会有这种可能了。"国王说，"听我说，今晚你不要锁卧室的门，我会派侍卫们悄悄守在外面。一旦那家伙睡熟了，你就悄悄出来，通知外面的侍卫，他们会马上冲进去，把他给五花大绑，然后塞进一艘海船，一路运到中国去。"

年轻王后也认为这是个很好的计划。不过，负责为国王捧剑的贴身侍童十分仰慕小裁缝。在听到这些后，他赶紧跑去告诉了小裁缝。

"我会照料好他们的，"小裁缝说，"你只管让他们放马过来。"

那天晚上，小裁缝也跟往常一样按时上床就寝。王后觉得他已经睡着后，便轻手轻脚地走向门边。正在这时，装睡的小裁缝突然大声喊道："徒弟！快点儿把这件外套弄好，再补补裤子，不然的话，当心我拿码尺就打你的脑袋！你最好小心着点，我一下子打死了七个，杀了两个巨人，驯服了野蛮的犀牛，捉住了凶悍的野猪。像我这样的英雄，又怎么可能会怕卧室外面那几个吓得瑟瑟发抖的侍卫呢？"

门外的几个侍卫听到这番话，吓得像是有荒野猎人[1]在身后追着他们似的，眨眼之间便落荒而逃了。自那之后，再没有任何人胆敢靠近他了。

就这样，小裁缝继续当他的国王，直到他寿终离世的那天。

1　荒野猎人（Wild Hunt），即德语中的 Wilde Jage，荣格理论中一种著名的原型，德国猎手们普遍敬畏的超自然力量，会对猎物穷追不舍，不达目的决不罢休。

附注

故事类型：ATU1640，"勇敢的小裁缝"

故事来源：马丁内斯·曼塔男斯的 Wegkürtzer（约 1557 年出版）中的一个故事

相似故事：Alexander Afanasyev:"Foma Berennikov","Ivan the Simpleton"(Russian Fairy Tales); Katharine M. Briggs:"John Glaick, the Brave Tailor"(Folk Tales of Britain); Italo Calvino: "Jack Strong, Slayer of Five Hundred","John Balento"(Italian Folktales)

一则流传甚广的故事，存在各种不同语种下的变体。身材矮小、机智勇敢又动作敏捷的角色，与体形巨大、笨拙愚蠢的巨人们较量的故事，一直以来都深受人们欢迎：大卫和哥利亚斯[1]的故事，就是最广为人知的例子。格林兄弟的这一版本，在我看来，应该算是最为生动有趣的"小个子战胜大敌人"的故事之一。

俗话说得好："九个裁缝，顶个英雄。"[2]道理十分浅显，但考证来源却已十分困难。

---

1 《圣经》中的故事，巨人哥利亚斯被牧童大卫杀死。
2 类似于中国俗语"三个臭皮匠，顶个诸葛亮"。

第十三个故事

灰姑娘

注：又名"辛德瑞拉"。

曾经有一位富人的妻子得了重病。当她感觉自己已经油尽灯枯时，便把独生女儿唤到身边。

　　"我最爱的孩子啊，"她说，"你要活得如黄金般纯良，如羔羊般温驯，只有这样，仁慈的主才能够一直保护你。不仅天主，我也会从天堂上注视着你，与你同在。"

　　说完这些话，她就合上眼睛，与世长辞了。

　　女孩每天都会去母亲位于鸽舍附近的墓前哭泣。她活得如黄金般纯良，如羔羊般温驯。冬天来了，大雪像白色的织物一般覆在母亲的墓上。当春日阳光带走了积雪，富人又娶了一位妻子。

　　新娶的妻子有两个女儿。她们都挺漂亮，但都有一颗无情、自私、傲慢的心。婚礼过后，母女三人搬进了富人的宅邸，这以后，女孩的日子就变得越来越难熬了。

　　"那头蠢鹅怎么能跟我们一起坐在客厅里？"新来的姐妹说，"如果想要吃上面包，就必须靠自己的本事去挣。对了，厨房才是适合她的地方。"

　　她们脱掉女孩的生母为她缝制的美丽衣裳，扔给她破旧难看的灰色佣人服和木头做的鞋子。

"看看，这一身公主的装扮，放你身上多么合适，多么完美呀！"她们一边带她去厨房，一边不停嘲笑她。

从早到晚，她都像奴隶一样地干活。破晓时分，她就不得不起床去井边打水、清洁壁炉、生火、做全家人的饭、洗全部的碗碟……但还不止这些，新来的姐妹俩还想尽一切办法折磨可怜的女孩。她们嘲讽她，把她带到她们那群蠢朋友面前逗笑取乐。她们还用一种屡次奏效的花招折腾女孩：把晒干了的豌豆或者扁豆扔进炉灰里。于是，女孩只好坐在地上，一粒一粒地将豆子挑选出来。她结束一天的劳作，精疲力尽的时候，她能够在舒服的床榻上好好睡上一觉吗？一点指望都没！她只能睡在炉灶边，睡在炉灰和煤渣之间。她也从来没有机会去洗个澡，或者给自己好好打扮打扮。因此她总是显得灰头土脸、肮脏难看。

正因为此，她们给她起了一个别出心裁的名字。

"我们应该怎么称呼她呢——阿希费斯（灰脸妹）？"

"苏提波特姆（煤底渣）？"

"或者辛德艾娜（煤灰女）？"

"辛德瑞拉（灰姑娘）——就叫这个！"

有一天，她们的父亲要去城里办事，他问自己的女儿们，希望他带什么礼物回来给她们。

"衣服！"其中一个说，"一大堆漂亮的衣服！"

"我要珠宝，"另一个说，"珍珠、宝石……各种各样的华贵珠宝。"

"你要什么呢，辛德瑞拉？"他问道。

"父亲，把回来路上挡住您帽子的第一根树枝掰下来给我就好。"

就这样，当父亲从城里回来时，给第一个女儿带了漂亮的衣服，给第二个带了价值连城的珠宝。在策马回家的路上，有一片丛林，一棵榛子树的树枝碰巧刷过了他的帽子。他就顺手掰下了这根树枝，把它带回家，给了辛德瑞拉。

女孩谢过父亲后，立刻就把树枝种到了母亲的墓前。她的泪水滴在了树枝上，它长成了一棵十分好看的小树。辛德瑞拉每天过来给它浇三次水。它也成了鸟儿们最喜爱的树，鸽子们常常在榛子树上歇息。

有一天，皇宫里发来了一张请帖。国王将要举办一场为期三天的盛大庆典，邀请王国里所有的年轻女孩参加——王子将在她们当中选出一位新娘。两个继女听到这一消息后，兴奋得不行，立即开始张罗起参加庆典的事宜。

"辛德瑞拉！快点过来，女孩！过来帮我梳头。别乱拽！小心着点！好了，现在快去擦我们鞋子上的带扣。得把我打扮得美丽脱俗才行……对了，把你母亲那条项链拿来给我。给我把头发盘起来，就像那幅画里的女孩一样。不是，不要弄得那么紧啊，你个蠢货！……"

辛德瑞拉完成了她们所要求的每一件事，但最后，她却突然哭了起来，因为她也希望去参加舞会。她跑去哀求继母。

"你？参加舞会？你以为你是谁啊？你不过是个肮脏、矮小的贱女人而已，竟然还想参加上流社会举办的舞会，瞧瞧你那丑样子，毫无魅力，连句话都说不清楚……滚回厨房去吧，孩子。"

但辛德瑞拉还是坚持不懈，苦苦哀求。终于，继母失去了耐心，直接撒了一碗扁豆到煤灰里。

"两个小时内，把这些豆子从煤灰里择选来，"她说，"顺手把它们选好，把好的从坏的里面挑出来，做完这些，你就可以去参加舞会了。"

辛德瑞拉从厨房的后门跑进了花园里。她站在那棵榛子树下，倾诉道：

> 斑鸠和小鸽子们哪，
>
> 天空中所有的鸟儿们，
>
> 请帮我把扁豆挑出来吧，
>
> 从藏起它们的煤灰里挑出来吧！
>
> 把所有好的扔进罐子里，
>
> 其余的，也就随你们享用了。

两只斑鸠立即从后门飞进了厨房，开始从煤灰里挑起扁豆。它们一下一下地动着脑袋，发出"捡呀——捡呀——捡呀——捡呀——"的叫声。然后，又有几只林鸽飞了进来，接着又进来几只棕斑鸠、灰斑鸠、野欧鸽和岩鸽，跟它们一起在煤灰里找豆子，"捡呀——捡呀——捡呀——捡呀——"一个小时不到，它们就把所有扁豆都找到了，然后它们就飞出了门外。

女孩把装满了好豆子的罐子给她继母看，心想，这下她应该可以参加舞会了吧。

"没用的，"那女人说，"你根本就没有衣服可以穿，也不会跳舞。难道你想让大家都笑话你吗？"她又往煤灰里撒了整整两大碗扁豆，说："把这些也选出来，继续做吧。如果你能在一个小时之内做完的话，你就可以去参加舞会了。"

继母的心里想着："这一次，她绝对没办法做到了。"

辛德瑞拉又从厨房的后门跑进了花园里。她站在那棵榛子树下，倾诉道：

> 天空中所有的鸟儿们，无论哪种鸟都好，
>
> 请全部过来——集结在这榛子树的树荫下吧！
>
> 在那煤灰中啄寻，
>
> 帮我挑出那些扁豆来吧，
>
> 所有好的扔进罐子里，
>
> 其余的，也就随你们享用了。

两只白鸽飞了过来，直直飞进厨房里，开始动起脑袋，发出"捡呀——捡呀——捡呀——捡呀——"的叫声。然后，又来了一对知更鸟，接下来是一对对的画眉、鹌鸪、歌鸠、榭鸫、鹡鸰，它们一起过来，帮辛德瑞拉从煤灰里挑选扁豆，发出"捡呀——捡呀——捡呀——捡呀——"的叫声。

还不到半个小时，辛德瑞拉已经拿着两只放满好扁豆的罐子去找继母了。可怜的女孩，她竟还天真地以为，这一次那个女人会点头同意。

"没用的，"继母开口说，"你连一双瞧得上眼的舞鞋都没有。难道你以为可以穿一双木屐参加舞会吗？别人肯定会说：'这是个多么蠢的傻瓜啊！'作为你的家人，就连我们也会遭到羞辱的。"

说完，她就和两个女儿一起去参加舞会了，把辛德瑞拉一个

人留在家里。

辛德瑞拉先是好好洗了个澡，把自己从头到脚洗了个干净，又梳了梳头，直到头发里没有一丁点儿的灰尘和煤渣残留。然后，她从后门出去，向着榛子树低语：

> 榛子树呀，对我好一点吧！
> 摇摇你的树叶，拯救我吧！
> 尽管一贫如洗，我却承认——
> 自己还是想穿穿漂亮的礼服。

"想要什么颜色的呢？"榛子树叶轻声回应她。

"哦！我想要一件颜色和星光一样的礼服。"

树叶摇晃了一会儿，在辛德瑞拉身边最低的那截枝权上，出现了一套美丽的舞会礼服：那是星光的颜色，和一双丝绸制的舞鞋挂在一起。

"谢谢您！"辛德瑞拉高兴地取下礼服和舞鞋，飞快地跑进屋子里，穿上了它们。

礼服合身，舞鞋合脚。她没有镜子，也就没有办法看到自己有多么可爱。到达舞会现场之后，她为自己所受到的殷勤对待感到吃惊：每个人都为她让路、向她行礼；高贵的女士们主动邀请她同坐，并与她们一起饮茶、聊天；绅士贵族们纷纷来请她共舞。在这之前，对她友善的人并不多，受到现在这样的对待，她觉得有些无所适从。

她没有接受任何贵族的邀舞，无论年轻的、年长的、富有的、英俊的。仅仅当王子向她弯腰行礼，邀请她共舞一曲时，她才站起身，随王子一起去了舞池。辛德瑞拉的舞步轻盈，姿态优雅，所有舞者都不觉停下了脚步，看着她和王子跳舞。甚至包括她那两个姐姐。她们完全没能认出她，还以为辛德瑞拉此时正坐在家里的煤渣里，而眼前美丽的陌生人，是来自哪个邻国的公主呢。不得不说，辛德瑞拉的美丽有一种特殊的魔力，它甚至短暂消除了姐妹俩那冷酷心灵里的妒意，对她感到由衷钦佩。

王子向这位丽人请求，希望辛德瑞拉可以答应他：除了和他之外，不要再跟其他任何男人跳舞。不过，辛德瑞拉却没有待多长时间——她找了个更换舞曲的休息时间，悄悄溜到舞厅外面，跑回了家。

王子立即追了上去，可她跑得太快，他没赶上她。当他跑到辛德瑞拉家时，她却没了踪影。王子在原地等待着，此时辛德瑞拉的父亲出现了。

"你看到那位美丽又神秘的公主了吗？"王子问，"我好像看到她跑进了你家的鸽舍里。"

父亲心想："他说的会不会是我的辛德瑞拉？"他取了鸽舍钥匙，把门打开。鸽舍里没有人影，王子不得不独自返回舞厅。

其实，辛德瑞拉从鸽舍的后门偷偷溜出去了。她脱下了那件如星光般璀璨的礼服，还有丝绸制的舞鞋，收在衣架上，再挂回到榛子树的枝丫上。树叶摇晃了一会儿，那套衣服就消失不见了。然后，她又换上自己的旧衣服，在炉灶旁睡下。等到继母和那两个女儿回来时，便过来把辛德瑞拉叫醒，让她帮她们脱下束身内衣，她们几乎要喘不过气来了。

"呜——呼，这样就好多了。"其中一个说。

"哦，辛德瑞拉，你也应该去见识一下的。"另一个说。

"多么盛大的舞会啊！"她们说，"有一位从邻国来的公主，没人知道她叫什么。除了她以外，王子再不跟任何人跳舞了。她太漂亮了，漂亮到你不敢相信。我眼前现在还留有她的倩影！她拥有最美丽的礼服，那颜色简直跟星光一模一样。那样的衣服，究竟是怎么得到的呀！毫无疑问，这个国家所有的裁缝都做不成这样一件衣裳。辛德瑞拉，你肯定不会相信的：那个公主，她竟然让所有人——也包括我们——看起来都像是丑小鸭一样！"

第二天，母女三人花了更多的时间来梳妆打扮。辛德瑞拉帮她们每人梳了一百下头发，把束腰收得更紧，还帮她们反反复复擦鞋，直到光可鉴人的地步。

她们走了之后，辛德瑞拉又跑到榛子树下，低声呢喃：

榛子树啊，哦，榛子树啊，
请再为我摇摇你的树叶吧！
助我离开这无尽的苦难，
再借我一夜盛装吧！

"想要什么颜色的呢？"榛子树叶问她。

"我想要一件和月光一样的礼服。"她说。

榛子树的树叶沙沙作响，在她身边的树枝上，出现了一套颜色和月光一样的、用银线缝制成的舞会礼服，还有一双纯银制的舞鞋。

"谢谢您！"辛德瑞拉低声道谢，然后穿上盛装，急急地去了舞会。

王子已经等了她好久了。辛德瑞拉才刚在舞会上出现，王子便急匆匆地赶到她身边，邀她共舞。其他人若是过来向辛德瑞拉邀舞，王子会说："这位女士是我的舞伴，每一曲舞都是。"

这天的舞会之夜，也跟前一天一样成功。不过，相比昨天，到场的先生女士们显然更加激动，彼此之间也议论纷纷：这位美丽的小姐究竟是谁呢？她肯定是从某个强大、富裕的国家过来的公主。没有人注意到，她是在什么时候悄悄溜走的，除了王子。

他紧紧跟着辛德瑞拉，随她一起遁入黑夜，一直追到她的家。花园里有一棵漂亮的梨树，上面结满累累的果实。辛德瑞拉很敏捷地爬上了树，藏身于枝叶间。王子站在树下，不知道她躲到哪里去了。

辛德瑞拉的父亲回家时，看到王子还在那儿等着。

"我觉得，她应该是爬到这棵树上去了。"王子说。

父亲心想："那真的不是辛德瑞拉吗？"

他取来斧头，把树砍倒，但没有发现任何人藏在枝叶间。原来，辛德瑞拉早就从另一侧树干爬下去，溜走了。她把月光色的礼服放回到榛子树上，进到屋子里，蜷缩在煤渣堆里，和往常一样，睡着了。

第三天晚上，一切也都跟往常一样。继母和她的两个女儿出发去舞会后，辛德瑞拉悄声对榛子树说：

榛子树啊，哦，榛子树啊，

再借我一套礼服，好吗？

最后一场舞会，只在今晚，

所以——请让那美好，永驻我心！

"想要什么颜色的呢？"树叶沙沙作响。

"这次，我想要一件和阳光一样的礼服。"她说。

榛子树轻轻摇晃，一件极其华丽的礼服缓缓降下。这件衣服是如此完美，美到辛德瑞拉几乎不敢触碰的地步。它完全是用金线缝制的，散发出旭日的光泽。与之搭配的，是一双纯金制的舞鞋。

"谢谢您！"辛德瑞拉说。

舞会上，王子的目光一刻都不曾从她身上移开。他们跳了整整一个晚上，王子片刻不离辛德瑞拉。当辛德瑞拉对王子说自己要离开时，王子坚持要和她一起走。可辛德瑞拉还是在王子加以阻止之前偷偷溜走了。这一次，王子设下了一个陷阱：在舞会开始之前，他吩咐自己的仆人在台阶上倒满沥青。于是，当辛德瑞拉离开时，一只舞鞋黏在了上面，她不得不抛下这只鞋子。

王子捡起那只遗落的舞鞋，不让任何人碰它。他清理完沥青后，发现这整只鞋都是用纯金制的。

隔天早晨，一纸公告发遍了整个王国："在王子的舞会上遗落鞋子的女士，请速来王宫认领。王子会娶那位穿得上鞋子的女士为妻！"

贵族少女、女仆、女农，甚至各个邻国的公主们都陆续云集到王宫里来了，但是，她们中任何一个都不能穿上这只舞鞋。最后，该轮到辛德瑞拉的那两个继姐妹试鞋了。碰巧，她们俩的脚似乎很配那只鞋，无论是大小，还是形状，都比其他人符合得多，因此，姐妹俩都觉得，自己应该能把鞋穿上。不过，为了确保万无一失，她们的母亲还是把其中一个女儿拉到一边，低声说："如果鞋不合适的话，用这把小刀，削掉一点你的脚后跟。会有点疼，但你能因此成为王后。"

她走进自己的卧室试鞋。她没办法穿上这只鞋。于是，她便按照自己母亲的吩咐，拿出小刀，把脚跟切下一小块，硬是将流血的脚塞进黄金舞鞋里，一跛一瘸地走出来，努力向众人微笑示意。

王子不得不兑现自己许下的诺言，同意迎娶这个女儿，并扶她上了自己的马。不过，就在她骑着马离开时，榛子树上停着的鸽子们却突然对着他唱起歌来：

> 咯咕——咕，咯咕——咕，
> 看看，鞋子里面有血啊！
> 她的脚明明太宽了，
> 这不会是新娘子！

王子朝下看了看，发现鸽子们所唱的正是真相：有血从舞鞋的脚跟处一滴一滴地流下来。于是，他便掉转马头，回到了辛德瑞拉的家里。

继母只好又嘱咐另一个女儿道："如果鞋不合适的话，就把你的大脚趾给切掉。不会很痛的——那只是阵痛——这样你就能嫁给王子了。"

另一个女儿也按母亲的嘱咐做了，王子便也让她上了马，随即策马回宫。但就在这时，榛子树上停着的鸽子们又开始唱歌了：

咯咕——咕，咯咕——咕，
看看，鞋子里面有血啊！
她的脚明明太长了，
这个女孩也不是！

王子验明情况后，也把她带了回去，开口质问辛德瑞拉的父亲："我确信，我曾追踪那位神秘的公主到你家，你还有没有其他女儿？"

"唔，那就只有辛德瑞拉了，"父亲说，"不过，她肯定不是你要找的女孩。"

"绝对不可能是她！"继母说，"尊敬的王子，我们不会让她出门的。这孩子实在是太脏了，根本见不得人。"

"如果你们还有一个女儿，那我一定要见见她，"王子说，"马上把她带过来。"

他们只好把辛德瑞拉从厨房里接过来。在没有洗干净身体之前，她怎么样都不愿意过去。当然，仆从们也需要把那只染血的黄金舞鞋清洗干净。王子只好耐心等待。最终，王子看到辛德瑞拉进来行礼时，他的心开始狂跳不已。她坐下来后，王子拿过舞鞋来给她试穿——这双鞋正好合着辛德瑞拉的脚，完美无缺。

"她就是我的新娘！"王子一边说着，一边把她抱在了怀里。

继母和她两个女儿的脸上，瞬间没了血色。在屈辱和狂怒的驱使之下，她们几乎想把自己的每根手指头都给咬断。

王子抱着辛德瑞拉上了马，一路绝尘而去。榛子树上的鸽子开心地唱道：

咯咕——咕，咯咕——咕，
鞋子里面没有血啊！
不紧不松，不大不小，
除了新娘还会是谁！

两只鸽子飞到辛德瑞拉的肩上，一边一只，跟着他们一起去了王宫。

婚礼那天，继母的两个女儿痛哭流涕地向这对新人献殷勤，希望多多少少能够沾一点辛德瑞拉的光。在王子和他的新娘一同步入教堂时，这两个女儿，一个陪在左边，一个陪在右边。正当此时，两只鸽子突然飞起，一边一只，各自啄掉了她们俩的一只眼睛。仪式结束后，夫妻两人步出教堂时，姐妹俩还死死赖在他们旁边，鸽子们又飞回来，一边一只，啄掉了她们剩下的那只眼睛。

她们为邪恶和虚伪付出了代价，从此以后，不得不以盲人的身份，度过余下的时光。

附注

故事类型：ATU510A，"辛德瑞拉"

故事来源：马尔堡市伊丽莎白医院里一位不愿透露姓名的故事讲者讲给格林兄弟听的故事，多萝西娅·菲曼为故事添加了额外的细节

相似故事：Giambattista Basile:"The Cat Cinderella"(The Great Fairy Tale Tradition, ed. Jack Zipes); Katharine M.Briggs: "Ashpitel", "The Little Cinder-Girl", "Mossycoat","Rashin Coatie" (Folk Tales of Britain); Italo Calvino:"Gràttula-Bedàttulla"(Italian Folktales); Charles Perrault:"Cinderella"(Perrault's Complete Fairy Tales); Neil Philip: The Cinderella Story (containing twenty-four different versions of the story, with an excellent commentary)

在整个民间故事历史上，辛德瑞拉的故事；无疑是被探究得最为彻底的故事之一。单单围绕这个故事，以及这一故事的不同变种，便有不少的专著问世。在所有被改编为舞台剧的童话当中，它是最流行的一个。不仅如此，更重要的是，它还是唯一经久不衰的那个。

这则童话如今能够受到如此普遍的欢迎，必须得归功于查理·佩罗，自他的那本《附道德训诫的古代故事》（其实，这本书的副标题更为世人所熟知——《鹅妈妈故事集》）在1697年首次出版之后，书中内容出人意料的想象力，及其丰富神秘的文字魅力，便开始影响起一代又一代的读者，令他们流连其中、身心愉悦。读过这本书的人数不胜数，很多人也知道关于查理·佩罗的一则小轶事：在写《灰姑娘》这篇故事时，他将法语的"vair"即"皮革"误写为了"verre"即"玻璃"[1]，从而意外造成了"玻璃鞋"这一童话史上的经典设定。

1　这两个词在法语中发音相同。准确点说，vair在法语中是"松鼠毛皮"的意思。本书作者可能并未深究这一文学轶事——实际上，从来就没有人用松鼠毛皮制作过舞鞋。

不过，我个人倒是不太相信这则轶闻——查理·佩罗的创造力有目共睹，想出"玻璃鞋"这样一个点子来，绝非难事。以易碎玻璃制成的鞋子，如此荒谬、虚幻、神奇，相比皮鞋而言，显然容易被记住得多。同样是这个查理·佩罗，将以往童话故事中习以为常的"帮亲模式"（具体而言，正如本文中所出现的情况：如果母亲去世了，则必然会出现某种母亲形象的替代物，可能是榛子树，也可能是山羊、奶牛或鸽子，来帮助自己的孩子实现愿望，或者摆脱困境），巧妙替换为"仙女的帮助"。这样一来，人物关系便从"母女羁绊"中解脱出来，读者可以迅速又轻松地理解故事主旨。

对于《灰姑娘》，存在一个普遍的误解，即认为这是一则以"丑小鸭变天鹅"为主题的童话。没错，故事里确实有贫穷、难看如丑小鸭般的辛德瑞拉，也有举止优雅、衣着华贵如天鹅般的辛德瑞拉，但是，按照布鲁诺·贝特尔海姆在《魔法的用处》中的说法，《灰姑娘》一文最重要的主题，其实是手足之争，除此之外，还有女孩进入青春期时的焦虑，以及婚礼仪式的象征化等等。也正因此，我们才能够理解，为什么以仙女来呈现整个故事，是如此重要的一件事了：虽然不是母亲，但她却做了一个优秀的母亲同样会去做的事情。正是因为辛德瑞拉的内心善良美丽，所以，仙女也让她在舞会上以最华美、惊艳的模样登场—全篇的道德观得到了提炼，并最终升华。

我借用了《灰姑娘》的英国版本—《苔藓衣》（Mossycoat）这篇中的创意，给女主角每次的礼服换了不同的颜色。经过整合之后，得到了我认为应该是最好的《灰姑娘》故事。

在格林兄弟1812年的版本中，并未在故事结尾处惩罚继母的两个女儿。全篇在鸽子们唱出"除了新娘还是谁！"时便宣告结束。惩罚的部分是在1819年的版本中添加的，之后便一直存在了下去。"致盲"这样一种惩罚，在故事里写写倒是容易，但是却很难改编到舞台上，毕竟，这不是《李尔王》。无论是默剧，还是歌剧里，两个被刻意丑化的女儿，最终都没有变成盲人：无论是马斯内[1]所写的《辛德瑞拉》（1899），还是罗西尼[2]写的《灰姑娘》（1817），用的都是皆大欢喜的结局。而在查理·佩罗一贯的喜剧结局主张下，那姐妹俩最后也都嫁给了王室里的贵族。

《灰姑娘》的女主角——即那个失去母亲的女孩，在不同的版本之中，有着许多不同的名字。格林兄弟称她为"扒灰女"[3]，但在英语之中，女孩的名字始终都是"辛德瑞拉"。如今，在我们集中供暖的舒适居所里，很少有孩子明白"煤渣"[4]这个词的具体含义了。对于他们而言，"辛德瑞拉"不过是个听起来很舒服的漂亮名字而已，不过，我觉得，至少在读这则童话时，我们还是需要稍稍了解一下"辛德瑞拉"的前世今生的。

---

1 儒勒·马斯内（Jules mile Frédéric Massenet），法国作曲家，音乐教育家。

2 阿基诺·安东尼奥·罗西尼（Gioacchino Antonio Rossini），19世纪上半叶意大利歌剧三杰之一。

3 德语，Aschenputte，意为"扒灰女"。Puttel 为高地德语，等同于putteln，即英语中 rummage 之意。

4 原文为 Cinder，即辛德瑞拉（Cinderella）前面一部分。

第十四个故事

谜语

很久以前，有位王子一时兴起，决定离开王宫，去周游世界。除了一个忠实的仆人外，他谁也没带。有一天，这主仆二人来到一座大森林里，直到夜幕降临，他们也还没找到能够遮风避雨的地方。他们不知道该在哪里度过这个夜晚。

就在这时，王子突然看见了一座小屋，他们马上走了过去。小屋门前有个女孩，走近之后，王子发现女孩既年轻又美丽。

他走近她，说："小姐，请问，我和我的仆人能在这间小屋里安度一夜吗？"

"可以，"女孩面带愁容地回答，"不过，我觉得这并不是个好主意。如果我是你的话，宁愿不进去。"

"为什么呢？"王子问。

女孩叹了口气。"我的继母住在这间屋子里，"女孩说，"她长年研习巫术。她也不喜欢有陌生人造访。不过，如果你们坚持要进去的话，那一定不要吃她递给你们的任何食物或饮料。"

王子意识到，这其实是间女巫小屋。但此刻天已黑了，他们哪儿也去不了。除此之外，他从不畏惧什么。他伸手敲了敲门，走了进去。

那个老女人坐在壁炉边的扶手椅上，一看到王子，她的双眼就好像燃着了的煤块一般。

"晚上好，年轻的先生们，"她用最和善的语气说，"快坐下休息吧。"

她把炉火生得更旺了些，开始搅拌火上正煮着的一小罐东西。因为女孩之前的嘱咐，王子和他的仆人没有食用任何东西，只是用毯子紧紧裹住自己的身体，一觉睡到了大天亮。

他们醒来后，便要启程动身了。王子已经骑上了马，这时候，那老女人突然出了屋子，对他们说："稍等一下。在走之前，先让我请你们喝一小杯饯行酒吧。"

在女巫回屋取酒时，王子赶紧骑马走了。但仆人还没把自己的马鞍系牢，稍微耽误了一会儿。女巫把酒端出来时，他还没来得及逃走。

"拿着，"女巫说，"把它带给你的主人喝。"

但仆人其实根本没办法把酒带走。他才刚刚从她手里接过酒杯，杯子便瞬间破裂了，里面的液体溅到了马的身上。显然，那是一杯毒酒，毒性极强，那匹可怜的马瞬间就死掉了。仆人追上王子，告诉了他刚刚发生的一切。不过，即使发生了这样危险的事情，仆人也还是舍不得扔下自己的马鞍。他再次折返回那座小屋，打算找机会取回马鞍。

仆人走到已经死去的那匹马旁边时，发现有只乌鸦停在马头上，正在啄食马的双眼。

"谁知道呢！没准我们今天什么东西都吃不到。"仆人杀死了那只乌鸦，把它随身带着。

主仆二人在森林里跋涉了一整天，也没有找到出去的路。夜幕降临时，他们来到了一处小客栈。仆人把随身带着的乌鸦尸体交给了客栈主人，让他好好烹煮调理一番，聊作晚饭。

哪里知道，他们投宿的其实是家黑店——准确点说，就是个贼窝。王子和仆人刚坐下来，就被十二个强盗团团围住了，打算把他们就地弄死。不过看到客栈主人的乌鸦肉碰巧端上来了，强盗们心想：先吃晚餐，再下手也不迟。

这成了他们一生中的最后一餐饭：一口乌鸦肉还没咽尽呢，这帮人就全部倒下死光了。溅在马身上的毒药，毒性太过强烈，以致于毒素带到了乌鸦身上。这点毒素足够毒死他们中的每个人。

客栈主人看到如此骇人的一幕，便逃走了。此刻，客栈里就只剩下客栈主人的女儿。这个女孩心地善良，从不为恶，和那些强盗一点瓜葛都没有。她打开了一扇密门，向王子展示了这帮强盗搜刮来的全部钱财：成堆的黄金和白银，堆得像山一样的珠宝。王子告诉她，她应该自己留下这些财宝，他对这些没有一丝的兴趣。

就这样，王子和仆人再次踏上旅途。

两人又旅行了很长一段时间，直到有天，他们来到一座小镇。这里住着一位美丽绝伦，又自视甚高的公主。她向民众宣称，只要有人能够讲出一个她猜不出的谜语，她就会嫁给这个人。不过，如果她给出了解答，并能让王国里十二位最杰出的解谜大师都心悦诚服的话，那个出谜语的人就必须献上头颅。她有三天的时间来思考，但聪明如她，总是能在思考时间还剩很多的时候便轻松解决。迄今为止，已经有九个妄想打败她的挑战者掉了脑袋。

然而，王子却不以为意，他已经被公主的美貌给迷住了，他愿意赌上性命，为之一试。他去了王宫，向公主讲出了自己的谜语。

"从不杀戮——"他出题道，"却还是杀死了十二个。这是什么？"

公主想不出谜底。她想啊想，脑袋里还是空空如也。她翻遍了所有的谜语书，但如此一则谜语，在整个谜语史上都不曾有过。看起来，她似乎遇上了一位劲敌。

不过，她却不愿意轻易认输。第一天晚上，她派自己的贴身女仆悄悄潜入王子的卧房，命她仔细聆听王子在睡着时都说了些什么。或许，他在说梦话时，会无意间透露出谜底。但是，这一招并没有奏效，为了以防万一，王子的仆人事前已经和王子换了床。女仆才刚一潜入，王子的仆人便一把扯下了她穿来隐蔽行踪的长袍，举起手杖将她给赶了出去。因此，这招没有奏效。

第二天晚上，公主又派出了另外一个女仆，看看她是否能够做得成功些。这一次，王子的仆人照样扯下了她的长袍，用一根比昨晚还要粗的手杖把她给打跑了。自然，这招依然没有奏效。

第三天晚上，王子决定亲自在房间里等着。这天晚上，来偷听的竟然是公主本人。她披了一袭漂亮的雾灰色长袍，耐心守候在隐蔽位置，直到确信王子睡着之后，才走到床边。

可惜，王子不过是在装睡而已。公主轻声在他耳边呢喃："'从不杀戮，却还是杀死了十二个'，这到底是什么？"他回答："一只吃了一匹被毒死的马的肉，然后自己也死掉了的乌鸦。"

她又问："不是还有'却还是杀死了十二个'吗？这又是什么意思呢？"

王子答道："那是因为，有十二个强盗吃了乌鸦肉做成的晚饭，一命呜呼了。"

公主确信自己已经得到了谜底，试图悄悄离开。但这时，王子抓住了她的长袍，攥在手里，怎么也不放开。公主只好把长袍留在了王子那里，自己先走掉了。

第二天一早，公主昭告天下，自己已经解开了谜语。她将答案分发给那十二位解谜大师，告诉了他们这个解答的绝妙所在。看起来，王子彻底玩完了，但他提出需要申诉。

"公主悄悄来了我的房间——她以为我当时已经睡熟了。"王子说，"所以，她就轻声在我耳边询问这个谜语的答案。不然她没有其他方法可以得到谜底。"

解谜大师们认真讨论了一番，然后问他："你有什么证据吗？"

于是，王子的仆人便将三件长袍呈了上来。解谜大师们一看到那件除了公主之外，再没有其他人穿过的这件雾灰色的长袍后，说："在长袍上用金线和银线细细绣上花纹吧！它将成为新婚时的礼袍，那年轻人赢了！"

附注

故事类型：ATU851，"解不开谜语的公主"

故事来源：多萝西娅·菲曼讲给格林兄弟听的一个故事

相似故事：Alexander Afanasyev: "The Princess Who Wanted to Solve Riddles" (Russian Fairy Tales);Katharine M.Briggs: "The Young Prince" (Folk Tales of Britain); Italo Calvino: "The Son of the Merchant from Milan" (Italian Folktales)

这也是一篇流传甚广的童话，举例而言，其中一个版本在普契尼1926年的歌剧《图兰朵》中出现过。格林兄弟的版本比大部分相似的版本都要好，这主要是因为它本身简洁、清晰的三段论结构。"简洁、清晰"——这是您在口述故事时最应该注意的两大要素。格林兄弟的故事来自多萝西娅·菲曼的口述，这位技艺高超的故事讲述者，其真实职业是茨维恩市（离卡塞尔不远的一个小镇，格林兄弟就住在卡塞尔）的一位水果销售员。多萝西娅给格林兄弟讲了许多故事，其中有不少重要篇目也被收录进了这本选集当中。这位故事讲者拥有一种神奇的能力，不止能将故事讲得生动有趣，还可以一段接一段、一字不差地复述故事。如此一来，格林兄弟就可以十分准确、方便地把她讲的故事记录下来。在《儿童与家庭童话集》的第一版序言当中，兄弟俩曾专门向多萝西娅·菲曼小姐致谢：

> 致那些认为口头叙事必定会随性篡改的人们，那些将"一字不差地背诵长篇绝无可能"奉为金科玉律的人们，实际上，你们考虑得并不周全。这一类人真该去仔细听听多萝西娅·菲曼小姐讲故事，看她是怎

样将每一个故事完美、精确地复述，以及怎样展现美妙绝伦的叙事技巧的。当她重述某个段落时，绝对不会改变愿意，不止如此，当意识到自己说错了时，她会立即更正。即使以中断叙述、牺牲叙述的流畅性为代价，也必须立即更正。（引自马利亚·塔塔在《格林童话中的事实》中的译文）

老鼠、鸟儿和香肠

一只老鼠，一只鸟儿，还有一根香肠决定共建家庭。在很长的一段时间里，他们靠着各自的本领谋生活，过得很开心，甚至还筹划着储存些食物。鸟儿的工作，是每天飞到森林里去，为生火准备柴薪；老鼠则需要前往水井打水，生火，以及摆餐具；香肠负责做饭。

　　但可惜，我们一旦觉得自己的生活还可以变得更好，就肯定不会对眼下的日子感到满意。有一天，鸟儿在森林里偶遇了另一只鸟，并跟他谈起自己目前的生活。那只鸟只留下一句："可怜的傻瓜"。

　　"你这是什么意思？"

　　"好吧，三个人里谁分担了最重的活儿？是你。你每天都必须带着死沉的柴薪，来来回回飞好多次，而其他两个家伙，基本上是待在家里做轻松活儿。他们是在利用你。我说的绝对不会错！"

　　鸟儿对这话上了心，事实确实如此：老鼠生好火，打完水后，通常就回到自己的小房间里，打个盹儿，一直睡到需要摆餐具的时候才起来。香肠大部分时间都舒舒服服地坐在锅子旁边，瞧瞧蔬菜煮得怎么样，偶尔自己跳进锅里打个滚，给菜肴增加一点味道。如果希望口味重一点，他就游得慢一点。这就是香肠需要做的全部事情了。鸟儿带着柴薪回家后，老鼠和香肠会把它们一根一根地在炉火旁码好，三人一起坐下吃饭，然后一起睡下，直到第二天天亮。这就是他们每天的生活——一种十分美好的生活方式。

尽管这样，鸟儿还是情不自禁地想起那只鸟所说的话。于是，第二天早上，他怎么也不愿意再出门拾柴了。

"我给你们当奴隶，当得够久的了，"鸟儿向他们声明，"你们肯定都把我当傻瓜呢！是时候重新安排一下每天的工作了。"

"可是，目前的安排明明很不错啊！"老鼠说。

"你当然会那样说啦，不是吗？"

"而且，"香肠也说，"它匹配了我们各自的能力。"

"那是因为我们从来没试过别的安排。"

老鼠和香肠据理力争，但鸟儿却咬死不松口。最后，他们只好让步：拾柴的工作轮到香肠来做，老鼠负责做饭，取水和生火的活儿则交给鸟儿。

接下来，发生了什么呢？

在香肠出门拾柴后，鸟儿开始准备生火，老鼠也把煮锅放在了炉灶上。然后，他们便一起等待香肠带回第一趟柴薪。然而，香肠去得太久了，怎么也不回来。两个人开始担心他，鸟儿便飞了出去，看看香肠是否安好。

在离房子不远的地方，鸟儿碰见了一只野狗，它正舔着自己的嘴唇。

"你刚才有没有看到一根香肠走过啊，有吗？"

"有啊，我刚吃了他，味道不错！"

"你是什么意思！怎么能这样做！这太可怕了，我要去法庭告你！"

"吃他合情合理。据我所知，目前还没有用来保护香肠的法律条文吧。"

"当然不可能合情合理！他只不过是出门干干活而已，绝对无辜啊！这完完全全就是谋杀！"

"唔，这正是你误解的地方，伙计。他可是随身带着伪造证件呢，这可是死罪哦。"

"伪造证件？我可从没听过这样的狡辩！东西在哪儿？你有什么证据吗？"

"也被我一起吃掉了。"

鸟儿无可奈何。要是一只鸟和一条狗打起架来，打赢的肯定也不会是鸟。无奈之下，他只好折回家，告诉老鼠外面所发生的一切。

"被吃掉了？"老鼠哀叹道，"哦，真令人难过！我会很想他的。"

"是很令人伤心。没有了他，我们俩也必须努力支撑这个小家。"鸟儿说。

就这样，鸟儿布置餐桌，老鼠则负责给最后完成的炖汤调味。她想起香肠做起这件事来是多么简单哪！只需要在汤里游游泳，就可以完成调味工作了。老鼠觉得自己应该也能做同样的事，于是，她便爬到了炖锅的把手上，纵身跳进了锅里。不过，或许是因为汤太热的缘故，或许是她不小心呛了水，或许其他什么不为人知的原因……总之，她还没游起来，便淹死在了汤里。

鸟儿看到煮滚了的蔬菜汤里浮起老鼠的尸体时，他吓傻了。刚好这时候，他正在壁炉旁生火，因为受到惊吓的缘故，他一个趔趄，把燃着的柴薪踢得到处都是，混乱之间点着了屋子。他飞奔到水井旁，想要取些水回来灭火，却不小心被井绳绊住了。结果，水桶甩进井里时，他自己也跟着掉了进去，并淹死在了井底。这就是他们仨的结局。

附注

故事类型：ATU85，"老鼠、鸟儿和香肠"

故事来源：来自汉斯·迈克尔·莫舍罗什所著的《菲兰德·冯·席特瓦尔德的奇妙故事》（Wunderliche und Wahrhafftige Gesichte Philanders von Sittewald）

　　和《猫与老鼠凑一家》不同，在本篇中，组成家庭的三个成员并没有本质上的冲突。如果鸟儿关于"幸福生活"的看法不曾被不可逆转地改变的话，这一家人原本是可以安居乐业的。这个故事只存在这样一种道德准则，可以让大家和谐共存下去，违背准则，便会酿成悲剧。因此，从某种角度来讲，这篇童话实质上是一则寓言故事，这点跟《猫与老鼠凑一家》保持一致：为了讲述某项道德上的诫律，以警示录的悲剧模式，达到训诫的效果。

　　热衷于刨根问底的读者，或许想要知道那根香肠究竟是怎样一种香肠。关于这个问题，首先，根据查询互联网得到的结果，德国总共有超过 1500 种不同种类的香肠。究竟哪一种香肠喜欢无怨无悔地做家务呢？好吧，它——噢，我是说"他"——应该是一根"Bratwurst[1]"。不过，似乎"Bratwurst"这个词没有"Sausage"这个词有趣。根据一位名字突然从我脑中一闪而过的、著名喜剧演员的说法，"Sausage"可以算是英语中最滑稽可笑的一个词了。对了，如果故事的主角是老鼠、鸟儿和一块小羊排的话，肯定会酿成完全不一样的惨剧吧。

1　德语，德国烤肠之意。

小红帽

从前有一个十分可爱的小女孩，所有人都很爱她。当然，最爱她的，莫过于她的外婆。外婆曾经送过她一顶用红色天鹅绒缝制的小帽子，这顶帽子戴在女孩头上，格外合衬，她甚至想以后一直戴着它。正因如此，别人遇到她时，都叫她"小红帽"。

有一天，妈妈对她说："小红帽，这儿有件事想让你来做。外婆现在身体不太好，我想让你把这瓶葡萄酒，还有这块蛋糕给她送去。外婆吃过之后，应该会舒服些。记住，进外婆家时一定要讲礼貌，替我吻她一下。路上千万要当心，不许离开大路，如果你在林间摔了一跤，打碎了酒瓶，弄翻了蛋糕，就没有东西能给外婆了。到了客厅，别忘了跟外婆说'早上好，外婆！'，也不许东瞧西看。"

"我会把事情都办妥的，不用担心。"小红帽说完，亲吻了妈妈的脸颊，与她道别。

外婆住在大森林里，走路过去，大约需要半个小时。小红帽才走了几分钟，就有一只野狼蹦到了她面前。她不知道狼是一种很坏的动物，所以也并不惧怕他。

"早上好呀，小红帽！"狼开口对她说。

"谢谢你，狼先生，也祝您早晨愉快。"

"你这么早出门，是要到哪儿去呀？"

"去我外婆家。"

"你的篮子里都装了些什么呢？"

"外婆的身体不太好，我要给她带些蛋糕和葡萄酒过去。蛋糕是昨天才烤出来的，用了上好的面粉和鸡蛋，对她的健康应该很有帮助，能让她赶快好起来。"

"你外婆住在哪儿呀，小红帽？"

"唔，我得沿着大路一直向前走，走到三棵大橡树前面，她的屋子就在那儿，在一处用篱笆围住的灌木丛后面。不算太远，大概需要十五分钟吧，我想。你肯定知道那个地方。"小红帽说。

野狼心想："这个可爱的小东西一定很美味。相比那个住在林子里的老女人，年轻的自然要美味得多。不过呢，如果我处理得小心些，应该能把两个都给吞进肚子里。"

野狼和小红帽同行了一会儿，然后，他对小红帽说："看看那些花儿，小红帽！它们美吗？就是那边树下长着的那些。你为什么不走近些呢？这样，你就可以好好欣赏美丽的花儿了。你走起路来的样子就像是去学校一样，战战兢兢的。你要是这样走下去，就连鸟儿的歌声都会听不到的。森林是多么美丽啊！你不好好享受这一切，真是个遗憾。"

小红帽顺着野狼指的方向看去，一束束阳光在林间跳跃。林中的每一个角落，都开满了五彩缤纷的花朵。小红帽想到："不如摘些漂亮的花儿，给外婆带过去！她拿到花之后，肯定会很开心的。何况，现在天还早，我有足够的时间来做这件事，按时回家，也根本不是问题。"

她离开了大路，欢快地跑进了森林里，开始摘起了野花。她每摘起一朵花，马上就能看到不远处有一朵更美丽的花儿。就这样，她便不由自主地走过去。如是循环，小红帽越走越远，遁入了林间深处。

趁着小红帽摘花的工夫，野狼直接赶到了外婆的家，敲响了房门。

"来的是谁呀？"

"是小红帽，"野狼说，"我给您拿了些蛋糕，还有葡萄酒。快开门吧！"

"你自己把门闩抬起来吧，"外婆说，"我实在是太虚弱了，没办法从床上爬起来。"

野狼抬起门闩，门开了。他走了进去，东张西望，想看看她人在哪儿。找到小红帽的外婆后，他蹦到外婆的床上，把她一口吞了下去。接着，野狼穿上外婆的衣服，又把她的睡帽戴在头上。他把所有窗帘都拉得紧紧的，然后就躺回到了床上。

与此同时，小红帽正在森林中四处游荡，悠闲地摘着花儿。她采了很多花，多到拿不下时，才想起自己原本该做的事情。她折返回大路，朝外婆家走去。到房门口时，她有些惊讶，因为门没有锁，屋子里也很暗。

"天哪，"小红帽心想，"我不喜欢这种感觉。一直以来，我可都是很喜欢在外婆家待着的。"

她大声喊："早上好呀，外婆！"却没有得到任何回应。

小红帽只好直接走到外婆的床前，把所有窗帘都拉开。她看到自己的外婆躺在床上，睡帽拉得低低的，样子十分古怪。

"哦，外婆呀，你的耳朵可真大啊！"

"这样才方便听你说话呀。"

"外婆，你的眼睛也好大啊！"

"这样才方便把你看清呀。"

"外婆，你的双手也好大啊！"

"这样才方便把你抱紧呀。"

"还有……哦，外婆，你的嘴巴怎么那么大，大得好吓人啊！"

"这样才方便把你吃掉呀！"

野狼刚说完，就张着大嘴从床上跳下来，一口把小红帽给吃掉了。咽下小红帽之后，他填饱了肚子，心满意足。因为这张床又好看又舒服，他便重新爬回到床上，沉沉地睡下了，鼾声很响。

就在这时，有位猎人恰巧从屋外经过。

"那老女人的鼾声怎么会这么有劲儿，"猎人心想，"我最好进去看看，她是不是出什么事了。"

他走进了客厅。走到床边时，他结结实实地吃了一惊。

"你这匹无恶不作的野狼！"他心想，"我找你可找了好久了，终于还是落在了我的手里！"

猎人把猎枪举到了肩前，但又把枪放下了，因为他想到，野狼可能吞下了老女人，而且他可能还有机会把她给救出来。枪放到一边后，猎人取来一把剪刀，开始剪那野狼鼓鼓的肚皮。才剪了几刀，他就看见了那顶红天鹅绒制的帽子，又剪了几刀，女孩从野狼的肚子里跳了出来。

"哦，实在是太可怕了！"小红帽说，"我可真被吓坏了！狼肚子里面太黑了。"

接着，外婆也慢慢爬了出来。她有些气喘吁吁，但相比在狼肚子里的经历，这已经算是好得多了。在猎人搀扶着外婆到椅子边时，小红帽独自跑出了屋子，捡了一些很重的石头回来。他们用这堆大石头填满了野狼的肚子，再由小红帽十分仔细地把伤口给紧紧缝上。然后，他们便叫醒了野狼。

睁眼看见举枪的猎人就站在自己面前，野狼惊慌失措地往外跑。但他并没能逃多远，因为石头实在是太重了。还没走几步，野狼便倒在地上，一命呜呼了。

外婆、小红帽，还有猎人都很高兴。猎人剥下了野狼的皮，回家去了。外婆吃掉了蛋糕，喝完了葡萄酒。小红帽心想："这次可真是九死一生！以后，我绝不会再那样做了。如果妈妈让我沿着大路走，我就老老实实沿着大路走吧。"

故事类型：ATU333，"小红帽"

故事来源：珍妮特和马里亚·哈森普卢格讲给格林兄弟听的一个故事

相似故事：Italo Calvino: "The False Grandmother", "The Wolf and the Three Girls" (Italian Folktales); Charles Perrault:"Little Red Riding Hood" (Perrault's Complete Fairy Tales)

照我看来，这篇《小红帽》和《灰姑娘》是童话界最广为人知的两则故事了（不止在英国，世界范围内也是这样），有趣的是，这两则故事的流行，与查理·佩罗均有莫大的关系（可参考《灰姑娘》的附注部分）。查理·佩罗与格林兄弟版本的主要区别在于，他的故事在小红帽被吃掉之后就结束了，并没有一位勇敢的猎人过来解决困境。取而代之的，是一段说教式的箴言，警告所有读者，并非所有的野狼都是简单粗暴的——也可能有甜言蜜语的诱拐犯存在。

在格林的版本中，猎人的部分是个十分有趣的细节。德国的森林并不是那种不属于任何人的荒郊。它们的所有者通常是王子级别的贵族，除了提供造船业所需的大量木材，以及将林地彻底推平，垦作庄稼或牧场，为比如三十年战争时的士兵们提供给养之外，这帮贵族们能够从森林中得到的最大乐趣，简而概之就是——狩猎。正如约翰·艾略特·加德纳在他那本即将出版的、有关 J. S. 巴赫的专著中所写的那样："为了设法体现他们（例如那些王侯级别的地主）对所辖林地的影响力，他们经常派出自己的猎人，或者亲自前往林地狩猎，以削弱那些原本住在森林里的人们对森林的实际控制权（就好比如今那些常常巡视森林的林业官，比住在森林里的伐木工们地位更高一样）。"

　　或许，一位长期居住在森林里的居民，在面对一只野兽时，不会像猎人那般镇静自若，也不太可能总是背着一杆猎枪。如果是在法国，这样一种人在偶遇故事结尾那匹熟睡的狼时，大约会蹑手蹑脚地悄然离去，只留下可怜的小红帽跟她外婆，在狼肚子里慢慢被消化干净吧。

　　且不论究竟是出于何种原因，不论猎人是否存在，在故事结尾时，查理·佩罗和格林兄弟均以不同方式、不约而同地强调了布尔乔亚阶层的道德观念。在格林的版本中，虽然小红帽并没有遵从妈妈的嘱咐，擅自离开了大路，却并不需要为此背负任何道义上的责任。因为，在故事末尾特别提及了这一点——她已经得到教训了（在恋童癖泛滥的年代，这则童话常常被用来警醒孩子们，让他们牢记"陌生人都很危险，千万不要轻信"）。以后，她再也不会随便离开大路了。

　　在古斯塔夫·杜勒于1863年为查理·佩罗的版本所创作的著名木刻版画作品中，小红帽是跟乔装成外婆的野狼一起，被画在了床上，从这个细节上，我们足够一窥本故事的隐喻：野狼是"性爱"的象征。如果我们看过小红帽的另外一个版本，即比阿特利克斯·波特的《母鸭杰米玛·帕德的故事》的话，便可以把这个"对应"关系看得更清楚些。在比阿特利克斯·波特的版本中，和本篇中野狼对应的狐狸，被温柔地重塑成了一位"蓄着细沙色胡须的绅士"。如果让查理·佩罗来读这则故事，他肯定能马上认出这匹被精心乔装打扮过了的野狼。

　　或许，用查尔斯·狄更斯的评价来总结本文女主角的魅力，是最为生动有趣的。他说："小红帽是我的初恋"。布鲁诺·贝特尔海姆在书中，也引用了狄更斯的

话："我总觉得要是能娶小红帽为妻的话，就会知道什么叫做天赐良缘。"（出自《魔法的用处》）

不来梅的乐师们

曾经有个人养了一头驴。许多年来，这头驴每天都驮着一袋袋的谷物去磨坊，任劳任怨；可是现在，他的力气即将用尽，没有办法再像原来那么拼命了。他的主人觉得，是时候把它给处理掉了。驴子觉察到了这点，对此感到难过。有一天，他离家远行，踏上了寻找不来梅的道路。他计划要成为一名不来梅的乐师。

走了没多远，他偶遇了一只趴在路上的猎犬。猎犬一直喘个不停，仿佛刚刚跑了几十里路似的。

"你为什么喘得这么厉害啊，我的猎手朋友？"驴子问。

"唔，因为我年纪大了，你知道的，"猎犬向驴子解释，"已经不能像过去一样，想跑多远就跑多远了。主人认为我已经没有用了，就想把我给杀了，所以我就逃了出来。不过我根本不知道自己还有什么其他谋生的办法，我现在感觉好饿。"

"好吧，我来教你该怎么办，"驴子说，"我和你的处境差不多，不过我有个计划——去不来梅。因为在那个城市，人们会为城镇乐师支付可观的工资。跟我一块走吧，玩玩音乐。我准备去弹琵琶——那可没有看上去那样难——你可以负责打鼓。"

"这可真是个好主意！"猎犬说完，加入了驴子的行列。

同行了没多久，他们看见一只猫正坐在路沿上，那表情看上去就好像是为了捡到一便士，却掉了一英磅似的。

"怎么回事，天天捻自己胡须的先生？"驴子问。

"我的天哪，我的天哪！"猫说，"我的处境可糟糕透了。我老了——虽然也不指望你们能够一眼看出来，但千真万确，我已经不再年轻了，连嘴里的牙都变钝了！过去，我能抓一大把的老鼠、耗子，还有各种各样的小东西，只要你们说得出名字。不过，我现在倒更愿意在壁炉边躺着打呼噜。养我的那位小姐打算淹死我，我就逃了出来。我不知道未来应该怎样过活。你们有什么好去处吗？"

"跟我们一起去不来梅吧，"驴子说，"我们正要去加入城镇乐师的行列。你知道怎样唱歌的——我曾经听过你们在深夜时唱的那种甜腻腻的小夜曲——跟我们一起走吧。"

猫觉得这是个不错的主意，便随他们同行。又走了一段之后，三人来到一处农家庭院前。谷仓的屋顶上站着一只公鸡，正在使着劲儿鸣叫，简直要声嘶力竭。

"你叫啥呢？"驴子问，"天已经亮了好久啦。"

"我正在预报天气呢，"公鸡说，"今天是咱家女主人洗衣服的好日子，她会把所有衣服都洗干净，再一件一件晾晒出去。而现在，我正努力通知全家人，今天正是个晴朗、干燥的好日子。哈，你们肯定会觉得，他们应该为此感谢我吧，但其实一点也不！这家人明天要招待客人，他们说要把我给吃掉！农场主的妻子已经跟厨师交代过了，今晚就会把我的脑袋给剁掉！我想在我还能呼吸的时间里，一直这么叫下去！"

"哦，这可真是场悲壮的演出，"驴子说，"要不你跟我们一起去不来梅吧。我们要去加入城镇乐师的行列。你的嗓音真是美妙动听，如果我们四个一块儿搞音乐，魅力简直无人可挡。"

公鸡接受了邀请。四个人结伴同行，但是，他们没有办法一天就走到不来梅。到了傍晚，他们决定在森林里找个避风遮雨的地方。驴子和猎犬躺在了一棵大树下面，猫爬到了树枝上，公鸡则直接飞到了树顶。过了一小会儿，他又飞了下来，告诉大家他在高处得到的信息：在睡觉之前，他习惯性地观察了一下四周，从北到南，自东向西。他认为不远处有一座屋子，因为他看见了灯光。

"唔，我们就去那边问问吧，"驴子说，"无论怎么样，总比待在这儿要好。"

"如果那边有屋子，"狗说，"没准也会有些带点儿肉渣的骨头呢。"

四个人开始向着有灯光的方向前进。走了不一会儿，他们就看到了那透过树影映射过来的灯光。灯光越来越明显。最后，他们终于走到了小屋门前。作为四个人中长得最高大的，驴子走到窗子旁边，往里头看。

"看到什么了呀，灰脸哥哥？"公鸡问道。

"我看到了一桌子的佳肴盛宴，不过……"

"不过什么？"

"桌子周围坐了足有一打的强盗，个个都在狼吞虎咽。"

"要是坐在那儿的是我们就好了！"公鸡说。

他们开始商量如何把强盗们赶走。最终，他们定下了一个计划：驴子把前脚搭在窗台上，狗再站在驴子背上，猫则站在狗的背上，公鸡跳到猫背上，一同开始奏乐。准备了一番后，驴子说了声"开始！"，四个人一齐用尽最大的力量，全力歌唱：一时间驴子嘶鸣，猎犬狂吠，老猫喵呜，公鸡打鸣。唱完一曲之后，他们全部从窗子跳了进去，打碎了玻璃，弄出了很大的噪音。

强盗们以为是恶魔，或者至少是幽灵，吓得全都逃进了森林里。四位乐师围着桌子坐下，开始大吃强盗们剩下的食物来，那饥不择食的样子，就好像饿了整整一个月似的。

吃饱喝足之后，他们突然感到十分倦怠，毕竟赶了一整天路。他们就找地方歇息了，每个人都找到了自己喜欢的好去处：驴子躺在屋子外面的肥料堆旁，猎犬蜷缩在门后面，猫儿舒展了腰身，趴在壁炉旁边的台子上，公鸡则歇在了屋顶的房梁上。

临近午夜时分，躲在暗处悄悄观察的强盗们，看到屋子里的灯熄灭了。

"我们真不应该就那样落荒而逃的，"强盗首领说，"这样也太不勇敢了，不是吗？喂，左撇子，回屋子看看，搞清楚里面到底发生了什么。"

左撇子悄悄回了屋子。他什么都听不见，便蹑手蹑脚地进了厨房，四下张望。除了猫那双火烧般的眼睛外，左撇子什么都看不见。他误把猫的眼睛当成了壁炉里尚有余烬的煤块，便随手摸出一根火柴，希望能够把炉火再次点燃。一不小心，火柴碰到了猫的鼻子。

显然，猫可没那么好惹。他一蹿而起，又抓又挠，尖爪子在强盗脸上一顿乱耙。

"唉啊啊咔——！"左撇子一边怪叫着，一边夺门而出。正巧被门后面躺着的猎犬给绊了一跤，还被他狠狠地咬了一口。

"哟嗷嗷呜——！"左撇子哭号着，逃到了院子里。驴子被他惊醒了，后腿狠狠一蹬，踹在他的屁股上。

"啊嘎嘎哇——！"左撇子惊呼大叫，弄醒了睡在屋顶上的公鸡，他打起鸣来："咯——喔——喔——嗒——啦——！"

"不要啊！"左撇子咆哮着，带着半条命遁入了林中。

"怎么样？怎么样？"强盗首领问他。

"我们绝对不能回去！"左撇子说，"厨房里有一个十分恐怖的女巫，她用指甲抓伤了我的脸。门后面躲着个带刀的男人，狠狠地在我腿上刺了一家伙。屋子外面站着个拿狼牙棒的暴徒，死命给我来了一下子，我感觉我的脊骨应该已经被打断了。还有，屋顶上竟然坐着个法官，他在上面怒吼着：'给我带犯人上来！'所以我就逃啊逃啊逃。"

自那晚以后，强盗们再也不敢回那座小屋了。另一方面，四个不来梅的乐师很喜欢这座小屋，就一直住在那儿——在前一个人给我讲这个故事时，他们也都还在那儿呢！

附注

故事类型：ATU130，"夜公馆的动物们"

故事来源：冯·哈克斯特豪森一家和多萝西娅·菲曼讲给格林兄弟听的一个故事

相似故事：Katharine M. Briggs: "The Bull, the Tup, the Cock and the Steg", "How Jack Went to Seek His Fortune"(Folk Tales of Britain)

因为年老而被主人抛弃的可怜动物们，怀抱希望去不来梅市成为城市乐师的美好愿望，最终一鸣惊人，尽管没有去成不来梅，却也收获了良好的归宿。我很喜欢这个故事，因为它很简单，但故事模式上又具有某种顽强的韧性和力量：叙事线的排布简直无懈可击，没有一点点累赘，也无法再添加任何旁支，过程中发生的一切，都是在为促成最后结局服务。对于这样一个故事，除了向讲者鞠躬致意外，再没有什么其他的事情需要做了。

唱歌的骨头

从前有个国家，大部分人都在关注一头野猪的动向。这头野猪经常在农田里横冲直撞，杀死牲畜，甚或用尖利的獠牙夺取人的性命。国王发出通告，只要有人为国家除掉这一害，就能得到十分丰厚的奖赏。但野兽的体形太过巨大，又十分强壮，没有人敢走近它所栖居的那片森林。出于无奈，国王发出了新的通告：无论是谁，只要能够杀死，或生擒这头野猪，就能够娶他唯一的女儿为妻。

在这个国家的某处住着一对兄弟，他们是穷人家的孩子。他们声称要接下这个难如登天的任务。生性圆滑又狡诈的哥哥，完全是为了一己私欲才想到要这样做的；而单纯善良的弟弟，则纯粹是受了内心的善意驱使。

国王说："为了确保能撞见那头怪物，你们最好是从森林的两边向腹地挺进。"

兄弟俩采纳了国王的建议，哥哥从森林西口进入，弟弟则从东口进入。

没走多久，弟弟就在路上遇到了一个小矮人，他的手里握着一柄黑色长矛。他说："因为你心地纯洁善良，我将把这柄长矛交给你。你可以用它杀死那头野猪。放心，长矛绝对能够奏效，而且不会给你带来任何危害。"

弟弟谢过小矮人，拿了那柄长矛，扛在肩膀上，往林间更深处走去。不一会儿，他便遇到了那头巨兽。它直直地向着弟弟猛冲过来，弟弟则紧紧抓住黑色长矛。野猪正好撞在了长矛所指的方向，因为冲击力太大，它的心脏被长矛刺成了两半。

弟弟费力地把野猪驮在背上，动身回宫，打算把它交给国王。然而，当他走到接近森林的西口时，来到了一间客栈，人们在客栈里载歌载舞，饮酒吃肉。他的哥哥也在这群人当中。这个恶棍根本没勇气进到森林里去猎野猪，他想着，反正那头野猪短时间内也不可能跑到其他什么地方去。他决定先在客栈里喝个痛快，以酒壮胆。他看见弟弟驮着那头野猪从林间回来时，那颗邪恶又易妒的心不觉开始作祟。

哥哥大声招呼："弟弟！真没想到，你竟然完成了这样一桩壮举！恭喜你！先过来吧，在这儿坐下，让我们一起举杯，欢庆你的胜利。"

天真善良的弟弟没起任何疑心。他跟哥哥说了给他黑色长矛的小矮人的事情，并告诉他，就是这把长矛杀死了野猪。

他们一直在那儿待到傍晚，然后一起动身回去。天完全黑下来的时候，他们走到一座长桥前，桥下是湍急的河流。

"你先走吧。"哥哥说。

弟弟走在了前面。他走到桥中央时，哥哥突然朝着他的后脑死命一击，弟弟倒在地上，当场死掉了。凶手把他的尸体扛下桥，随手埋在了桥底的河岸上，再把野猪驮在自己的肩膀上，带着它去见了国王。

"我干掉了这家伙，"哥哥说，"不过，我到现在都还没见到我那可怜的弟弟。希望他平安无事。"

国王信守了诺言，让哥哥迎娶了公主为妻。一小段时间后，还是没有弟弟的音信，他便说："恐怕，那该死的野猪在遇上我之前，已经把弟弟给咬得支离破碎了吧。哦，我可怜的弟弟啊！"

每个人都相信了他的谎言，他们也都觉得，这件事该告一段落了。

但没有什么可以瞒过上帝的慧眼。许多年后，有位牧羊人赶着他的羊群过桥。他看到有个东西正在闪着白光。牧羊人忽然觉得自己有义务去处理一下这件事情，因此就下了河岸，把那东西捡了起来。那是一段白得像雪的骨头。他把它带回了家，用它雕了个吹口，装在了他的号角上。

不过，令他感到惊讶的是，才刚吹进第一口气，骨头就自己唱起了歌来：

> 牧人哪，既然你吹响了号角，用我来演奏，
> 那么，就让我的声音，再次回到人间吧。
> 因为我哥哥无情地杀害了我，
> 将我埋葬，还偷走了野猪。
> 他做了这卑鄙又残忍的恶事，
> 只为娶到国王的女儿。

"可真是个神奇的吹口啊！"牧羊人感叹，"它竟然能让我

的号角自动演奏。我必须把它献给国王。"

　　牧人把号角带到国王那儿，它又开始唱起歌来，就跟之前一样。国王可不像牧人那样愚钝，一听就明白了当年的事情。他用铲子将桥下的泥土挖开。一副白骨躺在那儿，相当完整，但缺了一块。

　　坏哥哥无从抵赖。国王当即下令，将这罪人缝进一只麻布袋里，溺毙在他弟弟所埋葬的那条河岸旁边。而弟弟的骨头，则被移置教堂的院落，长眠于一处十分漂亮的墓穴中。

附注

故事类型：ATU780，"唱歌的骨头"

故事来源：多萝西娅·菲曼讲给格林兄弟听的一个故事

相似故事：Alexander Afanasyev: "The Miraculous Pipe"(Russian Fairy Tales); Katharine M. Briggs: "Binnorie" (Folk Tales of Britain); Italo Calvino: "The Peacock Feather" (Italian Folktales)

除去故事中唯一的两项超自然设定，即送给弟弟那柄专门用来猎杀野猪的黑色长矛的矮人，以及会唱歌的骨头，这个故事几乎就跟约翰·彼得·希伯尔那本十分流行的民间故事选集《莱茵河地区家庭聚会用的故事百宝箱》中的某个平凡的故事一模一样。那本书出版于1811年，比格林兄弟的《儿童与家庭童话集》的初版还要早一年。由希伯尔所撰写或记录的故事特点在于：描述的通常是大众每日可见的真实生活，没有任何超自然设定，却安排或诙谐、或感人、或充满正义感的角色作为主角，来推进故事。"因为机缘巧合，而使谋杀事件的真相大白于天下"这样的设计，在他那本写满奇闻异事的书中，出现过不止一次。

但实际上，超自然元素对于本篇而言十分重要。在《儿童与家庭童话集》及其他一些重要的童话选集中，也是十分常见的。有时，吟唱出真相的魔法道具会是一根白骨，有时是芦苇，有时则是用受害者的胸骨和头发制成的竖琴（比如不列颠民间故事《宾诺里》）；无论如何，凶手必将得到惩办，真相终究会水落石出。

第十九个故事

魔鬼的三根金发

曾有一位穷苦的女人生了一个儿子，头上戴着层天然的胎膜。这是一种吉兆，村里的占卜师听闻后，预言说他是十四岁的时候将会迎娶国王的女儿。

　　几天后，国王来到这个村子。当时，他正在全国范围内微服出巡，因此村里没人认得出他。国王问最近村子里发生了什么奇怪的事、有没有什么新闻、村里人都在谈论些什么等诸如此类的问题时，人们就把这个胎膜覆头的婴儿告诉了他。他们说，显然这预示着那婴儿将要行大运了，他十四岁时将会迎娶国王的女儿。

　　国王是个没什么气度的人，这则预言让他很不开心。他动身前往孩子的父母那儿，说："我亲爱的朋友，听说你们最近诞下了一个幸运的男孩。而我还算是个有钱人。因此，这应该就是他给你们带来的第一桩幸事：把你们的孩子过继给我吧，我会好好照料他的。"

　　起先，这对夫妇拒绝了，但当他提出要马上支付他们一大笔黄金时，夫妻俩终于开始意识到他所提要求的价值。他们说："好吧，他确实是个幸运的孩子，周遭一切都会导向对他有利的方向。"他们最终同意了国王的提议，把孩子过继给了他。

国王把孩子放进一个木条箱里，带着他骑马离开了。他来到一处很深的溪流旁，将木条箱扔进了水里，心想："这也是为未来着想，我总算是从一个根本不受欢迎的求婚者那里，救下了自己的女儿。"

接着，国王便策马回宫了。如果他多待一会儿，就会发现箱子根本就没有像他希望的那样下沉，而是像小船一样漂浮着，往下漂到离首都不到两公里的地方。那里碰巧有一座水磨坊，箱子被卡在了水车的叶片上。磨坊主的学徒正好在钓鱼。他用钩头篙把木箱捞了上来，以为里面有珠宝。当他打开箱子，却吃惊地发现里面有一个小孩，脸蛋粉嫩水灵。婴儿对他来说，一点用都没有，便将他带给了磨坊主和他的妻子。他们都很高兴，因为夫妻俩并无子嗣。"肯定是上帝把他带给我们的。"他们感慨。

就这样，磨坊主夫妇对这个孩子视如己出，悉心照料，教导他如何注意礼节，坚持善良和诚实的美好品格。

时间流逝。多年以后，国王外出狩猎，碰巧遇到暴风雨，来到这座磨坊里避雨。与磨坊主及其家人交谈的过程中，他问起这个英俊的年轻人是不是他们的孩子。

"不是的，"夫妻俩说，"他是个弃婴。十四年前，被人装在木条箱里漂流到这儿，是我们的学徒把他捞了上来。"

国王意识到这个男孩不是别人，正是他亲手丢进溪流里的幸运男孩。他说："我的好子民们，你们能让这个年轻人帮我带一封信给王后吗？如果他办成了，我就给他两块金币。"

他们同意了，随即叫来了男孩，让他做好准备。与此同时，国王向磨坊主借了纸笔，给王后写信："送这封信的男孩一到，就马上将他处死、埋掉。这件事必须在我回宫前完成。"

男孩取了信就上路了，但他很快就迷了路。夜幕降临，他在一座大森林里游荡。夜色越来越浓，他看到树丛间有一缕明亮的光。这是他唯一能够看到的光亮，因此他开始朝着光亮前进。走不多远，他发现自己来到了一座林间小屋的门口。屋子里有个老女人，坐在炉火前打盹。看到男孩，她立即坐了起来，说："你从哪儿来？你要到哪里去？"

"我是从磨坊那边过来的。"男孩说，"正要把这封信送到王后那里。不过我在森林里迷路了，请让我在您的小屋里过夜吧。"

"你这可怜的年轻人啊，"老女人说，"这屋子实际上是林间强盗们的据点，他们现在出去打劫了。一旦他们回来就会马上杀了你，必定如此。"

"让他们来吧，"幸运男孩说，"我可一点都不怕强盗。不过，我现在真得躺下睡一会儿了，实在累坏了。"

他倒在一张长椅上，瞬间就睡着了。不久强盗们回来了，他们愤怒地问："躺在这儿的孩子是谁？"

"他不过是个无辜的男孩，"老女人说，"他在森林里迷了路，又累得不行，我只好让他在这儿躺一会儿了。他身上带着一封给王后的信。"

"就他？"强盗首领说，"我们不妨拆来瞧瞧。"

他们把信从男孩的口袋里取出，打开，小心地将信中的内容念了出来：男孩一把信送到，就会被当场处死。

"噢，这事儿可办得太不地道了，"首领说，"多么肮脏的诡计啊。"

即便是素来狠心的强盗，也觉得男孩很可怜。强盗首领取来一张新的信纸，写了封信，内容是：男孩一把信送到，就立刻让他跟自己女儿结婚。他们由着男孩好生安睡，直到天亮。他醒来后，强盗们就把信还给了他，并给他指明了前往王宫的路。

他抵达王宫，将信交给王后，王后马上安排了一场盛大的婚礼，让男孩和公主结婚。男孩长得很英俊，待人温柔有礼貌，公主本人也很满意。

国王回来，发现多年前村里的预言竟成了现实。一番周折后，男孩终究娶了国王的女儿。

"怎么会出这样的事呢？"他问王后，"你难道没看我给你写的信吗？我压根儿没提结婚的事呀。"

王后把那封信取来给他看。国王读过后，明白了是怎么一回事。他派人把幸运男孩叫来，说："这封信是怎么回事？我没有写这样的一封信，给你的那封里面写的是完全不一样的内容。你能解释解释吗，嗯？"

"抱歉，我恐怕没办法解释，"男孩回应，"我在森林里过了一晚，肯定是在我睡着的时候，被什么人给偷偷换掉了。"

"无论如何，你都别想跟这件荒唐的事撇清关系！"国王咆哮道，"不管是谁，要想娶到我的女儿，都必须去地狱走上一遭。为我带回魔鬼头上的三根金发才行。"

"哦，我能做到，"男孩说，"我会把魔鬼的三根金发带来，交到您的手上。我根本就不怕魔鬼。"

男孩告别众人出发了。他所到的第一个地方是一座大城市。城门口那儿，有位看门人拦住了他。

"你是靠什么谋生的？你知道些什么有用的情报吗？"

"我什么都知道，"男孩说，"即使是我不知道的事儿，我也会找出真相。"

"很好，你应该可以帮我们一个忙。在这个城市的集市广场那儿，有一口喷泉，以前能喷出美酒，但现在连水都喷不出来。你知道是怎么回事吗？"

"向你保证，我会找到症结所在的。"男孩说，"在我回来的时候就会告诉你。"

他继续向前，很快来到一座小镇里，那里的卫兵问了个同样的问题："你是靠什么谋生的？你知道些什么有用的情报吗？"

"我什么都知道，"男孩也一样回答道，"即使是我不知道的事儿，我也会尽力找出真相。"

"那么告诉我，公园里曾有棵结满金苹果的大树。不过，最近也不知道是哪里出了问题，就连叶子都不长了。"

"交给我来解决吧，"男孩说，"在我回来的时候，就告诉你是怎么一回事。"

他向前走了一段，来到了一条大河边。那里有位摆渡人，正在码头等客。

"你是靠什么谋生的？你知道些什么有用的情报吗？"

"我什么都知道，"男孩还是以同样的话来应对，"即使是我不知道的事儿，我也会找出真相。"

"嗯，这儿正好有个问题可以拿来问你。为什么我这辈子都在这条河上摆渡，却没有人来替代我？"

"别担心了，"男孩说，"我会为您找到答案的，我保证。"

过河不久，男孩找到了地狱的入口。里面昏暗无光，烟雾缭绕，令人极为不快。魔鬼此时不在家，魔鬼的外婆倒是在。她正坐在一张巨大的扶手椅上读报纸。

"你想要什么？"她说。

她看起来不像是坏人。于是，男孩便把自己的来意告诉了她。

"国王说，如果我不能从魔鬼头上取得三根金发，"他说，"我就不能再跟我心爱的妻子在一起了。"

"这可不是件容易事，"外婆说，"如果他发现你在这里，很可能会把你一口吃掉。不过，你这男孩，长得那么英俊，真是让人怜惜。我会尽我所能来帮你的。首先，我需要把你变成一只蚂蚁。"

她这样做了，将男孩变成的蚂蚁放在指尖上，确保他能听清楚她所说的每一句话。

"躲进我的长裙里，"外婆说，"我会帮你摘下三根金发的。"

"还有一件事，"蚂蚁说，"我需要知道几个问题的答案。为什么集市广场上的喷泉，很长时间都没有喷水了？它过去可是能够喷出美酒来的。为什么公园里的苹果树，突然片叶不生了？它过去可是能够结出金苹果来的。为什么摆渡人必须一直不停地为往来大河两岸的人摆渡，不得解脱呢？"

"这些也都不是很简单的问题，"她说，"我不能向你保证些什么。不过，请你保持安静，听听看他会怎么说吧。"

蚂蚁点了点小小的脑袋。外婆把它放进了自己长裙的褶皱里。刚好这时候，魔鬼回家来了，一到家里，他马上大声咆哮起来。

"怎么回事？"外婆说。

"人类！我能闻到人类的气味？谁来过这儿？嗯？"

他在屋子里四处走动，举起椅子，搜寻每一个可能的角落。

"看在撒旦的份上！"外婆说，"我刚把这儿清理干净，你难道看不见吗？你又把一切给弄得一团糟了。赶紧坐下，喝你的汤去吧。不要再疑神疑鬼，小题大做了。"

"但是，"魔鬼咕哝道，"我明明闻到了。"

但他还是坐下来，大口喝着汤。吃完后，他躺下来，把脑袋枕在外婆的膝盖上。

"帮我捉捉头发里的虱子吧，外婆。"他说。

她开始帮他捉起头发里的虱子来。没过多久，魔鬼就睡着了，打起鼾来。外婆一听到鼾声，立即拽起一根金发，用力拔了下来。

"嗷！"魔鬼大叫一声，瞬间醒了，"你这是在干吗呢？"

"我做了个梦。"外婆小心地把金发藏在魔鬼看不到的地方。

"什么样的梦？关于什么的？"

"梦里有个喷泉，"外婆说，"就在市集广场中央。很多年以前，它是可以喷出美酒来的，足够让每个人尽情享用。可现在，它连一滴水都喷不出来了。"

"愚蠢的人类，"魔鬼低声呢喃着，又把头靠在了外婆的膝盖上，"只要他们掀起喷泉底部的石块，挖出一只躲在那里的蛤蟆，将它打死，就又能喷出美酒来了。"

外婆又继续帮他捉起虱子。很快，魔鬼又开始打鼾了。外婆在他那头蓬乱蜷曲的头发里翻找了半天，找到了另一根金发，拔了下来。

"嗷！你怎么又来一次啊？"

"对不起，我的甜心宝贝，"她回答，"我又做了个梦，我也不知道自己在做些什么。"

"咦，又一个梦吗？这次又是关于什么的？"

"公园里有棵大树，现在是片叶不生。但就在几年前，它还能够结金苹果。"

"这帮蠢货，连自己的镇上发生了些什么都弄不清楚。只要在那棵树的树根附近翻土挖洞，就可以找到一只一直不停啃着树根的老鼠。把老鼠捉住，将它打死，就会再结出金苹果来。"

"原来如此，"外婆笑道，"如果我有跟你一样聪明，就没必要一遇到事儿就叫醒你了。好了，快继续睡吧，我的小乖乖。"

魔鬼挪了挪身子，又把脑袋靠在外婆的膝盖上。不一会儿，鼾声再度响起。这一次，她等待得稍微久了一点，觉得时机差不多了，便飞快地拔出第三根金发，将它和前两根放在一起。

"嘿！你怎么这样弄个不停啊！愚蠢的老女人，你是不是有什么毛病啊！"

"没事，没事，"她温柔地回应，"肯定是做汤用的那块奶酪不太对劲。吃了那个，我一做起梦来就做个不停。"

"我才懒得管你和你那一大堆的梦呢！如果你敢再来一次，我一定会狠狠揍你一顿的！这次的梦又是什么？"

"我梦到一位摆渡人。他年复一年地在大河上摆渡，把旅人们运来又运去，却永远找不到人来代替他。"

"哼，这些人类都是白痴吗？他需要做的很简单，只要把撑船用的杆桨递给下一个打算渡河的人就行了，那个人将不得不替代他的位置。"

"原来如此，"外婆回应，"你继续睡吧，我漂亮的孩子。我不会再做梦了。"

这一晚之后的时间，她没再折腾魔鬼，魔鬼当然也就睡得很熟。第二天一早，魔鬼醒来后就出门了。外婆等了一会儿，确定魔鬼走远了，才把蚂蚁从裙子的褶皱里放出来，将他变回了人形。

"你都听见了吗？"她问。

"每一个词都听得清清楚楚，"男孩回答，"对了，您拿到三根金发了吗？"

"在这儿。"说完，她就把金发交给了他。

作为一个礼貌的年轻人，他再三谢过了魔鬼的外婆后，才重新上路。他十分开心，因为他得到了一切他所需要的。

他回到大河边时，摆渡人问他："你找到我问题的答案了吗？"

"先把我带过河去。"男孩回应。他们来到了对岸，男孩才说："你需要做的很简单，只要把撑船用的杆桨递给下一个打算渡河的人就行了。那样一来，你就自由了。"

男孩继续赶路，回到那个长有一棵枯树的小镇。卫兵也在等着他的解答。

"杀掉那只一直不停地啃着苹果树根的老鼠，就又会结满金苹果了。"男孩告诉他。

小镇的镇长和居民们十分开心，送了他两头驮满金子的驴子作为酬谢。男孩领着驴慢慢回去，停在了干涸的喷泉所在的城市。

"把喷泉底部的石块掀开，杀死藏在下面的那只蛤蟆。"他说。

他们马上照男孩所说的做了，喷泉果然喷出了美酒。他们一同举杯，祝男孩身体健康。作为酬谢，他们送了他两头驮满金子的驴子。

男孩牵着四头驮满金子的驴回了王宫。每个人见到他都很高兴，尤其是他的妻子。国王看到驴子，和它们身上驮着的金子时，也十分开心。

"我亲爱的孩子！"他说，"见到你可真太好了！哦，还有这三根魔鬼脑袋上的金发——多么杰出的艺术品啊——来人，把它们安置在餐具柜旁边。对了，你这些金子都是从哪儿弄来的？"

"有位摆渡人引我过了一条河。在河的那一岸到处都是黄金而不是沙子，你想拿多少就有多少。如果我是你，就多带几个麻袋赶过去。"

贪婪的国王立即启程了。他日夜赶路，来到了河边，然后不耐烦地招呼摆渡人过来。

"坐稳了，"在国王踏上船的时候，摆渡人说，"不要给我添麻烦。对了，你介意帮我拿一下杆桨吗？"

国王也没多想，就把摆渡人的杆桨接过来。而摆渡人立即跳到了岸上。他笑着，唱着，蹦蹦跳跳地走掉了。国王则不得不永远留在船上，为数不尽的渡客摆渡，作为他所犯罪孽的惩罚。

故事类型：ATU930，"预言"；后半部分为ATU461，"魔鬼的三根胡须"

故事来源：多萝西娅·菲曼讲给格林兄弟听的一个故事

相似故事：Alexander Afanasyev: "Marco the Rich and Vassily the Luckless" (Russian Fairy Tales); Katharine M.Briggs: "Fairest of All Others", "The Fish and the Ring", "The Stepney Lady" (Folk Tales of Britain); Italo Calvino: "The Feathered Ogre", "The Ismailian Merchant", "Mandorlinfiore"(Italian Folktales); Jacob and Wilhelm Grimm: "The Griffin"(Children's and Household Tales)

　　与《三片蛇叶》类似，这则故事分成两个部分。在该故事的一些不同版本当中，生来就注定与一位富人成婚的孩子（通常是个女孩）要实现预言，需要面对另一类型的考验：不再需要从魔鬼头上取得三根毛发（或者从食人魔身上拿到三根装饰用的羽毛，诸如此类），而是必须找到因为不愿意同另外一个女人结婚而扔到大海里去的、属于新郎的一枚戒指。在找到戒指之前，婚礼无法举行。而这枚戒指，恰好被一只大鱼给吞到了胃里。相比较而言，我还是喜欢这个版本，因为男孩得到的奖赏并不仅仅因为幸运，勇气也同样重要。

第二十个故事

没有手的女孩

曾有一位磨坊主，一步步地滑入贫穷的深渊，直到他只剩下磨坊，和磨坊后面一棵高大的苹果树。有一天，他到森林里去拾柴，一个从来没有见过的老人突然出现在他面前。

"你何苦亲自到森林里拾柴呢？"老人说，"只要你答应我，把在你磨坊后面的东西——不管是什么，把它给我，我就能让你变得富有。"

"我磨坊后面的东西？"磨坊主心想，"应该就是那颗苹果树了吧。"

"成交，"他说，"我答应你。"

老人出具了一份合同，磨坊主当场签名画押。在收起合同的时候，老人的脸上泛起诡异的微笑。

"我下次过来的时候，再来取它，"他说，"时间是三年以后，你可千万不要忘记了。"

磨坊主匆忙回家，他的妻子站在门口迎接。

"亲爱的，"她说，"你绝对猜不到家里发生了什么！一箱箱一盒盒的金银珠宝堆满了屋子——是在一瞬之间出现的——每个箱子，每个盒子都装得满满的，全是金币、纸钞、首饰，和各种各样的好东西——它们究竟是从哪儿来的？莫非仁慈的上帝终于眷顾我们了？"

"他履行了合同上属于他那部分的义务了，"磨坊主念叨了一句，将那位神秘老人的事告诉了妻子，"我需要做的，不过是把磨坊后面的东西交给他。我想，这屋子里的财宝，总该比区区一棵苹果树值钱吧？"

"噢！亲爱的！你不知道自己都做了些什么！你遇到的肯定是魔鬼！他所说的根本就不是苹果树。他说的'磨坊后面的东西'是我们的女儿！她现在正在磨坊后面的小路上扫地呢。"

磨坊主的女儿是个十分可爱的女孩，在随后的三年里，她每天都向上帝虔诚祷告。魔鬼要来的那天到来时，她将自己从头到脚洗了一遍，穿上一身白衣，用粉笔绕着自己画了个圈。天刚刚亮，魔鬼就按约而来，但他发现自己没法靠近她。

他对磨坊主说："你这头老蠢驴，让她把自己洗得一尘不染，是什么居心？不许给她水，一滴都不许给！如果就让她这么保持干净的话，我根本就没办法碰她。"

磨坊主害怕极了，只好照魔鬼的意思去办，一滴水都不给他的女儿，不管她多么渴。第二天一早，魔鬼又来了。

"你瞧瞧！她的双手还是一尘不染的！你为什么让她洗手啊？"

原来，女孩整整哭了一夜，泪水落在手上，把双手洗得一尘不染。魔鬼很生气，因为今天还是没办法碰她。

"好吧，"魔鬼说，"你现在就去把她的双手给砍下来。"

磨坊主吓坏了。"我做不到！"他哭道，"这可是我亲生的孩子——我不能这样对她！"

"如果你不做，我就直接把你给带走好了。"魔鬼回应。

在磨坊主看来，自己的生命还是比女儿的更重要些。他只好走到女孩身边，说："我亲爱的女儿，我只好把你的双手给砍掉了。否则的话，魔鬼会把我给带走的。我很害怕。原谅我吧，孩子！帮帮我这个忙，原谅我吧！"

女孩说："亲爱的父亲，我是您的女儿，您想对我怎样都行。"她伸出双手，让父亲用利斧把它们斩断了。

第三天魔鬼又来了，可这女孩一直都在哭泣，泪水将残肢冲洗得十分干净，仍旧是一尘不染。魔鬼只得放弃女孩，因为按照合约，他只能过来三次。

磨坊主说："我的乖女儿，全是因为你，我们家现在才能够如此富裕。你不需要再做什么，我向你保证，你一辈子都可以锦衣玉食，享尽奢华。"

但女孩说："我不能再在这儿待下去了。我必须离开。那些有同情心的人们，自然会给我所需要的东西。"

她请父母帮她把残肢绑在身后，离开了家。女孩走了整整一天，直到天黑后才停下脚步。那天晚上月光闪耀，隔着一条大河，她看到对岸有一片皇家花园，花园里栽种的树上结满了水果。女孩想吃点东西，但因为那条河，她没有办法到那儿。

她整整一天都没有吃东西，她饿坏了。她想："唉，要是我能够在花园那边就好了！我可以直接吃那些长在树上的水果。如果我没办法过河，就会饿死在这里。"

她跪在地上祈祷。这时，一位天使出现在她的面前。他飞到河边，关掉了水闸。河水瞬间干涸。就这样，女孩可以直接步行过去了。

她走进花园里，天使紧随其后。女孩看到一株结满熟透梨子的果树。这些梨子已经预先被标了号，以免被人偷吃。但女孩实在没有办法控制自己。她快步走到树边，吃了一个梨子，仅仅一个就足够压制住饥饿了，不需要再多吃了。吃完梨子，她便躺倒在附近的一片灌木丛中睡下了。

园丁目击了整个过程，但看到天使后便料想女孩是个精灵。所以他只是默默看着，不发出一点声音。

第二天一早，国王来到花园四处巡视。他一眼就发现梨子被人吃了一个，便叫来了园丁。

"噢，我尊敬的陛下！昨晚，有个精灵穿过大河，来到花园里吃掉了树上的梨子。那东西完全没有手，尊敬的陛下！"

"那她是怎样穿过大河的呢？"

"有位天使从天而降，关闭了水闸，让河水瞬间干涸了。当时我很害怕，没敢叫出声阻止他们。对了，在精灵吃过梨子后，就消失不见了。"

"难以置信，"国王说，"我想，今晚我最好和你一起守着花园，看看究竟会发生什么。"

这天晚上，国王悄悄来到了花园，随他而来的还有一名牧师，如果精灵再次出现，牧师会负责与它交流。他们在梨树附近坐下，静静等待。到了午夜时分，女孩从灌木丛里出来，走到树边，吃了一个梨。一位全身白衣的天使，守护在她身边。

牧师走过去，问："孩子，你是从哪儿来的？是上帝派你来的，

237

还是从这世界的其他地方前来？你是精灵，还是人类？"

"我不是什么精灵，"女孩说，"我是个很可怜的女人，除了上帝，所有人都离弃了我。"

国王听到她说的话，站了出来，说："就算整个世界都离弃了你，我也不会。"

他把女孩带回城堡。她是那样美丽、温柔、善良，国王深深爱上了她，娶她做了自己的妻子，还为她专门打制了一双纯银制作的手。他们幸福快乐地生活在一起。

一年后，国王不得不带兵亲征。临走前，他把年轻的王后托付给母亲照料。"如果她生下孩子，"国王说，"请务必照顾好他们。有什么新的消息，马上给我写信，派人火速送来给我。"

不久，王后诞下了一个漂亮的男婴。国王的母亲给儿子写信，告诉他这个振奋人心的消息。

然而，在给国王送信的路上，信使在一条小溪边停下休息。在这一长段时间里，之前那个魔鬼始终都在监视着女孩，下决心要摧毁掉她现在的幸福生活。趁着信使睡着的当儿，魔鬼取走了信，并伪造另一封家书，诬蔑王后生下的根本不是孩子，而是一头怪兽。

国王读后又是吃惊又是沮丧，但还是回信请母亲好好照顾王后，安抚她的情绪，直到他回来。在回去的路上，信使又在老地方睡着了，魔鬼再次现身，再度偷梁换柱，篡改了信的内容。这封信里提到，他们应该马上处死王后和她的孩子，刻不容缓。

国王的母亲读到信后既震惊又害怕。她又给自己的儿子写了封信，但得到的仍是相同的回复。因为魔鬼一直在关注这件事的动向，不停地更换双方的信件。在最后一封信里，国王甚至下令，要他们在处死王后之后，把她的眼睛和舌头割下来，作为确认处死的证据。母亲读过信后，为无辜的死亡痛哭流涕。但她有了个主意，派心腹杀了一头母鹿，把它的眼睛和舌头割了下来，妥善地保存起来。

"我亲爱的儿媳啊，"她对王后说，"你不能再在这里待下去了。不知道为什么，国王竟下了这道可怕的命令。但命令就在这里，是他亲笔写的。现在，你唯一能做的事情，就是赶紧带着孩子逃走，再也不要回来了。"

国王的母亲把尚在襁褓中的婴孩用绳子绑在他妈妈的背上，而那可怜的女人哭泣着，再次离开了。她走啊走，一直走到一片又黑又深的森林里。她在那儿跪下来祈祷。

跟之前一样，一位天使出现在她眼前。这次，他把她引到一处小屋前。小屋的门口挂了一个牌子，上面写着："此处欢迎任何人的光临，屋内一切免费。"

一位全身如天使般洁白的女仆从屋里出来，说："尊敬的王后，快请进来吧。"

女仆把婴儿从她背上解下来，抱到王后胸前，方便她喂奶，又带他们看了布置得十分漂亮、舒服的床铺。

"你是怎么知道我是王后的？"

"我是天使，是上帝派我过来照料你们的。在这里，你什么都不需要担心。"

就这样，她在这个小屋里一住就是七年。她和她的儿子都过得很好。这段时间里，由于上帝的怜悯，还有她每天虔诚祷告的缘故，那双被砍掉的双手又长了出来。

国王打战完回到家，迫切想见见自己心爱的妻子和孩子。

他的老母亲哭泣着说："你这个坏东西！怎么能忍心说出那样的话，竟然想要处死他们母子！"

国王很惊讶，但母亲给他看了那几封魔鬼伪造的信件。"我照你说的去做了！"她说，"这就是你要的证据——你妻子的眼睛和舌头。"

国王顿时大哭不已，哭得比他母亲还厉害。后来，母亲心疼自己的孩子，说："这里确实发生了一些罪恶的事情。不过，倒也没有理由哭得那么伤心，因为你的妻子还活着。我给你看的，不过是一只母鹿的眼睛和舌头。当年，是我亲手把你的儿子绑在了你妻子的背上，让她快点逃走，永远都不要回来，因为你对她很生气。"

"你做得很对。"国王说，"这件事情肯定是魔鬼使的坏。我现在要立即动身，出发去找到她们。我发誓要不吃不喝，不眠不休地寻找，直到找到我亲爱的妻子和可爱的孩子。"

国王花了差不多七年时间，几乎走遍了整个世界。他找过每一处洞穴和小屋，每一个城镇和乡村，却依旧没有半点她的消息。他开始担心，她会不会是已经死掉了。因为发过誓的缘故，在这七年的时间里，他什么也没吃，什么也不喝。多亏上帝对他的偏爱，才让他一直活到现在。终于他来到大森林前，在那里找到了一座小屋，门前的牌子上写着："此处欢迎任何人的光临，屋内一切免费。"

白得如雪一般的天使从屋子里出来，她牵着国王的手，进了屋子。

"欢迎，尊敬的陛下！您是从哪里来的？"

"我在这世界里四处行走，如今已快到第七个年头了。"他回答，"我一直在寻找我的妻子和孩子，但哪儿都找不到他们。"

天使为他准备了一些食物和饮料，但他回绝了。他告诉天使自己想休息一会儿。他躺下来，在自己的脸上蒙了一块手帕。

天使进了隔壁的房间。王后和她的儿子就坐在隔壁的房间里——她给这个孩子起名叫"哀恸"。

天使说："去客厅吧，把你的儿子带上。你的丈夫过来找你们了。"

她跑到国王正躺着的地方，恰巧看到手帕从他的脸上滑落。

"快把那手帕捡起来，哀恸，"她对儿子说，"再小心地盖回到你父亲的脸上。"

儿子把手帕捡起来，把它重新盖到国王的脸上。国王听到了他们所说的话，故意动了动，让那条手帕再一次滑落。

儿子有点不耐烦了，说："妈妈啊，这个人怎么会是我的父亲，我又怎么能随便把手帕盖在他的脸上呢？你之前不是告诉过我，在这个世界上，我并没有父亲，我的父亲是天父，而他住在天堂里吗？天父，就是当我说'我们仁慈的主啊，天堂是多么美好的地方啊'的时候，听我祷告的那位啊！这个流浪汉怎么会是我的父亲呢？"

听到这话，国王坐起身，问面前的女人："你是谁？"

"我是你的妻子，"王后回答，"这个是你的儿子，哀恸。"

但国王看了看面前女人的手：那是双真正的、能够灵巧活动的手。

"我妻子有双白银制成的手。"国王说。

王后回应说："多亏上帝的恩悯，让我的双手又长了回来。"

天使去另一个房间取回那双银制的手，这才让国王确信面前的站着的就是自己深爱的妻子和儿子。他吻了他们，拥抱了他们，高兴地说："我心口一直悬着的巨石，总算是能够落地了！"

天使招待他们三人吃了些东西，然后他们便一起回家，回到他们善良的老母亲身边。消息传遍了全国，每个人都高兴坏了。国王和王后又举行了一次婚礼。从此以后，他们幸福快乐地生活着。

附注

故事类型：ATU706，"没有手的姑娘"

故事来源：玛丽·哈森普夫卢、多萝西娅·菲曼和约翰·保尔讲给格林兄弟听的一个故事

相似故事：Alexander Afanasyev: "The Armless Maiden"(Russian Fairy Tales); Katharine M. Briggs: "The Cruel Stepmother", "Daughter Doris" (Folk Tales of Britain); Italo Calvino: "Olive", "The Turkey Hen" (Italian Folktales)

这是篇流传甚广的故事。内容的各项要素时而生动鲜明，时而又恐怖诡异。结局部分令人满意，王室家庭得以重逢，连被砍掉的手都复原了。读完故事，在我们的脑海中或许会浮现出这样一幅十分经典的画面：地点是月光闪耀的皇家花园，那位美丽的、没有手的女孩，穿着一件雪白的长袍，在一位天使的引领下，小心翼翼地走向一个悬在树上的梨子。这幅画面十分动人，同时也令人感到有些古怪。

仔细想想，故事中还是有不少细节，容易令人反感。最令人厌恶的，应该是磨坊主懦弱自私的行为。女主角的凄惨经历，完全是因他而起。尽管这样，磨坊主最终也没有付出任何代价，或者受到什么责罚。至于"无论发生什么事情，只要祷告就能解决"以及"决不能动摇对上帝的虔诚"这样的说教式基调，也让人不快。让那可怜女人的手再次生长出来的神迹式设定，更是荒谬无稽。

"但是，童话不就应该全是些荒谬无稽的事吗？"

不是的。在《杜松树》中，小男孩的复活就令人感到十分真实可信，也并不让人产生任何不快情绪。而本文中的双手再生就显得有点傻。我们不仅不会被所谓"神迹"打动，反而会觉得这段内容既刻意又无谓——

实在可笑。尽管如此，这则故事，还有其他几则类似故事却给大量听故事的人们造成了极其深刻的印象，也正是因此，它才会如此广为流传。究其原因，或许是因为很多人都喜欢听这种囊括了血腥暴力、慕残情愫，以及"普通人无法达成的虔信"这三种要素的故事吧。

第二十一个故事

和小精灵有关的故事

第一个故事

从前,有位鞋匠变得非常穷(尽管他自身并没有做错些什么),连作坊里多余的皮革都找不到了——剩下的只够再做一双鞋而已。傍晚的时候,他就把皮料给裁好了,打算第二天一早做这最后一双鞋。皮料裁完,他就早早地回床休息了。善良如他,念完晚祷词,便安心入睡了。

第二天一早,鞋匠起床,随便吃了一点干面包,坐在工作台前,令他惊讶的是,那双皮鞋竟然已经做好了。他把鞋子拿起来,凑到眼前,从各个角度细细端详。每一处针脚都缝得干净利落、精细准确;所有的料件都配合得严丝合缝。就算是他亲自来做,也不可能做得更好。

很快就有一位顾客上门来了,要的也正好是手上这双鞋的码子。他出了个好价钱,买下了这双鞋。

这笔钱足够鞋匠再去买可以做成两双鞋的皮革。他也这么照办了。跟之前一样,还是在傍晚的时候把皮料裁好,打算在明早起来后,精神饱满地继续做下去。但显然,他不需要再做什么了:隔天醒来,那两双鞋子已经完成,和前一天的情况一样。那工艺简直就像是由大师级的工匠所缝制的。这两双鞋很快找到了买家，鞋匠又有了足够买下可供做四双鞋的皮革钱了。接下来的一天，那四双鞋也完成了，他很快将它们卖掉。如此循环：每天差不多傍晚时分，他都会把皮料裁好，第二天一早拿到做好的鞋子。没多久，他的收入就变得十分可观。又过了一段时间，他成了有钱人。

离圣诞节不远的某天傍晚，他还是如往常一样，裁好了足够做一大批新鞋的皮料。回床就寝时，他对妻子说："对了，我们今晚为什么不稍微晚一点点睡，看看有没有办法找到那位一直帮助我们的人呢？"

他的妻子也觉得这是个不错的主意。他们点了油灯，藏在工作间角落里挂着的一堆衣服后面，偷偷观察。

午夜时分，两个全身一丝不挂的小矮人从门底下挤了进来，跳到工作台上，开始按部就班地做起活儿。他们将裁好的料件缝合在一起的速度，快到鞋匠几乎无法相信！两个小精灵就这样一刻不停地工作着，直到所有的鞋子全部完工，才把鞋整齐地放在工作台上，从门底下溜回去。

第二天一早，鞋匠的妻子说："我觉得，我们应该为那两个小矮人做点什么，以回报他们所做的一切。毕竟，是他们让我们成为了富人。而他们两个，这么冷的天里，连一件衣服都没得穿。我决定了，我要给他们缝制几件衬衫和外套，还有内衣和长裤，对了，还要给他们一人织一双长筒袜。而你，可以给他们每人做一双小小的皮鞋。"

"这可真是个好主意！"鞋匠说完，他们马上开始忙活起来。

傍晚时分，他们不再在工作台上摆满裁好的皮料，而是摆上了做好的衣服，然后躲在角落里的那堆衣服后面，观察那两个小矮人会是什么反应。午夜时分，小矮人们从门底下钻进来，跟往常一样，跳上工作台，打算干活儿，但他们呆站在那儿，看着那堆小衣服，抓耳挠腮，不知如何是好。一小会儿，他们似乎知道了小衣服的用途。于是，他们开心地蹦来跳去，穿上衣服，一边把自己打扮得漂亮得体，一边随口唱起歌来：

我们现在比以前高贵得多——
我们不应该再当缝鞋匠咯！

小矮人像一对小猫似的，迅速蹦到椅子上、工作台上、壁炉边、窗棂上，最后一下子奔到门边，消失不见了。

他们再也没有回来，但鞋匠的生意却越来越好。自那以后，他不管做什么都很顺利，这对夫妻俩快乐而富足地生活着，直到他们生命的尽头。

第二个故事

从前有个十分穷苦的女仆，每天辛勤工作，竭尽所能完成她所有应做的活儿：打扫整间屋子，再把所有垃圾都堆到后门外。

有天早晨，就在女仆准备开始一天的工作前，她在垃圾堆中捡到了一封信。因为她不识字，只好把扫帚放在角落里，把信拿给她的女主人看。这是封来自小精灵们的邀请函，邀请女孩参加一个刚出生不久的精灵小孩的洗礼仪式，希望她当孩子的教母。

"我不知道应该怎么办呀，夫人！"她叹了口气。

"别担心，我知道这很为难，格雷琴，"女主人说，"不过我听说，拒绝精灵们的邀请可不是什么好事儿。你应该接受邀请。"

"好吧，您说是就是，夫人。"格雷琴答道。

女主人帮她写了一封接受邀请的回函。她把回函放在了之前找到邀请函的地方。她回头看的时候，回函已经不见了。没多久，有三个小精灵来到她的身边，引她去到一个中间空心的大山前。为了走进去，她不得不把头低下来。不过，她整个进入到山洞中后，不禁为洞中所有物什的美好精致吃了一惊：所有的精灵制品设计得都很精致漂亮，无法用文字来描述。

新晋妈妈正躺在一张很小的床上，床架是用最黑的乌木做成的，托住床垫的部分是半扇珍珠贝壳，床单全部用金丝绣上繁复的花纹。孩子的摇篮用整根象牙精雕细琢而成，小小的浴缸是纯金的。婴儿似乎还没有她的小指甲长。

女孩如约做了婴儿的教母，然后她向精灵们表明离意，因为明天一早她还要工作。但小精灵们恳求她留下来，只住三天就好。他们是那样情真意切，待她又是那般友好，她只好让步，跟他们一起度过了一段美好的时光。小精灵们取悦她，让她每天都过得很开心。

三天后，她告诉小精灵们，自己真的得回家了。他们在她所有的口袋里都塞满了金币，带她出了山洞。她往家里赶，在快接近中午的时候回到了大宅子里。她遗落的扫帚仍然放在角落里。她拿起扫帚，跟往常一样做起清扫工作。几个完全不认识的人从屋子里走出来，问她在干什么。原来，她的女主人已经过世了。而她并没有像她以为的那样在山洞里待了三天，而是待了整整七年。

第三个故事

一位母亲的孩子被小精灵们从他的摇篮里偷走了。精灵们还在原本孩子躺着的地方放了另外一个孩子：简直是头小怪兽，脑袋大得出奇，眼神呆滞无神，除了吃喝之外，什么都不会。

悲伤欲绝的母亲前去向一位邻居寻求帮助。邻居告诉一个办法：将那头小怪兽领到厨房，让他躺在壁炉前，再给壁炉点上火。她需要准备两个蛋壳，再在蛋壳里倒一点水，放在炉火上烤，直到把水烧开。这样会惹得他发笑，只要他一笑，这帮小精灵们的诡计就彻底破产了。

母亲执行了邻居的建议。她把蛋壳放在炉火上烤时，那个木头脑袋开始唱起歌来：

> 我的年龄，
> 就跟韦斯特瓦尔德山脉一样大，
> 但我从没见过有人会拿鸡蛋壳来烧水啊！

他笑个不停。不久，一大群小精灵出现了，把原本属于母亲的孩子放在壁炉旁边，又将怪胎孩子抬走。自那以后，这个女人就再也没有看见过小精灵。

故事类型：第一个故事：ATU503，"小矮人们的馈赠"；第二个故事：ATU476，"进到地下世界里去的助产妇"；第三个故事：AT504，"怪胎孩子"

故事来源：三个故事都是多尔特欣·维尔特讲给格林兄弟听的

相似故事：Katharine M. Briggs: "Food and Fire and Company", "Goblin Combe", "That's Enough to Go On With","The Two Humphs" (Folk Tales of Britain); Italo Calvino:"The Two Hunchbacks" (Italian Folktales)

以上收录的三则故事合辑，是《儿童与家庭童话集》中只能算作传闻或者片段侧写的民间故事。不论我们怎么称呼这类超自然生物——叫他们小精灵也好，矮人也好，或者（按照不列颠人的习惯叫法）称他们为"棕仙"[1]，跟他们打交道时，是存在某些确切的礼仪和规则的。按照英国民间故事的权威凯瑟琳·M.布里格斯的说法："如果棕仙们给你提供某种定期服务的话，任何形式的奖励行为，都会让他们离开；这似乎是条绝对的禁忌。"（《童话大辞典》）尽管她说得如此确定，但在她收录于《英国民间故事》中的《足够继续了》里，明显违背了这一说法。礼貌的孩子们得到了额外的奖励，而粗鲁的农民则受到了惩罚。照此看来，遇到会帮忙的棕仙，或许并不仅仅是件幸运的事情，一不小心，可能还会招惹麻烦。

第二和第三篇故事，确实能感受到编者的仔细和用心，甚至包括不少有趣的细节，但不过是奇闻异事。相比这两篇，第一篇可以说是最为普罗大众所熟悉的：

---

1 棕仙（Brownie），苏格兰传说中夜间帮人做事的小精灵，是地精的前身。

部分读者可能会发现，第一篇故事与毕翠克斯·波特[1]小姐的《格罗斯特的裁缝》之间，多少有一些相似之处。

1 毕翠克斯·波特(Beatrix Potter)，英国作家，代表作为动物童话故事集《小兔彼得和他的朋友们》。

强盗新郎

从前有一位磨坊主，他有个非常漂亮的女儿。她长到待嫁的年龄时，磨坊主便想为她找个合适的丈夫。"只要有一个让人尊敬的人来了。"磨坊主对自己说，"我就把女儿嫁给他。"

　　磨坊主把择婿标准公开后没多久，便有一位绅士过来提亲。磨坊主和他畅聊了一番，觉得他没有什么毛病，就答应把女儿许配给他。

　　但女儿却怎么也没法喜欢他。这个人身上有一些东西没法令她信任。不仅如此，只要她一想到他的样子，或者听人提起他的名字，就会发自内心地感到恐惧。

　　有天，未婚夫对她说："看看，我亲爱的未婚妻，我们不是已经订婚了吗？你却从来没来看过我。为什么不来我家呢？不管怎么说，那儿很快就也是你自己的家了。"

　　"我不知道你家在哪儿呀。"女孩回应道。

　　"我的家在那片森林里，"他说，"是个美丽的地方，你去看了就知道。"

　　"我可不认为，光凭我自己就能找到那儿。"女孩说。

　　"不，不，实际上你必须星期天过来才行。我已邀请了其他一些客人了，他们都很希望能够见到你。我会在森林里用草木灰撒一条小路，你顺着那条路走，就可以找到我家了。"

星期天到了，女孩心里生出了一种糟糕的预感。她宁愿做其他任何事，也不愿穿过那片森林，去未婚夫家。为防不测，她在口袋里放满了豌豆，准备用它们标明自己走过的路。来到森林边，她看到了草木灰做的标记。女孩顺着标记前进，每走一步，都会在左右两边随手扔下几粒豌豆。她走了几乎整整一天，直到来到一处树木长得极其繁茂、高大的地方，树下十分阴暗。就是这里，在这整座密林的中心，是她未婚夫的家。这里暗得骇人，安静得诡异，看起来就像是被废弃掉了。屋子里一个人都没有，只有一只关在笼子里的小鸟，就连这只鸟也让人感到毛骨悚然，因为它时刻不停地唱着同一首歌谣：

回头！出去！回家去！一路小心！
这儿可是杀人犯的凶宅！当心着点！

她抬头看了看那只笼中鸟，问它："你不能再告诉我多一些信息吗，小鸟儿？"

鸟儿却只是重复唱着那句：

回头！出去！回家去！一路小心！
这儿可是杀人犯的凶宅！当心着点！

准新娘从一个房间逛到另一个房间，但她没有看到任何一个人。她走到地下室，发现有个很老的女人，坐在壁炉前烤火取暖，摇着头。

"请问，您可不可以告诉我，我的未婚夫住在哪里？"女孩问。

"可怜的孩子，"老女人回答，"你为什么要来这座屋子呢？这里就是个强盗窝。你说要找你的未婚夫，哈——你唯一能嫁的人就是死神。看到炉火上的那一大锅水没？那正是他们命令我放上去烧开的。等他们回来，就会把你身上的肉一块一块削下来，扔到大锅里，好好烹煮一番，然后吃掉。他们就是一群食人魔！你太可怜了，但你是个天真无辜的小东西，又出落得漂亮。到这儿来吧。"

老女人把女孩领到一只巨大的木桶后面。从地窖的别处看，怎么都看不到这里。

"待在这儿，不要发出声音。"她说，"如果他们听到你的声音，你就完了。等他们全部睡着后，我们再偷偷逃出去。"

老女人说完后没多久，那帮强盗们回了家，带来了一个被掳来的女孩。她不停地尖叫、抽泣，但强盗们全部喝得醉醺醺的，对她的绝望祈求毫无怜悯之心。他们先给她灌下了一杯红酒，接着又是一杯白酒，最后是一杯黄酒。喝到第三杯时，女孩已不胜酒力，她的心爆裂了。

然后，强盗们把她的衣服脱光，放到餐桌上，把她切成碎片，还用盐巴在上面拍来拍去。可怜的准新娘躲在大桶后面，知道诱拐她过来的真实意图后，全身上下没有一处不在颤抖。

一个强盗看到死去的女孩手指上戴着一个金戒指。他举起利斧，剁下了手指。或许是太用力了，整个手指都飞了出去，直直越过大桶，掉到准新娘的膝盖上。他找不到戒指的去处，便随手举起了一根火把，开始寻找起来。

站他身边的一个强盗说："去看看那个大桶后面吧，手指应该掉到那边了。"

这时候，老女人喊一声："还是坐下享用你们的晚餐吧。手指又不会跑，明天早上再找也不迟。"

"她说得没错。"强盗们附和说。他们把餐椅拉出来，坐下享用晚餐。老女人在他们的葡萄酒里下了安眠药，他们还没吃完就已东倒西歪，从椅子上摔到地上睡去了。

准新娘在听到鼾声后，从大桶后面爬出来。强盗们全都躺在地下室地板上，她只能踮起脚，从他们之间一步步地走到门边。她非常害怕，担心踩在某个强盗的身上，把他弄醒了。

"上帝，帮帮我吧！"女孩默念着。她顺利走到了门边——老女人在那儿等她许久了。她们沿着楼梯快步走上去，打开大门，飞也似的逃走了。

多亏女孩出门前带了豌豆，把它们撒在了来时的路上，因为之前为她指路的草木灰已被夜风刮散了。豌豆全都发了芽，月光照在豌豆芽上，可以让她们看得一清二楚。她们顺着豌豆指引的路径一路走着，终于在太阳升起时回到了磨坊。女孩把自己所经历的，从头到尾地告诉她的父亲，随她一同过来的老女人可以为她作证。

在商定好要举行婚礼的那天，新郎来了，对每个人都微笑致意，亲切和善。磨坊主邀请了他全部的亲戚和朋友们，他们都对这位英俊又友好的绅士印象深刻。坐下来就餐后，磨坊主要求每个人都讲一个故事助兴。在来宾们一个接一个讲故事的时候，准新娘一声不吭。最后，新郎对她说："亲爱的，来试一下吧，也讲个故事给我们听听吧，随便讲点什么就好。"

她说："行啊，那我就给大家讲一个我最近做过的梦吧。我梦到自己在森林里闲逛，不知不觉，来到了一间阴暗的屋里，屋里连个鬼都没有一个——只有一只被关在笼子里的小鸟，大声冲着我说'回头！出去！回家去！一路小心！这儿可是杀人犯的凶宅！当心着点！'

"小鸟一共说了两次，把我给吓坏了。幸好这只是个梦。我在这屋子里探索，虽然仍旧碰不到人，但四处的气氛却很诡秘。最后，我走进了地下室，在那儿遇到了一位在摇头的老女人。我问她：'我的未婚夫住在这个屋子里吗？'

"她说：'唉，可怜的孩子，你现在待的这地方是个贼窝。没错，没错，你的未婚夫，确实住在这儿。他正打算把你给剁成一块一块的，煮了，然后吃掉。'"

"根本不是这么回事！"新郎吼道。

"甜心，别急嘛——这不过是个梦。老女人把我藏在一个大木桶后面。我刚躲到桶子后面，强盗们就回来了，他们还拖了一个可怜的女孩。她不停地尖叫哀号着，求他们饶过她。他们逼她喝下了三杯酒：一杯红色的，一杯白色的，一杯黄色的。喝完最后一杯酒，她的心脏就爆裂开来，倒下死掉了。"

"不是这样的，噢，不是这样的！"新郎几乎都要哭出声来了。

"亲爱的，好好坐着——不过是梦嘛。强盗们扒光了她的衣服，把她抬到桌子上，将她剁成碎片，取盐巴在人肉上拍打。"

"既不是这么一回事，也不是那么一回事，上帝保佑，不会有这么一回事！"新郎大叫起来。

"亲爱的，老实待在那儿，不许动——这不过是个梦罢了。正在那时，一个强盗看到那女孩的手指上有一枚金戒指。他找来一柄斧头，把戴戒指的手指给剁了下来。因为太过用力，手指飞到了半空中，落在了我的膝盖上。这就是那根手指，上面还戴着戒指呢！"

女孩高高举起戴戒指的手指，展示给每一位到场宾客们。

未婚夫的脸白得像纸一样，他悄悄起身，企图逃走，但客人们早已把他团团围住，每个人都把他抓得牢牢的。他们把她扭送到法官那里。士兵们被派到森林中，逮捕余下的那帮强盗。他们为自己做过的恶行被判处了死刑。

故事类型：ATU955，"强盗新郎"

故事来源：玛丽·哈森普夫卢讲给格林兄弟听的一个故事

相似故事：Katharine M. Briggs: "The Cellar of Blood","Dr Forster', 'Mr Fox" (Folk Tales of Britain); Italo Calvino:"The Marriage of a Queen and a Bandit" (Italian Folktales)

附注

在这则故事中，没有哪怕一丁点儿的超自然要素，取而代之的是纯粹来自暴力、血腥方面的震撼。不仅如此，因为这则故事与我们的现实世界关联得如此紧密，简直就像是真实发生过的事儿，以至于在读到它的一个有趣的变体，即凯瑟琳·M.布里格斯所写的《血腥地下室》的设定后，也不会让人感到太过惊讶了。在那则故事当中，听过勇敢女孩的故事之后，她的父母直接打电话去了苏格兰场，请求他们立即派遣探员到这个大家轮流讲故事的婚礼宴会上来。

出于某种尚不可知的原因，在英国，这则故事的变体是最多的。在记叙新娘所讲的、自称是源自梦境的故事时，我借用了凯瑟琳·M.布里格斯的作品《狐狸先生》里强盗新郎说话时的语气。连莎士比亚，也曾在自己的作品中借用过这则古老童话故事里的一段话：

> 培尼狄克：正像那些老童话里说的，殿下："既不是这么一回事，也不是那么一回事，可是真的，上帝保佑不会有这么一回事。"（选自《无事生非》，第一幕，第一场）

第二十三个故事

死神教父

有个很穷的男人，他有十二个孩子，因此他不得不日夜干活儿，但即便这样，也只能供给孩子们很少的食物糊口。妻子生下第十三个孩子时，他感到无所适从。他走到人来人往的街面上，心里想着，无论路上遇到的第一个人是谁，都要求他当自己新生孩子的教父。

他遇到的第一个人，正是上帝本人。因为上帝是全知全能的，甚至不需要问穷人一句话，便了解了他的打算。

"可怜的孩子，"他说，"我为你感到难过。我很乐意为你的孩子施洗。我还会好好照顾他，你别担心啦。"

"你是谁？"穷人问道。

"我是上帝。"

"哦，你走开。我肯定不让你做我孩子的教父。想想吧，你让那些根本不需要钱财的人变得更富，却让穷苦人们因饥饿致死。"

当然，他这样说因为他并不真正清楚上帝对富人们慷慨，对穷人们残酷的真实意图。

他继续往前走。接下来遇到的是一位绅士，穿着十分体面。

"我很乐意帮忙。"他说，"如果让我做你孩子的教父，我会将世上全部的财富都交到他的手上。我还可以保证他可以度过一长段的美好时光！"

"你又是谁？"

"我是撒旦。"

"什么？我才不要你做我孩子的教父。你只会欺骗可怜的人们，诱使他们犯罪——我听说过你的一切故事。"

他继续往前走。接下来遇到的是一位老人，脚步蹒跚地向他走来。

"让我做你孩子的教父吧。"老人说。

"你是谁？"

"我是死神，我对任何人都一视同仁。"

"你就是我要找的人，"穷人说，"你既带走穷人，也带走富人。我愿意让你做我孩子的教父。"

"这可是个明智的选择，"死神回应，"我能让你的孩子变得富足又有名望。任何以我为友的人，都不会失望的。"

"那就下个礼拜天见吧，"穷人说，"请一定按时到场。"

洗礼仪式那天，死神如约出现，为新生孩子施洗。所有需要起誓的地方，他都严格起了誓。一切全都合乎礼仪，不偏不倚，谨遵执行。

就这样，男孩健康地长大。他十多岁的时候，有一天，死神教父来到了他们家，对他说："跟我来吧，年轻人。"

男孩和他一起出门，走进一处森林里。在那里，老人指了指一种在林间生长的药草。

"作为你的教父，这是我送给你的一份礼物，"他说，"我会使你成为一位著名的医生。记住，每当你被叫到一位病入膏肓的病人床边时，只需集中精神，就可以看到我。如果我站在病人的脑袋这边，你就直接告诉这家人，一切都会好起来的。然后，再给病人服用少许这种草药——无论以什么方式服下都好——给他一片叶子，让他嚼碎后咽下去；或者采些花来做成花草茶；又或者把根茎磨碎，制成药膏或者药片……这都不会有什么差别，大约一天左右，病人就会完全恢复健康。不过，如果我站在病人的脚这边，他就直接属于我了，明白了吗？而你，必须告诉病人的家人，这人已经没救了，世界上再没有任何医生能救得了他。还有一点，你必须牢记：如果你把这种神奇草药给那些原本应该属于我的人吃了，你很快就会倒大霉的。"

年轻人谨遵他教父的指示，没过多长时间，他就成了全世界最有名的神医。人们对他瞬间便能确诊病人生死的能力佩服得五体投地，世界上每一个国家都有人来求他治病，不惜花上天大的价钱。不久之后，他成了一个富甲一方的人。

某一天，有个国家的国王生了重病，多方问诊无效，便请这位神医过去。大臣们求他指条明路，判断这位身列皇家的病人是否还有生还的希望。很遗憾，年轻人进入国王的卧室时，就看见他的教父站在国王脚这边的床旁。国王已经没救了。显然，他的家人肯定不愿意听到这个坏消息。

"要是我能违背一次教父的意思就好了，哪怕一次也好，"年轻的医生想着，"他应该会生气，毫无疑问，但我可是他的教子，这点是怎样都无法改变的。或许他会原谅我的。无论怎样，我也得试上一次。"

于是，他让病人在床上掉了个头睡下。这样一来，原本站在脚边的死神，就变成站在他头边了。他让国王服下用药草的叶子熬成的药汁。很快，国王就可以自己坐起来了，感到身体比之前好多了。

几乎是在医生身边的人们刚刚走光的瞬间，死神便现身。他黑着脸，摇着手指。

"你对我耍了一个小花招，"他说，"这里所发生的一切，都逃不过我的眼睛。这次我就原谅你，只因你是我的教子。但你要是胆敢再犯，你就完蛋了，我会在离开的时候直接带走你。"

不久以后，国王的女儿又罹患重病。她是国王唯一的孩子，国王每天都以泪洗面，眼睛肿得几乎都看不见了。他昭告全国，甚至全世界：不管是谁，只要能够治愈她，就能娶她为妻，继承整个王国。

作为神医，年轻人自然也来了。他推门走进病房时，死神还是站在病人的脚边。不过这次，年轻人连看都没看自己的教父——因为他刚一进去就迷失了。她是如此美，几乎让他失去了思考的能力。死神皱紧眉头，冲年轻人咆哮，向他挥舞拳头，可年轻人毫不在意。他把公主转了个身，给她两片药，她立即从床上坐起来，脸上又恢复了红润的光泽。

再次被年轻人愚弄的死神，再也无法等待了。他用瘦骨嶙峋的手抓住教子，说："行啊！我的孩子，你玩完了。"

死神抓着年轻人，从公主的床边离开，告别了王宫，又远离了城镇——他那只冰冷的手，抓得很紧，纵使年轻人使出全身力气，也没法让他松开半分。死神把年轻人带到深山中的一处巨大洞穴里面，在那里，年轻人看到成千上万根蜡烛正在燃烧。其中有些还很长，有些不过是中等尺寸，还有一些很短，似乎马上就要熄灭了。实际上，每时每刻都有一些蜡烛突然熄灭，又会有别的蜡烛突然亮起。看起来火焰只是从一个地方去到另一个地方，如此循环往复。

"看到这些蜡烛了吗？"死神教父说，"这世间每个活着的人，都有一根属于他们的蜡烛。孩子们所拥有的蜡烛很长；中等尺寸的则属于已经结婚了的人们，正值盛年；快要燃尽的蜡烛，自然是那些风烛残年的老人。大部分情况下是这样的。但也有一部分人，明明还很年轻，却只拥有一根短小的蜡烛。"

"哪根是我的呢？"年轻人问。他心想属于自己的蜡烛，应该还剩一大截，得过很长时间才会燃尽。

死神指了指某根蜡烛，一根小得可怜的蜡烛头，马上就要熄灭了。年轻惊恐万分。

"我的教父，亲爱的教父啊，请再帮我点一根蜡烛吧，求求您了！我实在太想娶那个公主了——您知道我为什么要把她的身体转过来的——就在看到她的那一瞬间，我便爱上了她——根本不由自己控制！求您了，亲爱的教父，让我好好活着吧！"

"那是不可能的，"死神回答，"如果不让你那根先熄掉，我是没办法点起另一根。"

"我求您，帮帮我，在那根蜡烛上续上一根新烛吧。这样它熄灭的时候就可以继续燃烧了。"

死神装出正打算那样做的样子，取出一根长长的新烛，放在那根行将熄灭的蜡烛的正上方。但他已经决定复仇了。就在旧蜡烛的上方点燃新烛时，他却让旧的火焰熄灭了。医生立即倒在地上，跟世间所有其他人一样，他也落在了死神的手里。

故事类型：ATU332，"死神教父"

故事来源：玛丽·伊丽莎白·王尔德讲给格林兄弟听的一个故事

相似故事：Italo Calvino: "The Land Where No One Ever Dies" (Italian Folktales); Jacob and Wilhelm Grimm: "The Godfather", "The Messengers of Death" (Children's and Household Tales)

格林兄弟所出版的书中还收录了这则故事的另一个版本的《教父》。相比较而言，篇幅更小也更幽默，也因此缺乏这一类型故事本应有的严肃与深刻。显然，在该故事的背景设定下，可以有无数种变化，杰弗里·乔叟所写的《三少年遇死神》，应该是其中最广为人知的一个例子。

第二十四个故事

杜松树

两千年前，或更早以前，有一位富人和他善良美丽的妻子，他们彼此深爱着对方。只有一件不够美满的事情，就是他们俩结婚多年，却没有孩子。无论他们有多渴望能拥有一个属于自己的孩子，无论妻子每天祈祷多少遍，孩子就是没能怀上。

在他们的宅邸前有个小院，院子里栽有一棵高大的杜松树。这年冬日的某一天，妻子站在树下削苹果。削着削着，一不小心被刀割破了手，一滴血从手指滴落，掉在树下的雪里。

"唉——"她哀叹说，"如果我能有这样一个孩子，嘴唇红得像血，皮肤白得像雪，那该多好啊！"

说完这句话，妻子的心里振作了一下，这使她十分开心。她转身回了屋，心中有种十分确信的感觉：所有事情，最终都会好起来的。

一个月过去，积雪消融不见了。

两个月过去，绿意开始在各处升起。

三个月过去，花朵纷纷从大地里钻了出来。

四个月过去，林中所有的树木都长出新芽，继而枝繁叶茂。鸟儿的叫声清脆悦耳，响彻林间。而花朵从树上跌落。

五个月过去，女人站在了杜松树下。花香扑鼻，惹得她心跳加速。幸福感袭来，她跪倒在了树旁。

六个月过去，树上已结满沉甸甸的果实，女人开始变得沉默。

七个月过去，女人将落下的果实一一拾起，再一一吃掉。她觉得难受，并且忧伤莫名。

八个月过去，女人把丈夫叫到身边，抽泣着说："如果我死了，就把我埋在杜松树下。"

听到丈夫的许诺后，妻子便安心了。一个月后，她生下一个嘴唇红得像血、皮肤白得像雪一般的婴儿。第一眼看到孩子时，她的心无法承受那么多的幸福，就死了。

丈夫把她安葬在杜松树下，哭得不能自已。但时间总是能够洗涤伤痕，他最初丧妻时的悲恸逐渐消退，尽管他仍旧哭泣，却也没有刚开始时那么难受了。又过了一段时间，他迎娶了第二个妻子。

他跟第二个妻子生了个女儿。但他前妻子所生的，那个嘴唇红得像血、皮肤白得像雪的孩子，则是个儿子。后妻喜爱自己亲生的女儿，每次看到那个漂亮男孩，她的心仿佛是被仇恨给拧成了一团。她很清楚，他将继承丈夫的遗产，而她的女儿将会一无所有。见到这般情景，撒旦便潜入到她心里，让她除了仇恨，什么都不想。自那之后，她时刻都在男孩的身边待着：使劲揥他耳光，辱骂他，大声训斥他，再罚他到角落里面壁思过。久而久之，这可怜的孩子害怕回家了，放学后都不敢回去。因为在那里，他找不到片刻的安宁。

有天，继母去了食品储藏室，她的小女儿玛尔棱肯跟在她身后，说："妈妈，我能吃个苹果吗？"

"当然啦，我亲爱的宝贝。"继母说着，从装苹果的箱子里给她挑了个又红又好的。在整个储藏室里，这只箱子是最结实的：它有一个十分厚重的铁盖，关紧后，再装上一只坚不可摧的钢锁。

"妈妈，我哥哥也能吃一个吗？"玛尔棱肯问。

提到这个男孩，总是能让她生气，但她还是控制住了，说："好呀，当然可以。他放学回来后，我就给他。"

就在这时，她碰巧看了一眼窗外，男孩已走到了家门口。一瞬间，撒旦仿佛直接钻进了她的脑袋里，她一把将刚才的苹果从女儿手里夺回来，呵斥她："你哥哥都还没拿到苹果呢。他没吃，你也不许先吃。"她把苹果扔回到箱子里，一下子关紧了铁盖。玛尔棱肯只好自己先回房了。

男孩进来后，撒旦作祟，让女人用极其温柔、体贴的声音问："我的好儿子啊，你想吃个苹果吗？"

但她眼睛里的凶残却无法掩饰。

"妈妈，"小男孩说，"你的眼神好凶啊！不过……好呀，我想吃苹果。"

她没有回头路可走，只好继续下去。

"跟我来，"她说着，打开箱子的厚铁盖子。"你自己选一个拿去吧。把脑袋伸进去找——嗯，就是那样——最好的苹果都是放在下面的。"

男孩弯腰选苹果的时候，邪恶的撒旦操纵了她，"哐当"一声！沉重的铁盖合上了。男孩的脑袋应声斩断，滚落到箱子里的一大堆红苹果当中。

女人很恐慌，心想："我都做了些什么？不过就算这样，也不见得就一定无可挽回……"她飞奔到楼上，翻箱倒柜，找了一块白色的围巾。她把孩子没了头的尸体搬到厨房门口的一张小椅子上，又把他的头放回到脖子上，用白色围巾缠绕几圈，紧紧系住，这样就没人能够看到那圈伤口了。做完这些，她又找来一个苹果，放在他的手里。她走进厨房，打了些水，盛在炉子上的大锅里，打算用火烧滚。

这时候，玛尔棱肯来到厨房，说："妈妈，哥哥正坐在门那边呢，他手里还拿了一个苹果。不过，他的脸色怎么会那么白！我跟他说话，让他把手上的苹果给我，可他没有回应。妈妈，我怕极了。"

"唔，你赶紧回去找你哥哥，再跟他说说话，"女人说，"如果他这次还是不回答你，就用力打他的脸。"

玛尔棱肯回到男孩身边，对他说："哥哥，把你的苹果给我，好吗？"

但他仍旧坐在那儿，沉默不语。玛尔棱肯用力打他的脸。结果，男孩的脑袋掉落在地上。可怜的玛尔棱肯吓坏了，尖叫着跑到妈妈身边，哭喊着："妈妈，妈妈呀！我把哥哥的脑袋给打下来了！"她浑身发抖，哭个不停，无从安慰。

"玛尔棱肯，你这个坏女孩，"妈妈说，"看看你做了什么？住嘴，不许再哭了！哭了也没用。我们不会告诉任何人，我们会把他放进大锅炖了。"

女人把男孩肢解成一块块的，放进煮滚的水里。玛尔棱肯一直在哭，太多的眼泪滴到了水里，最后都不需要加盐了。

不久，男孩的父亲回到家，在餐桌旁坐下。他四处看了看，问：

"我的儿子去哪儿了？"

女人正忙着把一大盘做好的肉汤端上桌。玛尔棱肯一直在哭，那模样既无助又可怜。

父亲又问了一遍："我的儿子去哪里了？为什么他没有过来吃晚饭？"

"原谅我刚刚太忙，没有听到你说的话，"女人回应，"他去舅老爷家了。他要在那里住一段时间。"

"为什么呀？他甚至都没想到要跟我告别？"

"他自己想去的，说要在那边待六周左右。别担心了，他们会照顾好他的。"

"好吧，我有些不安，"父亲说，"从没想到要征求我的同意，就直接走掉了，这实在太不应该……唉，儿子现在不在这儿，我很难过。至少，他也该跟我道个别吧。"他说着，吃起了肉汤，"玛尔棱肯，我亲爱的玛尔棱肯，你为什么哭得那么厉害啊？你哥哥会回来的，别担心了。"

他又吃了一些肉汤，说："老婆，这是我至今为止吃过最美味的肉汤了。太好吃了。再给我盛一大碗。你们俩为什么一点都不吃啊？我怎么感觉，肉汤是专门为我做的？"他把整盘肉汤吃得干干净净，一点儿残渣都不剩。吮吸、舔舐完的骨头，被他扔到了餐桌下面。

玛尔棱肯回了房，在衣柜里找了半天，取出自己最喜欢的真丝方巾。她在餐桌底下搜集了所有的骨头，用方巾扎好，带到屋子外面。因为哭得太多，她的双眼再也流不出一滴眼泪，流出的是一滴滴的鲜血。

她把哥哥的遗骨放在杜松树下的草坪上。这样做过之后，她感到心情轻松了些。她停止了哭泣。

杜松树开始动了起来。树梢间数不清的枝杈，分开又合拢，就像是有人正在轻轻鼓掌。渐渐地，枝杈间逐渐升起了一团金色的薄雾，缓缓上升，像一缕烧得正旺的火焰。在火焰的中心，停着一只美丽的小鸟。小鸟飞到空中，欢乐地鸣唱起来。小鸟消失不见后，杜松树又回复到原先的模样，但方巾与遗骨却消失不见了。玛尔棱肯又重新变得开心起来，就仿佛哥哥还活着。她跑回屋子，坐在餐桌前面，吃着自己的晚饭。

与此同时，小鸟已经飞到了很远的地方。他来到一个小镇上，最终落在一位金匠家的屋顶上，开始唱起歌：

> 我的母亲砍下了我的头，
>
> 我的父亲吃掉了我的肉，
>
> 我的妹妹埋好我的遗骨，
>
> 在那高大的杜松树下。
>
> 啾！啾！啾！你们再也没办法找到
>
> 比我更漂亮的鸟儿了！

金匠正坐在自己的工作间，打制一根金链子。听到屋顶上鸟儿的鸣唱，他觉得那声音实在是美妙极了，于是站起身，跑到屋外，想看看这究竟是怎样的一种鸟。他走得太急了，把脚上穿着的一只拖鞋落在了半路上。金匠跑到大街上，身上系着皮围裙，脚上只剩一只拖鞋，右手握着钳子，左手拿着金链。他抬头张望，把手放在额前，遮挡住太阳强烈的光线。他大声喊道："嘿，鸟儿！你刚刚唱的那首歌，可真是好听啊！能为我再唱一遍吗？"

"这可不行，"小鸟回答，"我可绝不会再唱第二遍了。给我你手上的金链子，我就再为你唱上一遍。"

"好吧，我十分乐意把这根金链给你，"金匠同意了，"你飞下来拿走吧。不过，一定要再为我重唱一遍才行！"

鸟儿飞了下来，把金链抓在了右爪里，跳到了花园的围栏上，唱道：

> 我的母亲砍下了我的头，
> 我的父亲吃掉了我的肉，
> 我的妹妹埋好我的遗骨，
> 在那高大的杜松树下。
> 啾！啾！啾！你们再也没办法找到
> 比我更漂亮的鸟儿了！

然后鸟儿就飞走了。他找到了一位鞋匠的屋子，落在屋顶上，开口唱道：

> 我的母亲砍下了我的头，
> 我的父亲吃掉了我的肉，
> 我的妹妹埋好我的遗骨，
> 在那高大的杜松树下。
> 啾！啾！啾！你们再也没办法找到

比我更漂亮的鸟儿了！

鞋匠正在用锤子敲打鞋子。但听到鸟儿的歌声后，锤子停在半空，都忘了挥下来。他夺门而出，抬头看向自家屋顶。但他不得不遮住眼睛，阳光太明亮了。

"鸟儿啊！"鞋匠大声喊道，"你真是个了不起的歌手！我从未听过这么美妙的曲子。"他跑到屋子里，大声喊道："老婆，快点出来，听听这只鸟儿唱歌吧！真让人惊奇！"

他叫来他的女儿和女儿的孩子，以及自己的学徒，家中的女仆。他们全都跑了出来，聚集在大街上，惊奇地注视他。红色和绿色的羽毛在闪闪发亮。脖子上还有一圈金色的羽毛在阳光下闪耀。两只眼睛一闪一闪的，就像是星星。

"鸟儿啊！"鞋匠说，"刚刚那首歌，能为我们再唱一遍吗？"

"这可不行，"小鸟回答，"我可绝不会再唱第二遍了。给我那双红皮鞋，我就再为你唱上一遍。"

妻子跑到店里，把那双皮鞋给他带过来。鸟儿飞下来，用左爪抓住红皮鞋，然后一边在众人的头顶盘旋，一边唱道：

> 我的母亲砍下了我的头，
> 我的父亲吃掉了我的肉，
> 我的妹妹埋好我的遗骨，
> 在那高大的杜松树下。
> 啾！啾！啾！你们再也没办法找到
> 比我更漂亮的鸟儿了！

他又飞走了。他飞离了小镇，沿着溪流飞行，右爪攥着金链，左爪抓着皮鞋。他飞呀，飞呀，来到一处水磨坊前。磨坊水车的叶轮，打在水上，发出"咯哩扑——咯啦，咯哩扑——咯啦，咯哩扑——咯啦"的声音。离磨坊不远处，二十个磨坊主的学徒围坐成一圈，正在打磨一块新的磨石，发出"嘿咯——哈咯，嘿咯——哈咯，嘿咯——哈咯"的声音。与此同时，水车叶轮的"咯哩扑——咯啦，咯哩扑——咯啦，咯哩扑——咯啦"声也响个不停。

鸟儿在空中打了几个转，落在磨坊前的一棵老椴树上，开始唱了起来：

　　　我的母亲砍下了我的头——

听到这句，有位学徒停下手里的活儿，抬头望向鸟儿。

　　　我的父亲吃掉了我的肉——

有两个学徒停止了做事，开始聆听。

　　　我的妹妹埋好我的遗骨——

有四个人停了下来。

　　　在那高大的杜松树下——

八个人放下了手里的凿子。

啾！啾！啾！你们再也没办法找到——

有四个人开始东张西望，想要看清楚鸟儿的模样。

比我更漂亮的鸟儿了！

最后一位学徒也听到了，扔掉凿子。就这样，二十个学徒都大声欢呼，鼓掌，纷纷把头上戴着的帽子摘下来，抛到半空中。

"鸟儿啊！"最后停下的那位学徒高喊道，"这是我所听过最美的一首歌了！不过，我却只听到最后一句话，能为我们再唱一遍吗？"

"这可不行。"小鸟回答道，"我可绝不会再唱第二遍了。对了，把你们现在正在做着的那块新的磨石给我，我就再为你们唱上一遍。"

"那块磨石是我的就好了，一切也就简单了。"那位学徒说，"但它不全是我的……"

"哎呀，快别那样说了！"其余十九个学徒们说，"只要鸟儿能够再唱一遍，就算把这块磨石拿去，又有什么了不起的？"

二十个学徒找来了一根很长的木梁，把木梁的末端夹在磨石的边上，用力把它抬了起来："举呀——嘿咻！举呀——嘿咻！举呀——嘿咻！"

鸟儿飞了下来，把脑袋伸过磨石中间的孔穴，像是给自己戴上一围领圈，把这块磨石给带走了。他飞回到树上，又唱了一次：

> 我的母亲砍下了我的头，
>
> 我的父亲吃掉了我的肉，
>
> 我的妹妹埋好我的遗骨，
>
> 在那高大的杜松树下。
>
> 啾！啾！啾！你们再也没办法找到
>
> 比我更漂亮的鸟儿了！

唱完后，他伸展翅膀，飞到天上去了。右爪攥着金链，左爪抓着红皮鞋，脖子上挂着磨石。他一路飞回到他父亲的家里。

屋子里，父亲、继母和玛尔棱肯正围坐在餐桌旁。

父亲说："你们知道，不知道为什么我很开心，比前段时间开心多了。"

"你本来就一直都很好，"后妻应道，"与你相比，我现在浑身上下都不舒服。感觉就像会有场席卷一切的风暴，降临到我的头上。"

玛尔棱肯什么都没说，只是静静坐在那儿，低头哭泣。

这时，鸟儿回来了。他绕着房子飞了三圈，落在了屋顶。父亲说："不，我觉得自己从来没有这么好过，外面阳光明媚，我感到自己马上就能见到一位老朋友了。"

"是那样吗？为什么我却觉得特别难过。"女人说，"实在弄不清楚……我这是怎么了？全身上下一会儿冷，一会儿热。牙齿不住打战，血管里流的好像不是血，而是滚烫的烈火。"

她双手颤抖着撕开上衣，好像身上真的着火了。玛尔棱肯还是没说话，只是坐在角落里，不停地哭，哭到泪水把手帕都浸湿了。

鸟儿从屋顶上飞起，直直地向杜松树飞去。他停在杜松树上，屋子里的三个人都可以看到他。他唱着：

我的母亲砍下了我的头——

听到第一句，继母用双手捂住耳朵，紧闭上眼睛。她的脑中有一个声音在咆哮着。紧闭的眼帘后迸发出异样的眩光，如片刻不知停歇的闪电。

我的父亲吃掉了我的肉——

"老婆，快过来看看这只鸟啊！"男人叫道，"你绝对没看过这么可爱的鸟儿！他唱歌的声音，就好像天使一样。唉，外面的阳光那么温暖，空气的味道就像新鲜的肉桂皮！"

我的妹妹埋好我的遗骨——

玛尔棱肯把脑袋埋在双膝之间抽泣，恸哭，但父亲却没有看见，喊着："我要出去了！我一定要走近那只鸟儿，仔细看清他的模样！"

"不！不要去！"妻子大叫，"我觉得这整座屋子都在摇晃，一切都将被焚烧殆尽了！"

但父亲跑了出去，来到阳光中，凝视着鸟儿，听着鸟儿唱完剩下的几句：

在那高大的杜松树下。
啾！啾！啾！你们再也没办法找到
比我更漂亮的鸟儿了！

唱完最后一个音节，鸟儿放开右爪。金链掉在了父亲脖子上，大小完全合适，像是为他量身定做的。父亲跑回屋，说："你们看看，他送给了我怎样的礼物——看！"

女人怕得要死，根本不敢抬头看。她跌坐在地板上，头上戴的帽子掉落下来，滚到了角落里。

鸟儿十分应景地唱出了那一句：

我的母亲砍下了我的头——

"不要啊！我没法忍耐了！如果可能，我希望自己能够马上被埋进一千尺深的地下，这样我就不会听到这首歌了！"

我的父亲吃掉了我的肉——

女人仿佛受了极大的惊吓，又马上跌坐在地板上，双手指甲死命地刮擦地板。

我的妹妹埋好我的遗骨——

听到这句，玛尔棱肯擦去泪水，站起身。"我也要去，看看鸟儿会不会给我准备什么东西。"说完，她就跑到了外面。

在那高大的杜松树下——

鸟儿唱完后，就把那双小小的红皮鞋扔了下去。

啾！啾！啾！你们再也没办法找到
比我更漂亮的鸟儿了！

玛尔棱肯穿上鞋，发现十分合脚。她很高兴，唱着跳着回了屋，说："唉，那只鸟儿可真漂亮啊！我刚出去的时候，心里还万分难过，不过——你们看看，他送了我怎样的礼物！妈妈，你看看嘛，多么可爱的鞋子呀。"

"不要！不要！我不要！"女人大声喊叫。她挣扎着起来，头发根根直立，好像脑袋上被点着了火。"我再也没法忍下去了！这就好像……世界末日！我再也忍受不了了！"

她夺门而出，来到外面的草地上。"哐当"一声，鸟儿把磨石扔下来了，正好打在女人的脑袋上，把她给活活压成了肉泥。

父亲和玛尔棱肯听到屋外的巨响，走了出来。一时间烟雾弥漫，杜松树下升起了一团巨大的火焰。之后又刮来一阵清风，将所有的火焰和烟气吹得一干二净。一切恢复如常后，一个小男孩正好站在杜松树下。

男孩一手挽着父亲，一手挽着玛尔棱肯，三人感到由衷地快乐。他们回到屋里，围着餐桌，吃着晚饭。

附注

故事类型：ATU720，"杜松树"

故事来源：菲利普·奥托·龙格所写的故事

相似故事：Katharine M. Briggs: "The Little Bird", "The Milk-White Doo", "Orange and Lemon", "The Rose Tree" (Folk Tales of Britain)

语言优美，气氛恐怖，结构上无可挑剔，这则故事简直无与伦比。和《渔夫和他的妻子》一样，本文也是出自画家菲利普·奥托·龙格之手。格林兄弟所拿到的手稿，是用波美拉尼亚方言，即我们今日所说的"低地德语"或者"旧北方方言"所写就的。

与凯瑟琳·M.布里格斯在《不列颠童话故事集》中所收录的几个版本相比，龙格在改进原始民间故事的叙事结构时下了很大的工夫。凯瑟琳·M.布里格斯提供的几个版本，无一例外地令人感觉到单薄、脆弱、乏味。相比之下，本文可以当之无愧地被称为"大师之作"。

序幕部分，那段随季节更替对应妻子孕期变化的描写，将婴儿在母亲子宫内的成长过程，与大自然四季轮回的再生能力联系在一起。不仅如此，还通过对细节描写的精细控制，将全文的重要线索——杜松树也一并带出，四个描写对象毫无雕琢痕迹地融为一体，令人耳目一新。男孩的母亲死后，故事主体的第一部分才正式登场：讲述继母和小男孩之间发生的可怕凶案，直到死去的小男孩化身成鸟儿为止。这一部分像巴黎大木偶剧场里上演的恐怖剧，不仅仅是对继母身上暗藏的恶意进行了表现。即使与从希腊戏剧（阿特柔斯杀死了自己的亲兄弟梯厄斯忒斯的几个儿子，并将他们炖熟后端给梯厄斯忒斯吃）或者莎士比亚剧（泰特斯·安特洛尼克斯亦诱骗自己的仇人塔摩拉亲口品尝以她两个儿子的肉所做成的肉饼）这样的经典比较，也能发现许多有趣的地方。《杜松树》中"不知情父亲吃掉自己亲生儿子"的情节，可以从很多不同的角度来剖析。我的一位学生有次曾提出过这样一种见解：实际上，父亲在潜意识中已经意识到后妻对亲生儿子造成的威胁，为了保护自己的孩子，才选择将孩子的肉全部吃下去，一点不剩。因为自己的腹内是最安全的地方，没有人能够威胁得到。我个人觉得，这样的说法颇具创见。

故事主体恐怖骇人的第一部分结束后，一切都变得明亮起来。起初，我们并不理解鸟儿到底在做什么，但金链和红皮鞋确实都是美好的事物。金匠急匆匆地跑出屋子，连自己脚上穿着的拖鞋都掉在了路上的这部分描写，也让读者会心一笑。在第二部分快结束时，鸟儿飞去了磨坊，取得了沉重无比的磨石。这部分情节并不怎么真实（一只小鸟怎么可能把沉重的磨石挂在脖子上？），但能令读者信服。最后，鸟儿带着磨石、红皮鞋和金链往家的方向飞去。这么一来，我们似乎明白，鸟儿做这一切都是为了什么了。

故事的最后一部分不禁令人回忆起《渔夫和他的妻子》的高潮部分：海上逐渐升级的暴风骤雨，与妻子疯狂的欲望紧密结合。在本文中，风暴发生在众人心里。在男孩回到亲人身边的过程中，父亲和玛尔棱肯只感到快乐、轻松、愉悦，继母则深陷在恐惧里。

在将整篇故事"讲出来"的过程中，我们还会发现一些十分有趣的点：它同时也支持了《杜松树》这则童话所具备的文学特质。回忆一下月份变化和女人孕期之间精妙的对应关系；鸟儿每唱完一段时，停止继续雕凿磨石的学徒数量；继母递升的恐惧感；还有赠予金链和红皮鞋过程时穿插鸟儿的吟唱等等。龙格那极度精确的叙事天赋，使故事整体一波三折，富于节奏感，又真实可信。这些都是反复锤炼、精工细作带来的好处。

　　能够在这里复述这则故事，对我而言，简直就是一种特权和享受。

第二十五个故事

睡美人

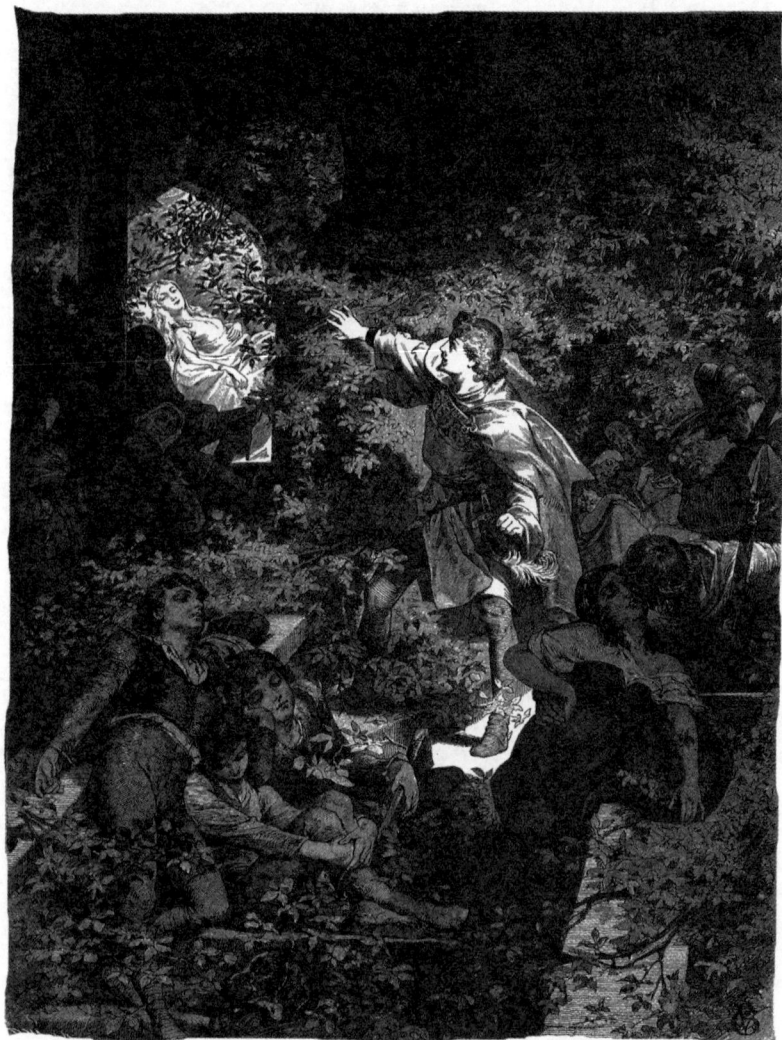

注：又名"荆棘玫瑰"。

从前有位国王和王后，他们每天都互相念叨着："有个孩子是多么美好啊！"但无论他们怎样祈愿、祷告，使用多少昂贵的药物和古怪的偏方，王后都没能怀上孩子。

　　有一天，王后正在沐浴，有只青蛙从大浴池里爬了出来，坐在浴池边，说："你们的祈愿很快就将实现。一年后，你就会诞下一个女儿。"

　　青蛙对王后说的话确实应验了。一年后，王后生下了一个小女孩。这个孩子长得很漂亮，国王高兴得不行。他下令举办一场十分盛大的庆典仪式，不仅邀请了邻国的皇亲国戚，还邀请了朋友和各位杰出的能人。在这些人当中，有十三位女巫。国王邀请她们过来是希望借由这次仪式，让她们喜欢上这个新生的孩子。但问题在于，他只为她们准备了十二只黄金制的餐碟。因此其中一位，将不得不待在家里。

　　盛宴和庆典持续了很长时间。结束时，每个到场的女巫都将送给新生公主一件特殊的礼物。第一位女巫给了她品德，第二位给了她美貌，第三位给了她财富，如此这般，任何人想到的所有美好事物都许给了她。

正当第十一位女巫给她天赋（忍耐）时，王宫大门那边传来一阵骚动。守卫们正试着要将某位来客挡在门外，但那个人很轻松地就将守卫们制服，旁若无人地进来了。来的不是别人，正是第十三位女巫。

"莫非你觉得我根本不值得邀请？"她对国王说，"这是个多么愚蠢的错误啊！对于你无礼的羞辱，我给出的回应是：在公主十五岁时，她的手指会不小心刺到纺锤，马上倒地，一命呜呼。"

说完这些，她便扭头离开了。

在场的每一个人都十分震惊。只有还未给出礼物的第十二位女巫，走上前去，对国王说："我没有办法完全取消那条满怀恶意的许愿。不过，我却有能力让它变得没有那么无可救药，给小公主一线生机。我的礼物是：遇到十五岁时的劫难后，公主不会死去，但会沉睡百年。"

国王想要保护自己的女儿，他颁布了一道法令，王国境内的每一个纺锤都必须被焚毁掉。公主一天天长大，女巫们之前送给她的礼物也一项项应验，这世间再没有比她更善良、美丽、聪明，性格更温和的女孩了。每个认识公主的人，都打心眼里喜欢她。

公主十五岁生日那天，国王和王后有事外出，女孩一个人待在王宫。她东看看，西晃晃，一个房间接一个房间地溜达，还下到地下室，或爬到屋顶。总之，她去了每一处她想去的地方。最后，公主来到了一座她之前从未去过的古老塔楼里。顺着落满灰尘、螺旋上升的楼梯，她一步一步爬到塔楼顶端。在那儿，公主发现一扇小小的门，门锁里插着一把锈迹斑斑的钥匙。

因为好奇，公主试着旋了旋钥匙，门立即开了。小房间里，有个老女人坐在一个大纺锤旁边，努力纺着亚麻线。

"早上好，老夫人，"公主问，"您在做什么呢？"

"我正在纺纱啊。"老女人回答。

显然，公主之前根本未曾看过任何人纺纱。

"纱线末端那个一直在旋转的小东西又是什么？"公主说。

老女人给她展示应该怎样纺纱。公主握住纺锤一秒钟后，觉得手指被什么东西刺了一下——转瞬之间，她就倒在旁边已经放好了的床上，很快就睡着了。

这睡意是如此深沉，很快就蔓延到了整个城堡。国王和王后刚回来，一走进王宫的大厅，便倒在地上，睡着了。他们的仆从们倒了下去，就好像被推倒了的多米诺骨牌。连马厩里的马儿，还有照看它们的马夫，屋顶的鸽子、院子里养的猎犬，也倒下来，睡死了过去。有一只猎犬原本正在搔痒，睡着的时候爪子还搭在耳朵后面呢。墙上爬着的苍蝇也睡着了。就连厨房里正烤着供晚餐时食用的公牛肉排的火焰也睡着了。肉块上嗞嗞作响、正要滴下来的一滴油脂也进入了梦乡，不再想滴下来。厨房里的厨娘正准备教训帮厨的男孩子，她的巴掌仍高悬在离男孩耳朵六英寸远的地方，男孩脸上依旧是那副搞砸了一切、等待挨揍的神情。窗外，连风都停止了吹拂；树上的叶子不再轻摇、摆动；湖面上的涟漪不再消散，而是静静保持着睡时的样子，像是玻璃。

在整座王宫和它周围的土地上，唯一还在动着的，就只有那片荆棘树篱了。它每年都会稍微生长那么一点。就这样，年复一年，荆棘越长越多，逐渐爬到王宫的围墙上。又是一些年过去了，荆棘爬呀，爬呀，终于把整个王宫都覆盖住了。现在，整座建筑物已彻底消失在人们的视线中，就连最高处悬挂着的王国旗帜，也被荆棘掩埋了。

人们对这座王宫里究竟发生了什么，都无比好奇。他们同样想知道，现在国王、王后，还有他们美丽的女儿都在哪里。然而，当年参加过公主庆生的客人——那些记得到访的女巫，以及她们所送礼物的人们，此时还活着的已经不多了。至于清楚那位未被邀请的女巫所施下诅咒的人就更少了。

"这都是因为美丽的公主陷入了深深的沉睡。"少数知晓原因的人们说，"公主现在肯定还静静睡在那儿。任何人——不管是谁，只要能想办法进到公主正沉睡着的地方，把她唤醒，就能够娶她为妻。"

时间流逝，数不清的年轻人，包括王子、士兵、农家孩子、乞丐——总之，各种各样的人涌到这里，试图在荆棘中劈砍出一条道路，找到王宫的入口。每个人都坚信，只要能进入王宫，找到沉睡的公主，就能吻醒她，破除魔咒。

但从来就没人成功过。荆棘实在太密太厚，荆棘上的倒刺又长又尖，一旦有人企图强行通过，就会扎进他们的衣服和血肉里。所有前来尝试的年轻人，都被荆棘给卡住了。他们越是挣扎，扎进身体里的长刺就越多、越深。就这样，这些失败者既不能前进，也不能后退，最后全部绝望地死在了荆棘丛中。

许多许多年后，沉睡公主的故事差不多已被所有人遗忘时，有位年轻的王子来到了这个国家。他微服出游，目前正住在离荆棘王宫不远处的一家旧客栈里，没有任何人知道他的真实身份。有天晚上，王子偶然听炉火旁的一位老人讲了个故事。这故事是关于一面巨大无比的荆棘屏障的：在这大片的荆棘当中藏有一座王宫，王宫里有一座古老的塔楼，塔楼的顶端有一个小房间，房间里有位美丽的公主，一直在沉睡着。

"有很多勇敢的年轻人，试着穿越那道荆棘屏障，"老人说，"但一个人都没有成功。如果你走到附近，就能看到他们的骸骨；再离得近点，大概还可以看到残余的身体碎片。但他们从来没有见过公主。自那天起，她一直躺在那里，长眠不醒。"

"我要去试试看！"年轻的王子激动地大声喊道，"我的佩剑非常锋利，足够对付那些荆棘。"

"孩子，千万别去！"老人劝他，"一旦你进到那片荆棘屏障，就没有任何办法再出来了。斩断一百根荆棘后，你的宝剑就会变钝。到那时，你甚至都没能向前走上一码地。"

"不，"王子说，"我要去做这件事，说到做到。明天一早我就动身。"

事实上，第二天刚好是公主沉睡一百年的期限。当然王子完全不知道，还是满怀勇气地上了路。他走到荆棘屏障前，发现这里的情形和老人昨晚说的完全不一样。荆棘上虽然长满了刺，但同样开满了美丽的粉色玫瑰，下面长满了几千朵，上面又覆盖上了几千朵，层层叠叠。不过，即使在这样一派绝美的画面中，他也隐约看到无数年轻人的骸骨，潜藏在荆棘花丛的深处。某种甜美如新鲜苹果入口般的芬芳，弥漫在空气中。王子走近时，那些开花的荆棘竟分开一条道路，让他直接走进去，然后又在他身后合拢。

他一路走到王宫外的院子，看到熟睡的鸽子、睡前正在搔痒的狗，墙上爬着的苍蝇。他往里走，进了厨房，看到帮厨男孩的脸上，依旧是那副搞砸了一切，等待挨揍的神情。炉灶上的火焰像雕塑一般，纹丝不动，公牛肉排上嗞嗞作响、正要滴下来的油脂，始终悬在那里。王子一个房间接一个房间地巡视，看到一个又一个仆人，在做自己事儿的时候便进入了梦乡，一直睡到现在。他还看见了国王和王后，正睡在王宫的大厅里——倒下后，他们连动都没再动过。

王子去了那座古老的塔楼。他沿着那落满灰尘、螺旋上升的楼梯，一步步向上走，来到一扇小小的门前，转动了生满铁锈的门把手。门立刻开了，床榻上安睡着美丽的公主。她的面容是那样美丽，年轻的王子从来没见过，连想都没想过。

王子弯下腰，亲吻了她的嘴唇。这朵荆棘玫瑰睁开了眼睛，因为吃惊的缘故，轻轻叹了口气，继而又冲着对她一见钟情的年轻人微微一笑。

他们一起下了塔楼，看着周围的每一个人逐渐苏醒。国王和王后醒来了，注视着周遭一切，感到万分吃惊。因为漫无边际的荆棘长遍了王宫的各处。马儿们醒了，轻轻晃动着身体，发出轻松的嘶鸣。屋顶上的鸽子醒了。院子里的狗开始继续搔痒。厨娘用力打了帮厨男孩的耳朵，疼得他叫出了声。肉块上的那滴油，终于落进了火焰里，发出嗞嗞的脆响。

顺理成章地，王子迎娶了那朵美丽的荆棘玫瑰，婚礼盛大，显赫。他们快乐幸福地生活在一起，直到生命终结。

故事类型：ATU410，"睡美人"

故事来源：玛丽·哈森普卢格讲给格林兄弟听的一个故事

相似故事：Giambattista Basile: "Sun, Moon and Talia"(The Great Fairy Tale Tradition, ed. Jack Zipes); Italo Calvino: "The Neapolitan Soldier" (Italian Folktales); Jacob and Wilhelm Grimm: "The Glass Coffin" (Children's and Household Tales); Charles Perrault: "The Sleeping Beauty in the Wood" (Perrault's Complete Fairy Tales)

布鲁诺·贝特尔海姆用彻底的弗洛伊德式视角来审视这则童话，这点倒完全不出所料。根据他的观点，因为意外被纺锤刺破手指而流血（暗示处女的初夜），进而沉睡百年这件事"实际上并没有那么严重，它实际上暗示了需要漫长时间的成长和心理准备，直到公主以性成熟的方式醒来，准备好与心爱的人以性交的方式结合"。（见《魔法的用处》）

尝试去控制甚或禁锢即将发生在成长的孩子们身上的、自然而然的性要求，完全是徒劳无功的。且看本文当中，国王下令要摧毁掉王国内所有的纺锤，以此来"阻止公主十五岁时注定的失血——十五岁，正是到达青春期的年纪，跟宴会时第十三位女巫所预言的一致。不管父亲采取怎样的防范手段，一旦女儿性成熟了，那件事就会发生"。

贝特尔海姆的诠释十分具有说服力。且不论文字之下潜藏的性爱象征，是否真是这一故事持久流行的本因；也不必去多想故事中大量令人开心的细节描写（想想那个可怜的帮厨男孩，等那位厨娘的巴掌，竟等了整整一百年）。《睡美人》这则故事，至今仍是"最受欢迎的格林童话故事"之一。

公主确实需要她自己的百年等待，合作为护卫的荆棘屏障。在十五岁那年，她其实并没有真正长大，消化这一"出血"的创伤，还是需要足够的时间和妥善的保护；这么想来，路易斯·乔丹[1] 的歌里唱得真好："那只甜美小鸡还太年轻，怎能急着放进油锅里滚一滚。"

1 路易斯·乔丹（Louis Jordan），美国著名爵士歌手。

GRIMM TALES：FOR YOUNG AND OLD

Copyright © 2012 by Philip Pullman

Translation copyright © 2013 by Shanghai Insight Media Co.,Ltd

All rights reserved.

著作权合同登记号：18-2013-234

图书在版编目（CIP）数据

最美不过童话.1 / （英）普尔曼（Pullman,P.）著；文泽尔译.

－长沙：湖南人民出版社，2014.11

ISBN 978-7-5561-0630-1

Ⅰ.①最… Ⅱ.①普… ②文… Ⅲ.①童话－作品集－英国－现代

Ⅳ.① I516.88

中国版本图书馆 CIP 数据核字 (2014) 第 269829 号

最美不过童话 1

[英] 菲利普·普尔曼 著 文泽尔 译

出 版 人 谢清风

出 品 人 陈 垦

责 任 编 辑 陈 刚

出 版 发 行 湖南人民出版社

　　　　　　长沙市营盘东路 3 号（410005）

网　　　址 www.hnppp.com

出 品 方 中南出版传媒集团股份有限公司

　　　　　　上海浦睿文化传播有限公司

　　　　　　上海市巨鹿路 417 号 705 室（200020）

经　　　销 湖南省新华书店

印　　　刷 北京鹏润伟业印刷有限公司

版　　　次 2015 年 1 月第 1 版

　　　　　　2015 年 1 月第 1 次印刷

开　　　本 880mm×1230mm 1/32

印　　　张 10.25

书　　　号 ISBN 978-7-5561-0630-1

定　　　价 34.00 元

浦睿文化
INSIGHT MEDIA

出 品 人：陈　垦
策 划 人：余　西　蔡　蕾
出版统筹：张雪松
编　　辑：戚开源　金子棋
封面设计：颜伯骏
版式设计：王佳音

投稿信箱：insightmedia@126.com
新浪微博 @ 浦睿文化